青少年阅读丛书

一定要知道的智慧故事

陈 渔 仲 红 编著

吉林人民出版社

图书在版编目(CIP)数据

　　一定要知道的智慧故事 / 陈渔, 仲红编著. -- 长春
: 吉林人民出版社, 2012.4
　　(青少年阅读丛书)
　　ISBN 978-7-206-08767-7

　　Ⅰ. ①一… Ⅱ. ①陈… ②仲… Ⅲ. ①故事 – 作品集
– 中国 Ⅳ. ①I247.8

　　中国版本图书馆CIP数据核字(2012)第071351号

一定要知道的智慧故事

YIDING YAO ZHIDAO DE ZHIHUI GUSHI

编　　著:陈 渔 仲 红
责任编辑:李 爽　　　　　　　　封面设计:七 洱
吉林人民出版社出版 发行(长春市人民大街7548号　邮政编码:130022)
印　　刷:北京市一鑫印务有限公司
开　　本:670mm×950mm　　1/16
印　　张:13　　　　　　　　字　　数:150千字
标准书号:978-7-206-08767-7
版　　次:2012年7月第1版　　印　　次:2023年6月第3次印刷
定　　价:45.00元

目录 CONTENT

目录 CONTENT

2

尧舜禹禅让

● 故事背景

禅让是中国原始社会末期推选部落首领的制度。中国历史上曾流传着先王禅让的传说，尧、舜、禹三代政权的交接，是通过遴选、推荐、考察和任用等一系列程序和平实现的。

有关尧、舜、禹的禅让故事，古书多有描述，当时，黄河流域的部落联盟在黄帝以后，出现了尧、舜、禹三个著名的领袖。尧在位时举荐舜作为自己的继承人，舜在位时又让位给禹，禹在位时又举荐伯益。

尧舜禅让的故事典出《史记·五帝本纪》。

● 故事梗概

尧从16岁开始治理天下，在位70年。到86岁那年，他觉得自己年老力衰，想要找一个人来接替他。他的儿子丹朱很粗野，好闹事。有人推荐丹朱继位，尧不同意。他向各地发出公告，号召人们推荐贤能的人。过了不久，人们推荐虞舜做他的继承人。后来尧又召开部落联盟议事会议，讨论继承人的人选问题。大家都推举虞舜，说他是个德才兼备、很能干的人物。

据说虞舜姓姚，冀州（今河北省）人。他的父亲是个瞽叟，母亲早去世了。父亲又娶了一个妻子，也就是虞舜的后母。后母生了个儿子，取名叫象。象好吃懒做而且又非常傲慢，经常在父母面前说异母哥哥虞舜的坏话。老夫妻俩和象常在一块儿密谋，要找机会害死虞舜，好让象一个人继承父母的全部财产。虞舜并不介意。他十分孝顺自己的瞽父亲，对待后母和异母弟弟象也很好。

唐尧听了人们的介绍，决定先考验考验虞舜。尧把自己的两个女儿娥皇和女英都嫁给了虞舜，派虞舜到各地去同群众一起干活。

虞舜到历山脚下去种地。原来那里的农民经常为了争夺土地而闹得不可开交，虞舜一去，农民们就互相谦让，你帮我，我帮你，把生产搞得很好。虞舜到雷泽地方去捕鱼。本来那里的渔民经常为了争夺房屋而打得头破血流，虞舜一去，渔民们就互相让房屋，和睦得像一家人。虞舜到河滨去烧制陶器。原来那时的陶工干活粗制滥造，陶器的质地粗劣，虞舜一去，陶工们就认真工作，制作出来的陶器十分精美。虞舜每到一个地方，人们都紧紧跟着他。舜时父权制已确立，私有财产也已产生。舜拥有许多私有财产，有牛羊，仓库里储存许多物品。

虞舜的瞎爸爸和弟弟象听说虞舜得到这么多东西，又起了坏心。有一回，瞽叟叫舜修补粮仓的顶。当舜登梯子爬上仓顶的时候，瞽叟就在下面放起火来，想把舜烧死。舜在仓顶上一见起火，想找梯子，梯子已经不知去向。幸好舜随身带着两顶遮太阳用的笠帽。他双手拿着笠帽，像鸟张翅膀一样跳下来。笠帽随风飘荡，舜轻轻地落在地上，一点也没受伤。

以后，舜还是像过去一样和和气气地对待他的父母和弟弟，瞽叟和象也不敢再暗害舜了。

唐尧听说虞舜这样宽宏大量，对他更加放心了，就把治理天下的大权交给了他，自己带着一班人到各地去视察。虞舜行使了二十年的治理大权，把各种事情办理得井井有条，使天下的人全都十分佩服。这时候唐尧已经很老了，他视察各地回来之后，就把部落联盟领袖的职权全部让给了虞舜，自己退居一旁养老。这在历史上就叫作"尧舜禅让"。

舜接位后，亲自耕田、打鱼、制陶，深受大家爱戴。他通过部落联盟会议，让八元管土地，八恺管教化，契管民事，怕益管山林川泽，伯夷管祭祀，皋陶作刑，完善了社会管理制度。虞舜担任领袖的第八年，尧去世了。他更加勤恳奋发地工作，把天下治理得比尧的时候更好，农牧渔业有了很大的发展。

舜年老时，也仿照尧的样子召开继位人选会议，民主讨论。在部落联盟会议上，因禹治水有功，大家推举禹来做继承人。禹为舜处理部落联盟事宜达十七年，培养了能力，提高了威信。舜在晚年也到处巡视。最后一次，他巡视到苍梧地区（今广西壮族自治区东北部和湖南省南部一带），得病死了。他的妻子娥皇和女英非常想念他，常常扶着门前的竹子悲哀地哭泣，她们的眼泪滴在竹子上，凝成了斑斑点点的美丽的花纹。这种有花纹的竹子，后来就被人们称为"湘妃竹"，其实就是斑竹。

大禹为舜举行了隆重的葬礼，并修了零陵与舜庙以示纪念。在返都时，娥皇、女英双双投进湘水。百姓传说她们已成为湘水之神，称她们为湘妃。

● 智慧之窗

不拘一格用人才，尧舜禹禅让的过程，也是一个选人用人的过程，他们选择接班人的方式方法和标准无疑是成功的，突出了万事德为先的选人原则。用人。即使在今天，尧的选人标准和选人方法对我们也有诸多启示：选贤任能，不拘一格。德才兼备，以德为先。多方考察，验证才干。

大禹治水传华夏

● 故事背景

禹，姒姓，名文命，夏后氏首领，传说为帝颛顼的曾孙。他的父亲名鲧，母亲为有莘氏女修己。相传禹治黄河水患有功，受舜禅让继帝位。禹之子启是夏朝的第一位天子。他是我国传说时代与尧、舜齐名的贤圣帝王，他最卓著的功绩，就是历来被传颂的治理滔天洪水，又划定中国国土为九州。因治水有功，后人称他为大禹，也就是伟大的禹的意思。后来，大禹的儿子启创建了我国第一个奴隶制国家——夏朝，因此，后人也称他为夏禹。

大禹治水的故事出自《大禹克俭》：夏禹治水。过门不入。菲食恶衣。俭勤莫及。

原始社会末期，地球上发生了一场空前的灾难，许多地方上降暴雨，江河湖泊涨溢肆虐，洪水冲毁了农田和房子，家畜大多也死于非命，人类生存面临着严重的威胁。尧四处寻找能够治理洪水的贤人，四岳和众大臣都推荐鲧担此重任，唐尧便委派鲧负责治水。

鲧治水采取了修堰治坝的方法，特别是对于一些急流大川沿用堵围之法，不仅没有治住水患，反使堤溃坝毁。造成更大灾难。因此鲧被撤销了职务，受到严厉的惩罚。

● 故事梗概

鲧治水9年而不成，大约公元前2033年大禹接替父亲开始治理水患。

大禹注意汲取前人特别是其父治水的经验与教训，不辞辛苦，跋山涉水，排除万难，摸清了每条河流特别是黄河的变化习性，针对每条河流的具体情况，改变方法，放弃修堤筑坝，雍防百川的方法，开沟修堰，以导为主。

史书中记载，他们来到了河南洛阳南郊。这里有座高山，属秦岭山脉的余脉，一直延续到中岳嵩山，峰峦奇特，巍峨雄姿，犹如一座东西走向的天然屏障。

高山中段有一个天然的缺口，涓涓的细流就由隙缝轻轻流过。但是，特大洪水暴发时，河水就被大山挡住了去路，在缺口处形成了漩涡，奔腾的河水危害着周围百姓的安全。

大禹决定集中治水的人力，在群山中开道。艰苦的劳动，损坏了一件件石器、木器、骨器工具。人的损失就更大，有的被山石砍伤了，有的上山时摔死了，有的被洪水卷走了。可是，他们仍然毫不动摇，坚持劈山不止。在这艰辛的日日夜夜里，大禹的脸晒黑了，人累瘦了，甚至连小腿肚子上的汗毛都被磨光了，脚指甲也因长期泡在水里而脱落，但他还在操作着、指挥着。

在他的带动下，治水进展神速，经过十三年的努力，大山终于豁然屏开，形成两壁对峙之势，洪水由此一泻千里，向下游流去，江河从此畅通，地面上又可以供人种庄稼了。

据说禹担当治水的任务时，刚新婚不久，为了治水，到处奔波，三次经过自己的家门，都没有进去。有一次，他妻子涂山氏生下了儿子启，婴儿正在哇哇地哭，禹在门外经过，听见哭声，也忙得没时间进去探望。

据考证，当时大禹治水的地区，大约在现在的河北东部、河南东部、山东西部、南部，以及淮河北部。在这些地区后来形成了仰韶文化和龙山文化。

● 智慧之窗

方法不当效果不同，重大问题的解决，往往最关键的是思想方法的正确与否，有了正确的指导思想、方法又得当，解决起来便不很难。面对大自然的洪水灾祸，不同的方法，结果大相径庭。大禹的父亲为什么消耗了大量的人力、物力、财力，可没有把水制服呢？因为大禹的父亲是用"堵"的方法，越堵越不行，使洪水肆意横流。而大禹用"引"的方法挖渠疏导，化洪流为细流而制服了洪水。如果将这种"引"的方法运用到平时的工作中，那一定也会取得成效的。

姜太公钓鱼

● 故事背景

商朝末年，渭水流域兴起了一个国名叫周的强国，周的祖先姓姬，历史很悠久。古公亶父的儿子季历在位时，周的势力强大起来。商朝的王文丁感到周的威胁，就杀害了季历。

季历死后，他的儿子姬昌继位，就是有名的周文王。周文王十分重视农业。他待人宽厚，尊敬老人，爱护儿童，百姓都很拥护他。周文王特别尊重有本领的人，请他们帮助他治理国家。许多有本领的人纷纷来投奔他，因此他手下拥有许多文臣武将。

殷纣王看到周势力越来越强，十分害怕，就找个理由把周文王找来，囚羑里（今河南省汤阴县西北）。周文王的臣子为了搭救文王，搜罗了美女、好马和珍宝献给纣王，并买通商朝的大臣，请他在纣王的面前求情。纣王很贪财，又喜欢美女。他接了礼物，听了大臣的话，就把文王释放了。

周文王获得自由以后，决心治理好自己的国家，以便寻找机会，推翻商朝，报仇雪耻。他手下虽然有了不少文臣武将，可是还缺少一个文物全才能够统筹全局的人，帮他筹划灭商大计。因此，他经常留心寻访这样的大贤人。

姜太公，即姜尚，又称姜子牙。是辅佐周文王、周武王灭商的功臣。他在没有得到文王重用的时候，隐居在陕西渭水边一个地方。那里是周族领袖姬昌（即周文王）统治的地区，他希望能引起姬昌对自己的注意，建立功业。

● 故事梗概

有一次，周文王外出打猎，在渭水的支流磻溪边上遇见了一位钓鱼的老人。老人须发斑白，看去有七八十岁了。奇怪的是他一边钓鱼，一边嘴里不断地唠叨："快上钩呀上钩！愿意上钩的快来上钩！"再一看，老人钓鱼的鱼钩离水面有三尺高，并且是直的，不是弯的，上面也没有钓饵。文王看了很纳闷，就过去和老人攀谈起来。

这老人是远古时代炎帝的后代。他曾在商朝的首都朝歌（今河南省汤阴县）宰过牛，在黄河边上的孟津卖过酒。他不会做买卖，亏了本，所以到渭水边上来钓鱼了。

不过，经过一番谈话，文王发现姜尚是一个眼光远大、学问渊博的人。他上通天文，下知地理，对政治、军事各方面都很有研究，特别是对于当时的政治形势，分析得头头是道。他认为商朝的天下不会很长久了，应当有贤明的领袖出来推翻它，建立一个新的朝廷，让老百姓能过上舒服的日子。

姜尚的话句句都说到了文王的心里。他本来就是为了想要推翻商朝，到处去寻找大贤人，这眼前的姜尚，不就是自己要寻访的大贤人吗？文王恳切地对姜尚说："我祖父在世时曾经对我说过，将来会有个了不起的能人帮助你把周族兴盛起来。您正是这样的人。我们盼望您很久了，请您到我们那里去，帮助我们治理国家吧！"说完就叫手下人赶过车子来邀请姜尚和自己一同上车，回到都城里去。

姜尚到了文王那里，先被立为国师，也就是最大的武官；后来升为国相，总管全国政治和军事。因为姜尚是文王的祖父所盼望的人，所以人们尊称姜尚为太公望，在民间传说中，叫他姜太公。

姜太公果然是栋梁之材，他做了周文王的国相，帮助周文王整顿政治和军事，他一面提倡生产，一面训练兵马。对内发展生产，使人民安居乐业。周族的势力越来越大。周文王在姜尚的辅佐下，先后打败了大戎、密须等部族，征服了嗜、阎等小国，并且吞并了从属于商朝的崇国，在崇国的地盘上营建了一个丰邑城，把都城从岐山南边的周原迁到了丰城。到周文王晚年的时候，周的疆土大大扩充，西边收复了周祖的老家，现在陕西、甘肃一带地方，东北进展到现在山西的黎城附近，东边到达现在河南沁阳一带，逼近了殷纣王的都城朝歌，南边把势力扩充到了长江、汉水、汝水流域。没过几年，周族逐渐占领了大部分商朝统治的地区，归附文王的部落也越来越多了。已经控制了当时天下的三分之二，为灭商奠定了可靠了基础。

● 智慧之窗

姜太公钓鱼这个故事包含了丰富的管理学意义的智慧，它包含鱼、钩和钓鱼者的三屋关系，将君臣关系提到了最高境界，这种境界揭示了君非常君，臣非常臣。需要二者互相吸引，互相尊重，互相提携才能完成完美结合。这其实是用了一种特别的自荐方式，以获得他人的欣赏，从典故的直面意义解释，我想钓你，你也愿意被我钓。我需要你的独特眼光帮我演完这出戏，达到我的目的。直钩，说明了，鱼，我想钓你。但我钓鱼的方式不是用常用方式，目的是为了吸引鱼的注意。说白了就是，鱼，你愿意被我钓。因为你不是一般的鱼，因为你是自己想被钓，不是我逼你的，更不是我诱惑的，是你自愿的。这就叫作愿者上钩。

周公尽忠辅成王

● 故事背景

古代周公，说的是周代的爵位，得爵者辅佐周王治理天下。历史上的第一代周公姓姬名旦（约公元前1100年），亦称叔旦，周文王姬昌第四子。因封地在周（今陕西岐山北），故称周公或周公旦。是西周初期杰出的政治家、军事家和思想家，被尊为儒学奠基人，孔子一生最崇敬的古代圣人之一。

武王死后，其子成王年幼，由他摄政当国。武王死后又平定"三监"叛乱，大行封建，营建东都，制礼作乐，还政成王，在巩固和发展周王朝的统治上起了关键性的作用，对中国历史的发展产生了深远影响。

● 故事梗概

周武王消灭殷纣王后，采纳周公意见，怀柔殷商子民，分封包括殷商在内的诸侯。不久，就因病去世了。这时，由太子姬诵继承了王位，就是周成王。而周成王还是一个未成年的孩子。殷商顽民被灭国后，仍有很大力量。各国诸侯并未完全心服。周人内部的矛盾也呈现了出来。这些难题都不是孩子周成王所能解决的。若是不好好解决这些难题，周人的统治就会发生危机。

就在群臣惶恐无主的关键时刻，武王的弟弟、成王的叔父——周公旦，当仁不让地做上了摄政王，代成王处理一切国政，百官都由他统率。

周公以弟弟的资格称王，虽无可厚非，但是他前面还有排行第三的管叔鲜，周公是老四。周公称王，管叔有意争权，于是散布流言："周公将不利于孺子（成王）"，"周公旦居心不良！""周公旦想代替成王做皇帝！"一时间，怀疑、诽谤周公的言论，如一支支毒箭从四面八方射向周公。

面对这些流言，周公泰然处之，仍一如既往地行使摄政王的大权，把朝政处理得井井有条。

周灭殷后，武王把商王朝直接统治的地方分成三部分，邶由纣王之子武庚禄父掌管，卫由蔡叔度掌管，庸由管叔鲜掌管，是为三监，由武庚统领。武庚听说周人的矛盾后，开始蠢蠢欲动了。

周公的弟弟管叔封地在管、蔡叔封地在蔡，叔旦于鲁，封太公望于营丘，封召公奭于燕。管叔、蔡叔是两个心术不正的小人。在周公做摄政王时，他们最先制造各种流言，此时，竟与商朝的后人武庚勾结在一起。

灭殷后的第三年，（公元前1024年），管叔、蔡叔鼓动起武庚禄父一起叛周。起来响应的有东方的徐、奄、淮夷等几十个原来同殷商关系密切的大小方国。这对刚刚建立三年多的周朝来说，是个异常沉重的打击。如果叛乱不加以扫平，周王朝就会面临极大困难，周文王惨淡经营几十年建立起来的功业就会毁掉。周王室处在风雨飘摇之中。

面对这场叛乱，周公首先申明了自己摄政做摄政王的目的是为了成就周王朝，取得了太公望和召公奭的支持。随后立即调集大军，亲自统帅，前往征讨。经过艰苦的征战，叛变被镇压了，武庚、管叔被杀掉，蔡叔被流放。周王朝度过了危机。再也没有人敢散布周公的流言了，王室的大权牢牢地控制在周公手中。

周公旦平叛以后，为了加强对东方的控制，正式建议成王把国都迁到洛邑（今洛阳），同时把在战争中俘获的大批商朝贵族即"殷顽民"迁居洛邑。

东都洛邑建成之后，周公召集天下诸侯举行盛大庆典。在这里正式册封天下诸侯，并且宣布各种典章制度"制礼作乐"。确立了，礼之用，和为贵。先王之道，斯为美的治国理念。

为了巩固周的统治，周公先后发布了各种文告，周公曾先后给卫康叔《康诰》《酒诰》《梓材》三篇文告。三篇贯穿一个基本思想是安定殷民，不给殷民一个虐杀的形象，处罚要慎重，要依法从事。至于改造陋习——酗酒，一是限制，二是引导，三是区别对待。作为统治者，要勤勉从事。从这里可以窥见周公总结夏殷的统治经验，制定下来的各种政策。不久，周公又制礼作乐，定立制度，为周王朝的长治久安打下了坚实的基础。

周公摄政七年，周成王也长大成人了。看到周成王长大成才，他决定还政于成王。在还政前，周公作《无逸》，以殷商的灭亡为前车之鉴，告诫成王要先知"稼穑之艰难"，不要纵情于声色、安逸、游玩和田猎。然后周公毫无留恋地将大权交回成王，又安心地当起了臣子。

周公旦退位后，把主要精力用于制礼作乐，继续完善各种典章法规。年老病终前，他叮嘱说："一定要把我葬在洛邑，以表示我至死也不能离开成王"，不久辞世。

● 智慧之窗

在国家危难的时候，不避艰辛挺身而出，担当起王的重任。当国家转危为安，社会稳定，走上顺利发展的时候，毅然让出了王位，继续听命皇权。周公这种无畏无私精忠报国的精神，始终被后代称颂。

周公不仅精忠，而且具有大智慧。体现在以周公为代表的周人所确立的周文化，他制礼作乐，隆礼重仪，确立了一个伟大的伦理观念，那就是以"德"为先的价值原则。他奉行的一个重要的社会行动理念，那就是以"和"为社会行动准则。以"德"为先的价值原则和以和为核心的社会行动准则，体现了中华民族精神的实质内容。是中国历史的轴心时代为中华民族遗留下来的宝贵文化财富，至今仍有其巨大的精神魅力。

里克审时度势

● 故事背景

里克，春秋前期晋国卿大夫，晋献公的股肱之臣，太子申生的坚决拥护者。然而面对强大的反太子申生的势力，他采取了托病避祸的策略。

当时的晋国是献公时期，晋献公诡诸因原配夫人贾氏无子，又娶自己庶母齐姜，生太子申；后又娶翟国狐二女，分别生重耳和夷吾。此三人品行高尚，贤德之名颇爱国人称赞，申生也就顺利被立为太子。

后受骊姬的影响，献公最终将申生、重耳、夷吾分别被发配到曲沃、蒲城和屈，驻守边疆去了。随着三公子离开国都，加上宠妾们的日夜挑唆，晋国立奚齐为太子之声日盛，申生地位岌岌可危，国内舆论大哗。

● 故事梗概

里克是申生的师傅，在这场废立太子的斗争中，他理所当然地站在申生一边。不过献公对骊姬恩宠，以及骊姬意欲废立太子的阴谋，他似乎早已洞察。面对强大的对手，他的抗争又显得无力回天，当献公十七年（公元前660年）派申生讨伐东山的时候，里克曾经劝谏，认为这与太子身份及职责不符，力劝献公收回成命。但献公却反问他：这些儿子中哪个更适合做太子呢？面对诘问，他完全清楚了献公所思所想。里克保持了缄默，此次征伐，里克称病，没有参加。他从献公的反问中感觉到申生被废已成定局，为了自保，提前退出了申生的核心阵营。

献公二十一年（公元前656年），骊姬从幕后走向前台，与中大夫成密谋，设计了一个连环计，最终将太子申逼入绝境！

她利用所谓的两个梦，设计陷害太子。先是梦见太子申的亡母齐姜来说"苦畏"，故而派申领兵守墓；后又趁献公外出之时，梦见齐姜来说"苦饥"，又使申前往祭祀。按照礼仪，祭祀之后的胙肉应按尊卑先由献公享用。适逢献公外出打猎，这些祭品就在骊姬的宫中放了数天，并被投毒。献公回来要享用时，骊姬跪称：东西是从外面进来的，应当试一试！酒水肉汁倒在地上，土地如坟隆起；肉食喂狗狗死，人吃人亡，骊姬的表演此时达到极致！面对此情此景，她声泪俱下，跪到堂下：老天爷呀……国家迟早是你的国家，你为什么这么等不及呀……这样一来献公也又惊又怒，喟然长叹：儿子啊，我和你也没什么过节呀，你怎么这么狠毒地对待我呀！随即派人对公子申生说：你还是自己了断吧！献公二十一年（公元前656年）十二月戊申这一天，申生被逼自杀。

此后，骊姬的儿子被立为了太子，在这场生死斗争中，作为太子师傅的里克因及时回避，得以自保，这给他后来为太子复仇保留了资本。献公病重，不能理事，将国政托于里克、荀息，里克十分不安。此时，里克好友邳郑也悄悄告知，要回避继续辅佐现太子，不要卷入诸位皇子的仇杀矛盾之中，以免会有杀身之祸。因为国君病重国危，太子年幼，没有能力，缺乏德望，又是恶母之子，遭国人怨恨，即使继位，地位也将不保。申生、重耳、夷吾三公子在国内的势力还不小，有许多支持者。献公一死，三位公子的拥护者必定起事作乱，争夺王位。作为辅政的大臣，必定遭到打击，那时你就大祸临头了。此时一定要置身事外，才可保全自己。里克觉得此言十分有理，第二天就称病在家，不再上朝视事。

公元前651年夏，献公病危，诏里克、荀息入宫，准备托孤。里克再次托病，拒绝前往。献公只好将奚齐托付于相国荀息，荀息答应尽忠辅佐太子。九月，献公卒，荀息立奚齐。晋国大乱，里克、邳郑父等人集合三公子门徒欲迎立重耳，声讨奚齐、骊姬，并指责荀息"杀正立不正，废长立幼"，荀息反驳：我已经向先君发誓，要使"死者反生，生者不愧乎其言，不可以贰"，我难道还能改口，爱惜自己的身体吗？尽管我这样做可能没什么益处，但忠于先君之心不可更改，大不了一死而已！

里克见此，于公元前651年十月，杀奚齐于次。荀息又立卓子为君，并隆重安葬了献公和奚齐。十一月，里克又杀卓子于朝堂，荀息自杀。

杀了奚齐、卓子，里克即派人迎重耳于翟。重耳担心国内政局的混乱，拒绝了他的邀请。鉴于此，里克派人前往梁国迎接夷吾入主晋国。夷吾答应事成之后将汾阳作为食邑封给里克。最终，夷吾在秦国的帮助下，入晋主政，为晋惠公。事出意外的是，由于晋惠公的猜忌，最后里克也死于非命，这是后话。

● 智慧之窗

这是一个典型的宫廷政治斗争故事，且不说里克是不是忠臣？他后来到底是否该死？只说他在这场争夺太子位和皇位你死我活的斗争中，两次化险为夷，摆脱了不利的境地，从这个意义上来说，里克是一个智慧过人的政治高手，他能够认清形势，审时度势，游走于各种势力之间，明哲保身。

李冰修筑都江堰

● 故事背景

都江堰是我国古代最著名的水利工程，位于四川岷江中游的灌县。原来岷江上游水流湍急，进入灌县以后，地势突然低平，水势减缓，所挟带的大量沙石沉积下来，淤塞河道，时常泛滥成灾。在秦蜀郡郡守李冰父子主持下，采取"引水灌田，分洪减灾"的办法，从公元前256年到公元前251年，先后在今灌县西边的岷江中凿开了与虎头山相连的离堆，在离堆上游修筑了分水堤和湃水坝，把岷江分为内江和外江两支，并筑有水门调节两江水量，从此把岷江的水流分散，既可免除泛滥的水灾，又便利了航运和灌溉，修成了具有防洪、灌溉、航运多种效益的综合水利工程。使成都平原成为旱涝保收的"天府之国"。

李冰父子修筑都江堰的故事记载在《华阳国志》中。

其时，正是我国历史上七雄争霸的战国时期，秦国经过商鞅变法，国力大增，于公元前316年灭掉蜀国，设立了蜀郡。约公元前256—公元前251年，秦昭王派李冰到蜀郡出任了蜀郡守，主持蜀郡的政局。

● 故事梗概

在著名的都江堰水利工程未修建之前，成都平原上的岷江经常泛滥成灾，人民在痛苦的深渊中挣扎。秦昭王五十一年（公元前266年），李冰任蜀郡太守，开始主持修筑都江堰。

在修建都江堰的过程中，李冰跋山涉水，对岷江沿岸的地形和水情做了详细的访问和考察，李冰带着他的儿子二郎，还请了几位有经验的老农，沿岷江两岸考察，摸清了水情、地质等情况，听取了群众意见，制订了治理岷江的规划方案，吸收了前人治理岷江的经验，决定在玉垒山开个大口子，引一股江水，到东边去，这样可以西边分洪、东边浇地。然后采取中流作堰的办法，在宝瓶口上游的岷江中心筑一道分水堰，使江水流到这里便分成两股，达到分洪的目的。

在开凿玉垒山的时候，一位满头银发的老汉告诉大家，先在岩上开一些槽线，然后在岩石四周堆上干草和树枝，点火燃烧，使岩体受热，烧过后再用冷水浇，岩石就会自行破裂，开凿就省劲多了。李冰知道后，立即吩咐大家照此办理，工程的进展果然加快了。

后来，在修堤筑堰调节水流的时候，采用什么材料又成为一个难题。

为了解决这个问题，李冰父子又约同几位老乡，去岷江上游察看水情。他们沿途看上山上到处长着碗口粗细的竹子，许多住房就用竹子做梁做柱，家用器具大都用备篾片编成。又看见山溪里放着一些竹笼，里面泡着要洗的东西。溪水虽然很急，但竹笼却冲不走，妇女们欢快地在那里洗衣服。这些现象，使李冰联想到把竹子编成笼装卵石来筑堰。

竹笼之法，后来在都江堰工程中普遍采用，发挥了很大作用，人们用它筑成了拦水坝、护堤岸、分水堤、分水鱼嘴等。都江堰工程设计巧妙合理，建成后一直发挥着分洪减灾和引水溉田两大作用，为成都平原带来了繁荣和兴盛，人们对此大加称颂。修建都江堰，为民造福的李冰父子，后来也成为人们心目中的神，受到世代祭祀和永久纪念。

● 智慧之窗

李冰修都江堰之所以成功，可以归结为：掌握水情，集众家智慧。在艰难的修建过程中，实际踏查在先，集思广益在后，万众一心，攻克难关。表现了作为领导的务实精神，踏实态度和民主作风。历史上的李冰虽然失意于官场，但却得民心于世代，那是因为都江堰恰恰是惠及百姓的工程，是求真务实的结晶。虽然是千年以前的工程，但却稳稳当当地造福千年，长城虽然伟大，但却是一座废弃的工程，而都江堰至今还在发挥作用。都江堰具有的丰厚的文化品格，值得后世为官者思索。

齐鲁夹谷之会

● 历史背景

孔子，名丘，字仲尼，春秋时战国人。伟大的思想家和教育家，儒家学派创始人，编撰了我国第一部编年体史书《春秋》。孔子的言行思想主要载于语录体散文集《论语》及先秦和秦汉保存下的《史记·孔子世家》。

孔子的一生在仕途上都不得意，他把心思都放在教育上，打破了教育垄断，开创了私学先驱。孔子弟子多达三千人，其中贤人七十二，其中有很多皆为各国栋梁。

随着孔子在鲁国政坛的出现，他改变了鲁国政坛的一直的混乱局面，使鲁国呈现出一派蒸蒸日上的景象。鲁国逐步地走呈现强大的势头，引起了鲁国的邻国——齐国的担心。因为他们认为，一个强大的鲁国会对齐国的安全造成严重的威胁。齐国在经过了一番斟酌以后，就派使者到鲁国，要求和鲁国的国君举行一次会谈。

● 故事梗概

夹谷是一个山的名字，在今天山东省的莱芜市南边。是齐国的地盘，鲁国的国君离开自己的国家到齐国去见齐国的国君。这个事实就说明，齐国是强大的，而鲁国是弱小的。夹谷的居民主要是莱人，是相对落后的一个民族。

会前，鲁国决定由孔子陪同鲁定公赴会。鲁自"三桓"专国以来，鲁君历次出席诸侯盟均由"三桓"为相辅行。这次改由孔子担任，大概是因孔子谙习礼仪；早年到过齐国，与齐君臣有过交往，情况比较了解。

孔子将陪同鲁侯赴会的消息传到齐国后，齐景公并未引起重视，认为孔子只懂得礼仪而不懂得军事。如果两君相会时，派附近的莱人以武力劫持鲁侯，必定能达到目的。

孔子对此早有防备。他在出行前对鲁定公说："有文事者必有武备，有武事者必有文备。古时候诸侯出国，一定带领文武官员随从。我请求你这次一定带上左右两司马同行。"听从孔子建议，鲁国又加派了军队和军事长官。

鲁定公十年春天，鲁国同齐国相会。会场设在一处较空阔的地方。齐景公和鲁定公见面礼毕，相互揖让登坛就席，双方随行人员依次列于下阶。会晤过程中举行献礼后，齐国执事者马上提议表演当地舞乐助兴，于是附近一群莱人手持旗旄以及矛、戟、剑、盾等兵器鼓噪而至，直接冲向定公。孔子见此情景，自己抢先登坛保护鲁侯避让，由于心急，也顾不得登坛礼节，三级台阶一两步就跨上去了。一面大喊鲁国卫队："赶紧上来保卫国君！"然后，他转过头来，严厉责问齐景公说：

"两国君主友好相会，而外族俘虏用武力来捣乱，您齐君决不会用这种手段对待诸侯吧？边鄙荒蛮之地不能谋害中原，四夷野蛮之人不能扰乱华人，俘虏囚犯不可侵犯盟会，武力暴行不可威胁友好，你今天的所作所为，对神灵是不祥，在德行上是失义，对人是无礼，您齐君不会这样做吧？"

齐景公心亏，不能作答，连忙命莱人离开。

犁弥等人见劫持鲁侯未遂，于是在两国盟誓时，单方面在盟书上加进一句话，说："齐师出国征伐，而鲁国不派出三百辆兵车相随，就会象盟书所要求的那样受到惩罚！"

孔子也立即派鲁大夫兹无还答道："你们齐国如果不归还我鲁国汶阳之田，而要我们供应齐国所需，也会同样如此！"

会盟结束后，齐景公准备设享礼款待鲁定公。孔子为防止再出意外，谢绝了这一邀请。孔子对梁丘据说："齐国和鲁国从前的典礼制度，您怎么没听说过呢？盟会的事已经结束了，而又没有设享礼款待，这是让办事人辛苦了。再说牺尊和象尊不出国门，钟磬不能野外合奏，设享礼而全部具备牺象钟磬，这是抛弃了礼仪；如果这些东西不备齐，那就像用秕稗来款待，是国君的耻辱；抛弃礼仪则名声不好。您为什么不好好考虑一下呢？享礼是用来发扬光大德行的。不能发扬光大，还不如不举行。"结果齐景公没有举行享礼。

冬天，齐国人向鲁国归还了郓邑、瓘邑和龟阴邑的土地。

曾有人认为孔子"知礼而无勇",实在是大大的看错了人。

孔子的人格和思想的光辉,是人们后来逐渐认识到的,他不仅提出了仁、义、礼、智、信的学说,而且自己躬行实践,为子子孙孙树立了典范。这个故事中,孔子大义凛然,与妄自尊大、恃强凌弱的齐国君臣针锋相对,的确令人肃然起敬,油然而生景仰之情。

俗话说,兵来将挡,水来土掩。孔夫子一介书生,手无缚鸡之力,却以言辞喝退夷人,凭的是君子心中的浩然正气,是心中对道义的坚定的信念。来自他的"知礼""有勇",是"知礼"的自然和必然的结果,而不是从天上掉下来的。所以,切莫忘记了这个教训:知礼而有勇。

鲁班智扶斜塔

● 故事背景

鲁班,本名公输般,是我国古代最聪明、最能干的工匠。因是春秋末期的鲁国人,鲁班就成了后人对他的称谓。鲁班生活在春秋末期到战国初期,出身于世代工匠的家庭,在机械、土木、手工工艺等方面有所发明,一生注重实践,建造了"宫室台榭";制作出攻城用的"云梯",舟战用的"勾强";创制了"机关备制"的木马车;发明了曲尺、墨斗、刨子、凿子等各种木作工具,还发明了磨、碾、锁等。被建筑工匠尊为祖师。

鲁班的典故出自《渚宫旧事》。应县释迦木塔位于应县城内西北佛宫寺内,俗称应县木塔。建于辽清宁二年(公元1056年),金明昌六年(公元1195年)增修完毕。是我国现存最高最古的一座木构塔式建筑。为全国重点文物保护单位。

● 故事梗概

有一年,鲁班来到吴国姑苏城,古城楼塔,次第排列,茶馆酒肆,热闹非凡。鲁班游兴倍增,揣摩着苏州建筑的特点,迷乐其间。忽然一阵嘈杂的吵闹声传来。鲁班循声望去,只见前面一块绿草如茵的空场上,高高耸立着一座新建的宝塔。塔前围着一群人,吵吵嚷嚷,不知干什么。他慢慢走过去,拨开围观者,看见一个身穿绸缎、头戴高冠、腰系香袋的老人正在发怒,青筋暴绽,瞪目竖眉,大有气冲斗牛之势。老人对面蹲着的一个中年人，双手抱头，一副垂头丧气的样子。鲁班一询问才知道事情的究竟。

那位老人是当地有名的富翁，为积善行德，准备修建一座宝塔，流传千古。这项工程由那位工匠承接。运木起造，精心筹划，经过近三年的辛苦劳动，宝塔终于建成。可是不知怎么搞的，宝塔虽然建成，可不管横着看，还是竖着看，总是倾斜的。经过测量，宝塔的确倾斜近十度。人们对此摇头相视，指点议论。富翁认为造塔反招非议，很是生气，也有损他的功德圆满，因此，亲自找到工匠：要么推倒重建，要么把宝塔扶正，否则，要送官府严办。

这可难住了工匠，如果要推倒重建，自己就是卖儿卖女，倾家荡产也无法承受经济压力；如果把塔扶正，这也办不到，因为宝塔尽管是木质的，可依然有约百万斤，只能望塔兴叹！

鲁班绕着宝塔仔细瞧了瞧，又看了看一筹莫展的工匠，走过去安慰道："你不要着急，只要你给我找点木料来，我一个人用不着一个月就可以把它扶正！"

工匠一听，半信半疑，可也没有别的办法。于是他扛来木料，带着一丝希望等待着。而鲁班呢，他也不让人插手帮忙，将扛来的木料砍成许多斜面小木楔，一块一块地从塔顶倾斜的一面往里敲，使倾斜的一方慢慢抬高。这样乒乒乓乓，起早摸黑干了一个月，宝塔果然直立起来了。

工匠感激地问鲁班："恩公，你这样补救为啥能使宝塔直立？"

鲁班答道："由于斜塔是木质的，属穿斗结构，各部件之间的拉扯比较结实，能形成一个有机整体，所以可以用打木楔的办法加以扶正。而木楔又是斜面的，既比较容易往里打，具有'四两拨千斤'的作用，打进去后又可抬高塔的倾斜面的高度，使塔不再倾斜。"

鲁班为后人留下了许多典故，比如赵巧送灯台，一去永不来；鲁班门前弄大斧，孔夫子门前卖经；鲁班无木难作屋；大匠不为拙工改废绳墨；轮匠执其规矩，以废天下之方圆。巧者能生规矩，不能废规矩而成方圆；有眼不识泰山等等。

● 智慧之窗

中国劳动人民的聪明才智不仅表现在思想文化领域，许多被泽人类的才智发明则表现在科学技术领域，其中鲁班是其中一位建筑领域的杰出代表，他经过刻苦的实践、忘我的钻研，作出了许多发明创造。鲁班智扶应县宝塔再一次体现了他的聪明才智，整个事件并不复杂，鲁班经过仔细观察了塔的结构属于穿斗结构、材质是木制的，整个木塔形成了一个十分严整的有机一体，从而得出了正确的解决方案。运用力学原理将斜塔扶正，解决了工匠们无法解决的难题。

传说鲁班因为自己的才干，竟然使得父母葬送了性命。

王允的《论衡·儒增篇》说"巧工为母作木马车，木人御者，机关俱具，载母其上，一驱不还，遂失其母。"母亲就这样不见了踪影。而父亲呢，命运更惨。

鲁班曾远离家乡做活，因为念妻心切，就做了一只木鸢，只要骑上去动几下，木鸢就会飞上天，飞回家去会妻子。没多久，妻子就怀孕了。鲁班的爸爸觉得很奇怪：媳妇怎么会怀孕呢，于是媳妇只好就一五一十地告诉了父亲。后来有一次，鲁班的父亲趁鲁班回家时偷偷地骑上木鸢，照样也敲了几下，木鸢也飞了起来。但哪知一飞竟然飞到了苏州，当地人见到由天上降下个人来，当他是妖怪，便将鲁班的父亲给活活打死了。

子产闻哭断案

● 故事背景

春秋后半期，周王室衰弱，诸侯兼并，战事频繁，天下大乱。曾经有"春秋小霸"之誉的郑国已经国势衰微。当时晋楚争霸，郑国夹在晋楚两国之间，为两国必争之地，处境十分困难。因遭受晋、楚军事和经济上的压迫，致使民穷财尽，盗贼蜂起，甚至戕杀执政，威劫国君；同时卿族专横，互相嫉妒，内乱迭起。当此内忧外患之时，郑国出了一位政治家叫子产。

子产（？～公元前522）春秋时政治家。名侨。郑州新郑县人。公元前554年任郑国卿后，实行一系列政治改革，承认私田的合法性，向土地私有者征收军赋；铸刑书于鼎，为我国最早的成文法律。

面对"国小而逼，族大宠多"的严峻形势，子产采取了一系列富国强兵的治国之道，包括改革之道、仁德之道、用人之道、外交之道，使郑国在北晋南楚的夹缝里安然生存了几十年。

子产闻哭断案的故事出自王充的《论衡·非韩》。

● 故事梗概

一日清晨，郑国名相子产出门，路过东匠里门，听到一妇人恐惧的哭声，便按住驾车人的手仔细听了听，觉得哭声令人胆战。哭声是从不远的房子里传出的，子产忙吩咐手下，快去看看，这位妇女的亲人可能快要不行了，尽量帮帮忙。很快随从就回来说，那位妇人的丈夫早已经死一个时辰了。子产闻听，立刻命令随从再去，立刻验尸，随从不解其意。他说，那男人不是正常死亡，快去吧。果然，从男人的尸体上发现了人为的刀伤。子产又让官吏将妇人拘押来询问，结果是这个妇人亲手将丈夫杀害。

有一天，子产的御手问子产："先生是怎么知道是那个妇人杀了她丈夫的呢？"，子产说：人们对患病的亲人应该担忧，去世了的应该表现哀伤，现在她的丈夫已经死了，她不但没有哀伤反而有惧怕之意，因此断定其中必有隐情。因为那个男人是被人杀的，哭声中才流露了恐惧，只是当时并不知道凶手是谁，所以才叫你们去验尸，审问。

● 智慧之窗

子产细心体察事物的现象，并从现象中发觉事物的本质，这是超越常人的智慧所在。喜怒哀乐，现形于色。哭笑也可辨忠奸。与人交往，察其形，听其言，必知远近。死人的事，是人生中的大事，尤其是至亲的生死，必然会在亲人中引起巨大的反映。子产所讲的"凡人于其亲爱也，始病而忧，临死而惧，已死而哀"是人之常情，违背了这一常情，必有内情。子产抓住了常人不注意的常情。顺着这一逻辑，很容易就找到了答案。

● 历史链接

子产不毁乡校

郑国人到乡校休闲聚会，议论执政者施政措施的好坏。郑国大夫然明对子产说："把乡校毁了，怎么样？"子产说："为什么毁掉？人们早晚干完活儿回来到这里聚一下，议论一下施政措施的好坏。他们喜欢的，我们就推行；他们讨厌的，我们就改正。这是我们的老师。为什么要毁掉它呢？我听说尽力做好事以减少怨恨，没听说过依权仗势来防止怨恨。难道很快制止这些议论不容易吗？然而那样做就像堵塞河流一样：河水大决口造成的损害，伤害的人必然很多，我是挽救不了的；不如开个小口导流，不如我们听取这些议论后把它当作治病的良药。"然明说："我从现在起才知道您确实可以成大事。小人确实没有才能。如果真的这样做，恐怕郑国真的就有了依靠，岂止是有利于我们这些臣子！"

弦高机智退秦军

● 故事背景

春秋时期，秦穆公、晋文公领导的秦国、晋国都是强国，晋国的强盛使秦国十分担心，也影响秦国向中原的扩张，秦国一直寻找机会以便削弱其实力。郑国相对实力较弱，为了能够自保，经常周旋于大国之间。郑国国君死后，公子兰继位，国内政局不稳。此时，晋文公打败了楚国，会合诸侯，原依附楚国的郑国便投靠了晋国。不巧的是，后来晋文公去世，晋国一时无暇他顾。秦穆公认为灭郑的机会来了。

弦高是郑国的一位商人，经常来往于各国之间做生意。同时他也是一个热爱国家极有责任感，且十分机智的人。弦高机智退秦军的故事讲述的是一个小人物在国家面临危难时的机智和忘我精神，体现了小人物大命运。

弦高退秦军故事典出《左传·僖公三十三年》。

● 故事梗概

公元前628年，晋文公病死，他的儿子襄公即位。有人再一次劝说秦穆公讨伐郑国。他们说："晋国国君重耳刚死去，还没举行丧礼。趁这个机会攻打郑国，晋国决不会插手"。

留在郑国的将军也送信给秦穆公说："郑国北门的防守掌握在我们手里，要是秘密派兵来偷袭，保管成功"。

秦穆公召集大臣们商量怎样攻打郑国。两个经验丰富的老臣蹇叔（蹇，音jiǎn）和百里奚都反对。蹇叔说："调动大军想偷袭这么远的国家，我们赶得精疲力乏，对方早就有了准备，怎么能够取胜；而且行军路线这样长，还能瞒得了谁"？

秦穆公不听，派百里奚的儿子孟明视为大将，蹇叔的两个儿子西乞术，白乙丙为副将，率领三百辆兵车，偷偷地去打郑国。

第二年二月，秦的大军进入滑国地界（在今河南省）。忽然有人拦住去路，说是郑国派来的使臣，求见秦国主将。

孟明视大吃一惊，亲自接见那个自称使臣的人，并问他前来干什么。

那"使臣"说："我叫弦高。我们的国君听到三位将军要到郑国来，特地派我送上一份微薄的礼物，慰劳贵军将士，表示我们一点心意。"

接着，他献上四张熟牛皮和十二头肥牛。

孟明视原来打算在郑国毫无准备的时候，进行突然袭击。现在郑国使臣老远地跑来犒劳军队，这说明郑国早已有了准备，要偷袭就不可能了。

他收下了弦高送给他们的礼物，对弦高说："我们并不是到贵国去的，你们何必这么费心。你就回去吧"。

弦高走了以后，孟明视对他手下的将军说："郑国有了准备，偷袭没有成功的希望。我们还是回国吧。"于是，秦国军队在灭掉滑国后，回国了。

其实，孟明视上了弦高的当。弦高是个牛贩子。他赶着牛到洛邑去做买卖，正好碰到秦军。他知道了秦军的来意，要向郑国报告已经来不及。他急中生智，冒充郑国使臣骗了孟明视，一面派人连夜赶回郑国向国君报告。

郑国的国君接到弦高的信，急忙叫人到北门去观察秦军的动静。果然发现秦军把刀枪擦得雪亮，马匹喂得饱饱的，正在做打仗的准备。于是他毫不客气地向秦国的三个将军下了逐客令，说："各位在郑国住得太久，我们实在供应不起。听说你们就要离开，现在就请便吧。

三个将军知道已经泄露了机密，眼看待不下去，只好连夜把人马带走。

● 智慧之窗

弦高赠牛退敌，能够奏效，在于击中了对方的弱处，远途奔袭，胜算旨在乘敌不备，否则，胜算尽失。作为一位机敏过人见多识广的商人，他深知此理。当然，他的随机应变，临危不惧，大义正气，滴水不漏的言辞，假戏真做，使假使者变成了真使者。胆量过人，随机应变，令对手不战而屈实在是高明。对手不一样,取胜的法宝自然也不一样。千变万化,全在自心。

孟母三迁得大儒

● 故事背景

孟子，名柯。战国时期鲁国人（今山东省）。是中国古代著名思想家，教育家，战国时期儒家代表人物。著有《孟子》一书。继承并发扬了孔子的思想，成为仅次于孔子的一代儒家宗师，有"亚圣"之称，与孔子合称为"孔孟"。孟子远祖是鲁国贵族孟孙氏，后家道衰微，从鲁国迁居邹国。孟子三岁丧父，孟母艰辛地将他抚养成人，孟母管束甚严，其"孟母三迁""孟母断织"等故事，成为千古美谈，是后世母教之典范。孟子曾仿效孔子，带领门徒游说各国。但不被当时各国所接受，退隐与弟子一起著书。

孟母三迁讲的是孟母为了教育儿子成才，选择良好的环境，为孟子创造学习条件的故事。在中国的历史上孟母三迁的故事为历代所称颂，是历代母亲教子的典范，影响至今。

孟母三迁的故事见于西汉·刘向《列女传·卷一·母仪》："孟子生有淑质，幼被慈母三迁之教。"孟子三岁时父亲去世，由母亲一手抚养长大。

● **故事梗概**

孟子小时候父亲早早地死去了，母亲守节没有改嫁，精心照料孟子的成长。孟子一家住在城北的乡下，他家附近有一块墓地。墓地里，送葬的人忙忙碌碌，每天都有人在这里挖坑掘土。死者的亲人披麻戴孝，哭哭啼啼，吹鼓手吹吹打打，颇为热闹。年幼的孟子，很贪玩，模仿性很强，每天来来往往耳朵听的眼睛见得多是办丧事的，一路吹吹打打。对这些事情感到很新奇，他看到这些情景，也学着他们的样子，一会儿假装孝子贤孙，哭哭啼啼，一会儿装着吹鼓手的样子。他和邻居的孩子嬉游时，也模仿出殡、送葬时的情景，拿着小铁锹挖土刨坑。

孟母一心想使孟子成为好读书、有学问的人，看到儿子的这些怪模样，心里很不好受。感到这个环境实在不利于孩子的成长，认为"此非所以居吾子也"，就决定搬家。

孟子的妈妈就带着孟子搬到城里，住在了热闹的市集旁边。战国初期，商业已经相当发达，在一些较大的城市里，既有坐商的店铺，也有远来做生意的行商。孟子居住的那条街十分热闹，有卖杂货的，有做陶器的，还有榨油的油坊。孟子住家的西邻是打铁的，东邻是杀猪的。闹市上人来人往，络绎不绝。行商坐贾，高声叫卖，好不热闹。孟子天天在集市上闲逛，对商人的叫卖声最感兴趣，每天都学着他们的样子喊叫喧闹，模仿商人做买卖。一会儿鞠躬欢迎客人、一会儿招待客人、一会儿和客人讨价还价，学得像极了！孟子的妈妈知道了，认为这个环境也不好，心想这个地方也不适合我的孩子居住！于是，他们又搬家了。

这一次，他们搬到了学堂旁边。学堂聚集着许多既有学问又懂礼仪的读书人。学堂里书声琅琅，可把孟子吸引住了。他时常跑到学学堂前张望，有时还看到老师带领学生演习周礼。周礼，就是周朝的一套祭祀、朝拜、来往的礼节仪式。在这种气氛的熏陶下，孟子也和邻居的孩子们做着演习周礼的游戏。孟母认为这才是孩子应该学习的，心里很高兴，就不再搬家了。她对儿子说：这才是你应该住的地方呀！不久，孟子就进这所学宫学习礼乐、射御、术数、六艺。

不仅如此，对于孟子的教育，孟母更是重视。除了送他上学外，还督促他学习。有一天，孟子从老师子思那里逃学回家，孟母正在织布，见他回来，便问他今天学得如何？孟子无所谓地说："还不是过去的老样子！"母亲见他对学习如此不上心，还逃学，心里很生气，非常生气，拿起一把剪刀，就把织布机上的布匹割断了。孟子看了很惶恐，跪在地上问母亲："为什么要发这样大的火？"孟母责备他说："你读书就像我织布一样。织布要一线一线地连成一寸，再连成一尺，再连成一丈、一匹，织完后才是有用的东西。学问也必须靠日积月累，下累日累年之功，不分昼夜，才能有所长进，而你却懒学厌卷，中途逃学，等于前功尽弃，一事无成。我剪断织的布，就像你中途退学一样，什么有用的物件也成不了。"

孟子听了母亲的教诲，深感惭愧。从此以后专心读书，发愤用功，身体力行、实践圣人的教诲，终于成为一代大儒，被后人称为"亚圣"。

● 智慧之窗

环境影响人才，环境造就人才，环境也淹没人才，只有良好的人文环境才能培养好的人才，这就是"孟母三迁"告诉我们的道理。孔子说：与善人居，如入芝兰之室，久而不闻其香，即与之化矣；与不善人居，如入鲍鱼之肆，久而不闻其臭，亦与之化矣。也是这个道理。

一个人的成长，脱离不了社会环境的熏陶感染，所谓与智者同行，你也会不同凡响，与高人比肩，你也能登上顶峰。所以你是谁不重要，重要的是你要和谁站在一起。你的选择决定了你未来的人生走向。擅长发现别人的长处，并把它转化为自身的优点，你就会成为聪慧人；擅长把握人生的机会，并把它转化成自身的机会，你就会成为优秀者。

晏子使楚解尴尬

● 故事背景

齐国是周天子分封的诸侯国之一，自桓公即位以来，任管仲为相，内修政治，外交诸侯，国力日渐强盛，很快便成为春秋时期最强大的诸侯国，桓公也位列春秋五霸之首。然而齐国到了景公时期。国内官吏腐败，民生凋敝，军队战斗力也开始锐减。

与此同时，南方的楚国却正在蒸蒸日上。楚并非周天子分封的诸侯国，与秦国同属"化外夷民"，但楚国却一跃成为春秋时期另一大军事强国，并与春秋中后期的第一军事强国晋国抗衡了数十年。

晋国派出军队对齐实施震慑性攻击，晋国军队几乎兵临城下，景公意识到单凭齐国的力量是无法与强晋抗衡的，于是他将目光放到了南方的楚国，决意与楚修好，共抗晋国。在这种情况下，晏子作为使者访问了楚国。

此时楚国由楚灵王执政，他目空天下，狂妄自傲，因此打算羞辱一下齐国的使节，于是便有了"晏子使楚"这个故事。

晏婴，字仲平，春秋时齐国夷维人，夷维就是今天的山东高密县附近。他在齐国担任大夫之职，是当时有名的政治家、思想家、外交家。个子矮小，其貌不扬。晏婴头脑机敏，能言善辩。内辅国政，屡谏齐王。对外他既富有灵活性，又坚持原则性，出使不受辱，捍卫了齐国的国格和国威。司马迁非常推崇晏婴，将其比为管仲。

晏子使楚的故事出自《晏子春秋·内篇杂下第十》，此书相传是晏子所作，也有人说是后人编写的，其中记录了不少有关晏子的逸闻逸事。

● 故事梗概

晏子身负使命，出使楚国，楚王为了显示自己权威，故意刁难晏子，结果却闹出了许多令自己尴尬的事来。楚国君臣知道晏子身材矮小，在大门的旁边开一个小门请晏子进去。晏子看了看说："这分明是狗门，出使到狗国的人从狗洞进出，现在我是出使到楚国来还是出使到狗国呢，出使楚国不应该从这个洞进去吧。"迎接宾客的人只好打开了大门，带晏子改从大门进去。

晏子来到王宫，拜见楚王。楚王说："齐国难道没有人才了吗？怎么会派你来呢。"晏子回答说："齐国的都城临淄有七千五百户人家，人们一起张开袖子，天就阴暗下来；一起挥洒汗水，就会汇成大雨；街上行人肩膀靠着肩膀，脚尖碰脚后跟，怎么能说没有人呢？"楚王说："既然这样，那么为什么会派遣你来呢？"晏子回答说："齐国派遣使臣，要根据不同的对象，贤能的人被派遣出使到贤能的国王那里去，没贤无能的人被派遣出使到没贤能的国王那里去。我晏婴大概是属于没有才能的人，所以只能出使到楚国来了。"楚王闻听，无以言对。

楚王请晏子喝酒。喝酒喝得正高兴的时候，两个小吏绑着一个人到楚王面前。楚王问："绑着的是什么人？"小吏回答说："是齐国的人，犯了偷窃罪。"楚王瞟着晏子说："齐国人本来就善于偷窃吗？"晏子离开座位，郑重地回答说："我听说过这样一件事，橘子生长在淮南是橘子，生长在淮北就变为枳子，只是叶子的形状相似，它们果实的味道完全不同。这样的原因是什么呢？是水土不同。现在百姓生活在齐国不偷窃，来到楚国就偷窃，莫非是楚国的水土使百姓善于偷窃吗？"楚王笑着说："圣人不是能同他开玩笑的，我反而自讨没趣了。"

● 智慧之窗

在这个故事中，一共描述了三个楚国刁难晏子的场景，均被晏子一一化解，面对楚国的无礼他不卑不亢，面对楚国的责难，他从容应对，"出使到狗国的人从狗洞进出"，"齐国派遣使臣，要根据不同的对象"，以及"淮南为橘，淮北为枳"充分表现了晏子的机智多谋。正是这一故事的精彩，才给后人流传下了自取其辱、挥汗如雨、比肩继踵、南橘北枳等多个成语。南方之橘移植淮河之北就会变成枳，比喻同一物种因环境条件不同而发生变异。后人遂用"南橘北枳"来比喻环境对人的影响。外交无小事，尤其在牵涉到国格的时候，更是丝毫不可侵犯。晏子以"针尖对麦芒"的方式，维持了国格，也维护了个人尊严。

齐桓公任用管仲

● 故事背景

齐国是春秋时期的大国，齐襄公与鲁国国君鲁桓公有隙，趁两国相会之机，杀了桓公，又私通桓公夫人文姜，杀戮无辜，搞的内外紧张，襄公的几个弟弟担心祸及自己，纷纷出逃。

齐桓公是春秋时代的第一位霸主。管仲为齐国丞相，被称为春秋第一相。齐桓公任用管仲，使得齐国大治的故事出自《国语齐语》。

● 故事梗概

襄公有两个兄弟，一个叫公子纠，当时避难在鲁国（都城在今山东曲阜）；一个叫公子小白，当时在莒国（都城在今山东莒县）。两个人身边各自都有著名的师傅，公子纠的师傅叫管仲，公子小白的师傅叫鲍叔牙。后来，齐国国君齐襄公被杀，国中无君，两个公子得知齐襄公被杀的消息，分别计划回齐国争夺君位，先到齐国者自然就会登上君位。

在公子小白回齐国的路上，管仲早就派好人马拦截他。趁乱之时，管仲拈弓搭箭，对准小白射去。只听小白大叫一声，倒在车里。

管仲以为小白已经死了，就不慌不忙护送公子纠回到齐国去。怎知公子小白是诈死，还未等到公子纠和管仲进入齐国国境，小白和鲍叔牙早已抄小道急速抢先回到了国都临淄。小白当上了齐国国君，即齐桓公。

齐桓公即位以后，即发令追杀公子纠，在迫使鲁国杀了公子纠后，把管仲也抓住送回齐国治罪。

鲍叔牙与管仲情同手足，也深知管仲的才华。当他知道管仲被抓，立即向齐桓公推荐管仲。齐桓公气愤地说："管仲拿箭射我，要我的命，我还能用他吗？"

鲍叔牙说："那会儿他是公子纠的师傅，他用箭射您，正是他对公子纠的忠心。论本领，他比我强得多。主公如果要干一番大事业，成就霸业，管仲可是个用得着的人"。

齐桓公也是个豁达大度的人，听了鲍叔牙的话，不但不办管仲的罪，还立刻任命他为相，让他管理国政。

不久，齐桓公又尊管仲为"仲父"，授权让他主持一系列政治和经济改革：管仲很快推行了一系列的改革措施，他注重经济，反对空谈主义，实施改革以富国强兵，他认为要想强大首要的是富国："国多财则远者来，地辟举则民留处，仓廪实而知礼节，衣食足而知荣辱"。在全国划分政区，组织军事编制，设官吏管理；建立选拔人才制度，士经三审选，可为"上卿之赞"（助理）；按土地分等征税，禁止贵族掠夺私产；发展盐铁业，铸造货币，调剂物价。管仲改革的实质，改革土地和人口制度。管仲改革成效显著，齐国由此国力大振。对外，管仲提出"尊王攘夷"，联合北方邻国，抵抗山戎族南侵。这一外交战略也获得成功。后来孔子感叹说："微管仲，吾披发左衽已！"。

管仲帮着齐桓公对内整顿朝政、例行改革，对外尊王攘夷，存亡续绝，终于九合诸侯，一匡天下，成就了春秋五霸之首的伟业。齐国霸业的取得与桓公的开明和管仲的谋略是密不可分的，在管仲的主持下，还起用了一批各有所长、尽忠职守的出色人才，最具代表性的便是"桓管五杰"。最后终于在"尊王攘夷"的号召与实践过程中，桓公则一次次地以霸主的身份会盟各诸侯国，假主命以号令中原，成了春秋时代的第一位霸主。

● 智慧之窗

交朋处友，需要雅量，领导用人则需要尊贤，因为你的事业要求你在用人的时候，不是看谁跟你有过节，谁跟你关系最好，而是看谁最有能力，谁才是你最需要的人才。不拘一格用人才，摒弃旧恶，不计前嫌，仇人也能为我所用，甚至成为君臣挚友。齐桓公不记恨管仲射钩之仇，其博大的胸襟，值得称道。古有齐桓公用管仲，李世民用魏征，这些卓越的领导者大胆起用"仇人"，结果"仇人"帮助他们缔造了盛世江山。

人与人相处，难免有冲撞、过节、恩怨，最重要的是忘记过去，不计前嫌。如果你与别人闹了点别扭，就寻机报仇，给他小鞋穿，要好好收拾他，其实，你不是在给别人难堪，而是在给自己制造麻烦。你打击了别人，别人如果同样怀恨在心，到最后受伤的还是你自己。你打我一拳，我必定想方设法踩你两脚，但是，踩过之后呢？对你有什么好处？宰相肚里能撑船，唯有宽容的人才能成就大事业。

秦穆公羊皮换贤

● 故事背景

秦穆公，春秋五霸之一。他非常重视人才，任用百里奚、蹇叔、由余为谋臣，击败晋国，俘晋惠公，灭梁、芮两国。后在崤（今河南三门峡东南）之战被晋军袭击，大败，转而向西方发展，"益国十二，开地千里，遂霸西戎"，对秦的发展和古代西部的民族融合都做出了一定的贡献，是有所作为的政治家。周襄王任命他为西方诸侯之伯，遂称霸西戎。

秦穆公羊皮换贤的故事出自《史记·秦本纪》："百里奚亡走宛，楚鄙人执之。穆公闻百里奚贤，欲重赎之，恐楚人不与，乃使人谓楚曰：'吾媵臣百里奚在焉，请以五羖羊（黑公羊）皮赎之。'楚人遂许与之。穆公大悦，授之国政，号曰'五羖大夫'。"

● 故事梗概

公元前655年，秦穆公派公子絷到晋国代自己去求婚。晋献公把大女儿许配给秦穆公，还送了一些奴仆作为陪嫁，其中有一个奴仆叫百里奚。

他是虞国的亡国大夫，很有才能。晋献公本想重用他，但百里奚却宁死不从。这次，有个大臣对晋献公说："百里奚不愿做官，就让他做个陪嫁的奴仆吧。"公子絷带着百里奚等回国时，半道上百里奚却偷偷逃走了。秦穆公和晋献公的大女儿结婚后，在陪嫁奴仆的名单中发现少了百里奚。就追问公子絷。公子絷说："一个奴仆逃走了，没什么了不起。"

朝中有个从晋国投奔过来的武士叫公孙枝，把百里奚介绍了一番，认为他是个了不起的贤才。于是，秦穆公一心想找到百里奚。再说百里奚慌乱中逃到了楚国的边境线上，被楚兵当作奸细抓了起来。百里奚说："我是虞国人，有钱人家看牛的，国家灭亡了，只好出来逃难。"

楚兵见这个六七十岁的老头子一副老实相，不像个奸细，就把他留下来看牛。他还是有一套牧牛的本领，把牛养得都很肥壮，大家给他送了个雅号——"放牛大王"。楚国的君主楚成王知道后，就叫他到南海去放马。

后来秦穆公总算打听到百里奚的下落，就备了一份厚礼，想派人去请求楚成王把百里奚送到秦国来。公孙枝说："这可万万使不得。楚国让百里奚看马，是因为不知他是个贤能之士。如果您用这么贵重的礼物去换他回来，不就等于告诉楚王，你想重用百里奚吗？那楚王还肯放他走吗？"秦穆公问："那你说说怎样弄他回来？"公孙枝答道："应该按照现在一般奴仆的价钱，花五张羊皮把他赎回来。"

一位使者奉命去见楚王，说："我们有个奴隶叫百里奚，他犯了法，躲到贵国来了，请让我们把他赎回去办罪。"说着献上五张黑色的上等羊皮。楚成王想都没想，就命令把百里奚装上囚车，让秦国使者带回去。

百里奚拜见秦穆公后，秦穆公想请他当相国。百里奚推荐了自己的朋友蹇叔和蹇叔的儿子西乞术、白乙丙。秦穆公拜蹇叔为右相，拜百里奚为左相。没多久，百里奚的儿子也投奔到秦国来，被秦穆公拜为将军。

五张羊皮换来五位贤人的事，成为千古佳话。

● 智慧之窗

一个领导纵是有天大的本领，若是身旁没有四梁八柱来辅佐，也是孤掌难鸣，有志难成，只有知人善用，才能让自己的智慧扩展到更大的领域。

齐威王韬光治国

● 故事背景

齐威王，战国时期齐国国君。公元前356年继位，在位36年。以善于纳谏用能，励志图强而名著史册。不过威王初即位时，日事酒色，不理政事。以致韩、魏、鲁、赵等国都来入侵，出现了"诸侯并伐，国人不治"的局面。但他虚心纳谏，立即振作起来，下定了"不飞则已，一飞冲天；不鸣则已，一鸣惊人"的决心。平民邹忌以鼓琴求见，劝威王用贤臣、除奸佞，恤民养战，经营霸王大业。威王见邹忌是个人才，三个月后就用为相国，加紧整顿朝政，改革政治。

齐威王韬光治国的故事即发生在当时，出自《史记·六国年表·田敬仲完世家》。

● 故事梗概

齐国向来有尊重人才的优良传统，然而把人才提高到国宝高度来认识的，是齐威王。

据史载：威王二十四年，齐威王和魏惠王在郊外一起打猎。魏惠王说："齐国有宝贝吗？"齐威王说："没有。"魏惠王说："我的国家虽然小，尚且有直径一寸大小的珍珠，光辉能够照亮车前车后各十二辆车，这样的珠子有十颗。难道你们这样的大国，就没有宝贝吗？"威王说："我用来认定宝贝的观点跟您不同。我有个大臣叫檀子的，派他守南城，楚国人就不敢来侵略，泗水流域的十二个诸侯都来朝拜我国。我有个大臣叫盼子的，派他守卫高唐，赵国人就不敢来黄河打鱼。我有个官吏叫黔夫的，派他守卫徐州，燕国人对着徐州的北门祭祀求福，赵国人对着徐州的西门祭祀求福，迁移而请求从属齐国的有七千多家。我有个大臣叫种首的，派他警备盗贼，做到了路不拾遗。这四个臣子，他们的光辉远照千里，岂止十二辆车呢？"魏惠王听了，面带羞惭。

基于人才是宝的深刻认识，齐威王能够做到不拘一格地任用贤才。他一面选用宗室中有智能的人为官，如田忌做将军，盼子守高唐。一面又选用大批门第寒微的士人，委以重任。比如，因受妒而惨遭迫害的著名军事家孙膑，从魏国逃归时本是刑余之人，是被追杀的囚犯，而到齐国后，以其丰富的军事理论和卓越的指挥才能，在田忌的推荐下，受到齐威王的信任和重用。又如平民出身的邹忌，毛遂自荐，鼓琴论政，得到威王重用，三月得相印，次年封侯。

齐威王从治吏入手，向他的左右了解地方管吏的政绩情况，左右都说阿大夫是最好的，即墨大夫是最坏的。齐威王又亲自深入到各地明察暗访、向老百姓调查了解，其结果与左右说的截然相反。

原来，即墨大夫为人正直，一心为人民办事，不善结纳朝廷的左右近臣，所以大官们都说即墨大夫不好。反而阿大夫善于用贿赂手段买动人情，巴结朝廷左右大臣，因此大官们都说阿大夫是好官。

齐威王于是召见百官及即墨大夫，封赐即墨大夫享用一万户的俸禄。齐威王又召见阿（城）大夫，下令把阿城大夫及替他说好话的左右近臣烹了（煮死）。

威王这种不偏听偏信，探查真实情况，基于事实上的严刑重赏，致使"齐国震惧，人人不敢饰非，务尽其诚。齐国大治。诸侯闻之，莫敢致兵于齐二十余年"。齐国因此大治，成为天下的强盛国家。

● 智慧之窗

毛泽东曾经说过："世界上，人是第一个最宝贵的，只要有了人，什么人间奇迹都可以创造出来。"毛主席说的人就是人才，有了人才，就有了事业，就有了财富，就有了一切。反之，失去了人才，就是得到了珠宝也会掉失。所以，齐威王的论宝观点，不管是在过去，还是现在，都是非常正确的，是值得今人借鉴的。发现人才和重用人才，都是同等的重要，它们是伯乐与千里马的关系。光有千里马而没有识马的伯乐，千里马与普通的马又有何异呢？到头来还不是要老死在槽边。所以，一个单位甚至一个国家，培养人才、善用人才非常的重要。人才有如机体里的新鲜血液，没有新鲜血液的补充，机体就要老化，就要死亡。

能否广开言路，奖励纳谏，以及纳谏程度是衡定一个君主是否开明、以及开明程度的一条重要标准。就此言，齐威王无疑是一个佼佼者。比如威王即位之初，沉湎不治，内政不理，外敌并侵。淳于髡就以隐语"国中有大鸟"相谏，被威王所接受。

要想成功，一个人的力量是微弱的，学会借他人之力，来完成自己的心愿才是有大智慧的人。

毛遂自荐显才能

● 故事背景

公元前260年，赵王中了秦的反间之计，以只能纸上谈兵的赵括代替廉颇守卫重地长平，使得赵四十万大军被困长平，最后全部为秦将白起坑杀，精锐丧失殆尽。次年，秦乘胜围攻赵都城邯郸。邯郸震动，赵王急召平原君商议退敌救国之策。平原君道："为今之计，只有求救于诸侯。魏与在下有姻亲关系。关系素善，求之则发救兵。楚乃大国，且路途遥远，唯有以'合纵'之策促其发兵，臣愿亲往。"赵王依之。

平原君是战国著名四君子之一，以礼贤下士闻名于世。平原君有门客三千、毛遂位居末列。平原君回至府中，急招门客，说明使楚促合纵之事，欲选拔二十人随同前往。平原君告诉大家："此次合纵定约，关系到邯郸的得失，赵国的存亡，关系甚大，势在必得。倘若和谈不能成功，则须以武力相威胁，迫使楚王歃血订盟。故所选二十人必是文武兼备之士。诸位都是当今贤士，且事情紧急，二十人便出自各位当中了。"可是，三千人中，能文者不能武，能武者又不能文，最后只选了十九人，最后一人竟不知选谁。平原君不禁发出慨叹："想我赵胜相士数十年。门下宾客三千，不料挑选二十人竟如此难！"

毛遂身为赵公子平原君赵胜的门客，居平原君处三年未得崭露锋芒。见平原君正在为选拔使者犯愁，便自告奋勇，自荐出使楚国，促成了楚、赵合纵，声威大振，并获得了"三寸之舌，强于百万之师"的美誉。

毛遂（前285年–前228年），战国末期薛国（今滕州）人，死后葬于薛地，今在滕州市官桥镇车站旁仍有其墓地。

毛遂自荐的典故出自西汉·司马迁《史记·平原君虞卿列传》："门下有毛遂者，前，自赞于平原君曰：遂闻君将合从于楚，约与食客门下二十人偕，不外索。合少一人，愿君即以遂备员而行矣。

相传，毛遂在朝歌云梦山从师于鬼谷子先生，云梦山鬼谷祠旁，有毛遂庙，为游览瞻拜之胜地。

● 故事梗概

战国时，秦军在长平一线，大胜赵军。秦军主将白起，领兵乘胜追击，包围了赵国都城邯郸。

赵国派遣平原君请求救兵，到楚国签订"合纵"的盟约。平原君约定与门下既有勇力又文武兼备的食客二十人一同前往。临行前平原君说："如果能用和平方法取得成功最好；如果和平方法不行，那我就在华屋之下用"歃血"的方式，签订'合纵'盟约再返回。"平原君在门下的食客中只找到十九个文武兼备的，还差一个。这时门下有食客叫毛遂的人，走上前来，向平原君自我推荐说："我听说先生将要到楚国去签订'合纵'盟约，约定与门下食客二十人同去，现在还少一个人，希望先生让我凑个人数吧！"平原君问他到门下有几年了，毛遂告诉他有三年了。平原君说："贤能的士人处在世界上，好比锥子处在囊中，它的尖梢立即就要显现出来。而你在我的门下待了三年，我怎么一点也不了解你呢？一定是你没什么过人之处。"不同意毛遂跟去，毛遂回话说："我不过今天才请求进到囊中罢了。如果我早就处在囊中的话，（我）就会像禾穗的尖芒那样，整个锋芒都会挺露出来，不单单仅是尖梢露出来而已。"平原君终于与毛遂一道前往出国。那十九个门客根本就没看得起他，一路上嘲讽挤兑。

在楚国，平原君与楚国谈判"合纵"的盟约，反复说明"合纵"的利害关系，从早晨说到晚上，谈判进行得很艰苦，但仍然没有眉目。毛遂手握剑柄登阶而上，楚王怒斥，你算是干什么的？我正在与你的国君谈判。

毛遂手握剑柄上前说道："大王你敢斥责我，是仗着楚国人多。现在，十步之内，我既可取你的性命，你人多又何妨？大王，我听说汤以七十里的地方统一天下，文王以百里的土地使诸侯称臣，难道是由于他们的士卒众多吗？实在是由于他们能够凭据他们的条件而奋发他们的威势。今天，楚国土地方圆五千里，持戟的士卒上百万，这是霸王的资业呀！以楚国的强大，天下不能抵挡。区区一个白起，率领几万部众，发兵来和楚国交战，一战而拿下鄢、郢，二战而烧掉夷陵，三战而侮辱大王的祖先。这是百代的仇恨，而且是赵国都感到羞辱的事，而大王却不知道羞耻。'合纵'这件事是为了楚国，并不是为了赵国呀。我的君主在眼前，你斥责我也是不应该的？"楚王一听，无言以对，很快同意了联合。

毛遂凭借三寸不烂之舌不仅说服楚王签了"合纵"盟约，也保全了平原君的脸面。

● 智慧之窗

把握时机自告奋勇。大多数人都学过一篇课文《我选我》，讲的是毛泽东毛遂自荐的故事。一个有才干的人，不要总是等着别人去推荐，只要机会来了，自己主动站出来，以便更好实现自己的价值。人们赞颂毛遂遇事机敏应变的才智，也敬佩他自告奋勇的精神。毛遂有把握机遇的本领，让机遇之神垂青自己的才能，从而使自己的大智大勇不失时机地得到充分发挥。如果他不能主动出击，及时把握机遇，那么，他即便怀有旷世之才也只好永处"囊中"了。

人的才能，具备完成某种工作能力，只是人才的一种潜在能力，而能把握住时机，不失时机，就要对社会生活有深刻的洞察，掌握并能解决人际关系，因此，就人才的才能来看，它是才能的一种表现形式，而一旦这种才能产生效应，那种潜在的，具备完成某项事业能力的发挥，才能得到"天时、地利、人和"的支撑，从而走向成功之路。

田忌赛马论输赢

● 故事背景

公元前四世纪的中国，处在诸侯割据的状态，历史上称为"战国时期"。当时，在魏国做官的孙膑，因为受到同僚庞涓的迫害，被齐国使臣救出后，到达齐国国都。

田忌，田氏，名忌，字期，又曰期思，封于徐州（今山东滕州南），故又称徐州子期。战国初期齐国名将。齐国使臣将他引见给齐国的大将军田忌，田忌向孙膑请教兵法，孙膑讲了三天三夜，田忌特别佩服，将孙膑待为贵宾，孙膑对田忌也很感激，经常为他献计献策。

赛马是当时最受齐国贵族欢迎的娱乐项目。上至国王，下到大臣，常常以赛马取乐，并以重金赌输赢。

田忌赛马的故事出自《史记》卷六十五《孙子吴起列传第五》，是中国历史上有名的揭示如何善用自己的长处去对付对手的短处，从而在竞技中获胜的事例。

● 故事梗概

大将田忌，很喜欢赛马，有一回，他和齐威王约定，要进行一场比赛。他们商量好，把各自的马分成上、中、下三等。比赛的时候，要上马对上马，中马对中马，下马对下马。由于齐威王每个等级的马都比田忌的马强得多，所以比赛了几次，田忌都失败了。

田忌觉得很扫兴，比赛还没有结束，就垂头丧气地离开赛马场，这时，田忌抬头一看，人群中有个人，原来是自己的好朋友孙膑。孙膑招呼田忌过来，拍着他的肩膀说："你再同齐王赛一次，我有办法能让你赢。"

田忌疑惑地看着孙膑："你是说另换一匹马来"？

孙膑摇摇头说："连一匹马也不需要更换"。

齐威王屡战屡胜，正在得意扬扬地夸耀自己马匹的时候，看见田忌陪着孙膑迎面走来，

便站起来讥讽地说：

"怎么，莫非你还不服气？"

田忌说："当然不服气，咱们再赛一次！"说着，"哗啦"一声，把一大堆银钱倒在桌子上，作为他下的赌钱。

齐威王一看，心里暗暗好笑，于是吩咐手下，把前几次赢得的银钱全部抬来，另外又加了一千两黄金，也放在桌子上。

一声锣响，比赛开始了。

比赛前田忌按照孙膑的主意，用上等马鞍将下等马装饰起来，冒充上等马，与齐王的上等马比赛。比赛开始，只见齐王的好马飞快地冲在前面，而田忌的马远远落在后面，国王得意地开怀大笑。齐威王站起来说："想不到赫赫有名的孙膑先生，竟然想出这样拙劣的对策。"第二场比赛，还是按照孙膑的安排，田忌用自己的上等马与国王的中等马比

赛，在一片喝彩中，只见田忌的马竟然冲到齐王的马前面，赢了第二场。关键的第三场，田忌的中等马和国王的下等马比赛，田忌的马又一次冲到国王的马前面，又战胜了一局，结果二比一，田忌赢了国王。

从未输过比赛的国王目瞪口呆，他不知道田忌从哪里得到了这么好的赛马。这时田忌告诉齐王，他的胜利并不是因为找到了更好的马，而是用了计策。随后，他将孙膑的计策讲了出来，齐王恍然大悟，立刻把孙膑召入王宫。孙膑告诉齐王，在双方条件相当时，对策得当可以战胜对方，在双方条件相差很远时，对策得当也可将损失减低到最低程度。后来，国王任命孙膑为军师，挥指全国的军队。从此，孙膑协助田忌，改善齐军的作战方法，使齐军在与别国军队的战争中因此屡屡取胜。

还是同样的马匹，由于调换一下比赛的出场顺序，就得到转败为胜的结果。说明不论做什么事都要细致观察，认真思考，采用恰当的方法，才能取胜。

● 智慧之窗

田忌赛马，看似简单，仅仅是调换了出场赛马的顺序，然而这种调整却使结局发生了根本的变化，产生了顺序调换大不同效果。其实，这种调整改变了参赛战术的策略，马还是原来的马，只是策略运用得当，终于获胜。这里首先要知己知彼，清楚对方己方的实力。《谋术》篇中讲，"凡是谋策略，都是遵循一定的规则，即首先要追寻所面临的问题的起因，进而探求事物发展的过程，特别是各种情况。掌握了这些情况，才可以制定三种策略。所谓三种策略就是上策、中策和下策。将这三种策略互相参验，互补互取，就能产生出解决问题的良策奇谋来。真正的良策奇谋是无所阻挡的、无往而不胜的"田忌赛马就是这种谋术，结果出奇制胜。

邹忌鼓琴谏齐王

● 故事背景

邹忌，齐国的谋臣，历事桓公、威王、宣王三朝，以敢于进谏和善辩著称。他和当时敢于劝谏的淳于髡善用隐语不同，既能言善辩又有远见。据说谋士淳于髡起初对他很不服气，后来经过几番辩论不禁也心声敬佩。邹忌谏齐王的故事选自《战国策·齐策一》，生动地记叙了邹忌讽齐王纳谏，使齐王广开言路、修明政治的故事。

自古帝王都爱犯一个毛病，守江山的时候都没有打江山的时候勤勉，战国时齐威王最初也是这样，吃喝玩乐当撒手掌柜的。使国势逐渐衰微，后来发奋图强，国势又强大起来，这与邹忌等敢于进谏的大臣息息相关。

● 故事梗概

邹忌琴弹得很好，在做齐国相国之前是个琴师。齐威王爱听琴，于是请他弹琴，邹忌来了以后只调试琴弦却抚琴不弹。

齐威王见此十分着急地催促说：快点弹奏吧。

邹忌却说：弹琴要先知道乐理，否则就有杂音了，这和您治理国家是一样的。

可是当邹忌调好琴后，仍然坐在那里不动，齐威王说：赶快弹奏一曲吧，寡人等不及了。邹忌却说：我是琴师，弹琴是我的事。我现在在琢磨琴理，等一会再弹也不要紧。可是您是国君，你面对的国家就好像是一张大琴，你在研究它吗？您抚着这样一张大琴，既不研究也不弹奏，和我有什么分别吗？而且，这样的危害可比我不弹琴的危害大得多呀。齐威王闻听，终于明白了邹忌的用心，豁然大悟：谢谢你，我明白了。

不久，齐威王拜邹忌为相国。

当了相国的邹忌，不时给威王提建议，可是光有一个人敢说真话不行啊，一个人的力量毕竟有限，要使国王听到更多的声音，必须广开言路。为此，他苦思冥想，想不出一个使国王广泛纳谏的办法。

一天，邹忌这天早晨穿戴好衣帽，照着镜子，他故意问他的妻子："我同城北徐公比，谁漂亮？"

他的妻子说："您漂亮极了，徐公哪里比得上您呢？"

城北的徐公，是齐国的美男子。

邹忌又问他的小妾："我同徐公比，你看谁更漂亮？"妾说："徐公怎么能比得上您呢？"

第二天，有客人从外面来，邹忌同他坐着闲聊，邹忌又问他："你看我同徐公比，谁漂亮呢？"客人说："徐公不如您漂亮。"

又过了一天，徐公来了，邹忌仔细地看他，自己觉得不如徐公漂亮；再照镜子看看自己，更是觉得自己与徐公相差甚远。晚上躺着想这件事，说："我的妻子认为我漂亮，是偏爱我；妾认为我漂亮，是害怕我；客人认为我漂亮，是想有求于我。"

于是，邹忌上朝拜见齐威王，将这件事告诉了国王，他说道："我确实知道自己不如徐公漂亮。可是我妻子偏爱我，我的妾害怕我，我的客人想有求于我，他们都认为我比徐公漂亮。如今齐国有方圆千里的疆土，一百二十座城池，宫中的妃子、近臣没有谁不偏爱您，朝中的大臣没有谁不害怕您，全国范围内的人没有谁不有求于您：由此看来，大王您受蒙蔽很深啦！"

齐威王听后很受震动，于是颁发诏书："凡大小官吏或百姓，能够当面指责我的过错的，受上等奖赏；书面劝谏我的，受中等奖赏；能够在公共场所批评议论我的过失，并能传到我的耳朵里的，受下等奖赏。"命令刚下达，许多大臣都来进谏，宫门前庭院内人多得像集市一样；几个月以后，还不时地有人偶然来进谏；满一年以后，即使有人想进谏，也没有什么可说的了。收集上来的各种意见包含方方面面，为齐国制定政策创造了条件。由此，齐王颁发了各种改革政策，齐国的状况迅速好转。燕、赵、韩、魏等国听说了这件事，纷纷来齐到国朝见齐王。一系列的革新，使齐国取得了不战而胜的效果。

● 智慧之窗

邹忌能进谏成功有两个关键：一在于他说话的艺术与技巧上，他巧妙地将自己的妻、妾，客人与威王的宫妇，群臣，邻国进行类比，轻而易举地让齐王明白了光听好话不行，要听出好话背后真实的想法和声音，二是纳谏者齐威王有谦厚开阔的胸襟，重贤而又明理。为什么齐威王的时候进谏的人多呀，最主要一个原因就是帝王的胸怀，对于心胸狭窄者进谏就意味着你的坏运气的开始。

一个人离不开生活和工作的大形势，因此进谏是要分人、场合和时间、地点的，不能乱进谏。用暗示、比喻的方法委婉地规劝比直谏要安全得多，封建社会，皇权威威，不可侵犯，有多少谋臣良相因批龙鳞、逆圣听而惨遭杀身之祸。伍子胥赐剑自刎，比干剖腹挖心，屈子放逐，司马迁蒙宫刑之辱，都是千古奇冤！然而，邹忌却敢于劝说齐威王要从谏如流，他凭借的是"讽喻"二字，一种聪明巧妙的劝谏办法。

范雎远交近攻

● 故事背景

远交近攻语出《战国策·秦策》，范雎曰："王不如远交而近攻，得寸，则王之寸；得尺，亦王之尺也。"远交近攻是指联络距离远的国家，进攻邻近的国家。这是战国时秦国采取的一种军事外交策略。后也指待人处世的一种手段。分化瓦解敌方联盟，各个击破，结交远离自己的国家而先攻打邻国的战略性谋略。

战国末期，七雄争霸。秦国经商鞅变法之后，势力发展最快。秦昭王开始图谋吞并六国，独霸中原。

蔺相如和廉颇齐心协力保卫赵国，秦国也拿赵国没办法，就去侵犯别的国家。公元前270年，秦国丞相穰侯准备发兵去打齐国。就在这时候，秦昭襄王接到一封信，是一个叫张禄的人写来的，说有要事求见。

张禄原是魏国人，本来叫范雎，投在魏国大夫须贾门下做门客。有一次，须贾带着范雎出使齐国。齐襄王见了须贾，痛骂魏国当初不该帮助燕国来打齐国。须贾碰了钉子，说不出话来。范雎替他说："如今大王即位，我们的国君打发使臣前来庆贺，两国重新和好。难道大王不想学当年桓公争霸业的样儿吗？"齐襄王听了，很器重范雎，打发人背地里去见他，送给他一份厚礼，范雎辞谢了。就为了这件事，须贾怀疑他私通齐国。

须贾回到魏国告诉了相国魏齐，认为范雎一定把魏国的机密大事告诉了齐襄王。魏齐就叫人严刑拷打范雎，把范雎的肋骨打断了，两颗门牙也掉了，没有问出任何问题，就用一张破苇席把他裹起来，扔在了厕所里。

天黑下来，范雎才从昏迷中醒过来，只见一个兵士守着他，范雎恳求他帮助。那个守兵偷偷地放走了他，回报魏齐，说范雎已经死了。范雎养好了病，怕魏齐追捕，便改名张禄。后来在朋友郑安平安排下，张禄到了秦国咸阳，后经人有人写信引荐给了秦昭襄王。

● 故事梗概

秦昭襄王在离宫约见了张禄。张禄趁此机会提出了远交近攻的军事外交策略。他建议秦昭襄王一面跟较远且力量较强的国家齐国、楚国交好，一面向邻近的韩国和魏国进攻。他说，把临近的国家打下来。打下一寸就是一寸，打下一尺就是一尺，兼并了韩国和魏国之后，齐国和楚国还站得住吗？秦昭襄王非常高兴，感到张禄的策略会使秦国实现称霸兼并。

公元前266年，秦昭襄王布置好兵力，收回了穰侯的相印，叫他回到陶邑去；同时打发最有势力的三家贵族上关外去住；末了，逼着太后养老，不许她参与朝政。他拜张禄为丞相，把应城封给他，称他为应侯。

秦昭襄王按照丞相张禄的计策，准备去进攻魏、韩。魏安僖王召集大臣们商量怎么办。相国魏齐说："秦是强国，魏是弱国，咱们哪儿打得过人家？听说秦国的丞相张禄是魏国人，咱们不如先找他求和。"

魏安僖王依了魏齐，打发大夫须贾上秦国去求和。

须贾到了咸阳。张禄一听说须贾来了，换了一身破旧的衣服去拜见他。须贾一见，吓了一大跳。张禄答应为须贾引见丞相。到了相府门口，二人下了车。范雎让须贾等一等，由他进去通报。范雎进去了，老不出来。当知道范雎就是张禄后，吓得脱下了使臣的礼服，跪在门外等死。

范雎说："你在魏齐跟前诬告我私通齐国，本当死罪。现在你作为使臣，我饶你一命。"须贾一个劲儿地磕头。

第二天，范雎把逃到秦国来的经过从头到尾对秦昭襄王说了一遍。秦昭襄王不知道范雎受了这么大的委屈，就抚慰了一番。范雎叫须贾回去跟魏王说快把魏齐的脑袋送来，秦王可以答应魏国割地求和。

须贾连夜回去见了魏安僖王，把范雎的话说了一遍。魏安僖王愿割地求和，让魏齐自杀了。就这样范雎的远交近攻之策完成了第一步。

● 智慧之窗

远交近攻的策略的主旨是联络距离远的国家，进攻邻近的国家，步步为营，已达到开疆扩土的目的。这是战国时期秦国采取的一种实现扩张目的的军事外交策略，行之有效。对邻国则挥舞大棒，把它消灭。如果和邻国结交，去进攻远国，恐怕变乱会在自己的近处发生。其实，从长远看，所谓远交，也仅仅是一种策略，近攻是绝对的，远交是相对的，为了实现兼并统一，绝不可能是长期和好。消灭近邻之后，远交之国也就成了近邻，新一轮的征伐也是不可避免的。

一鸣惊人的齐威王

● 故事背景

一鸣惊人原指一声鸣叫使人震惊。比喻平时没有突出的表现，一下子做出惊人的成绩。原典故出自西汉·司马迁《史记·滑稽列传》中淳于髡与齐威王的对话："此鸟不飞则已，一飞冲天；不鸣则已，一鸣惊人。"后来即指荒废朝政的齐威王一朝警醒，韬光治国的故事。

战国时代，诸侯纷争，志向远大者，怀抱统一诸国，称霸中国之志。齐国自桓公以来，励精图治，国势强大，称霸于诸侯。到了齐威王时，情形大变。齐威王，本是一个很有才智的君主，但是，在他即位以后，却沉湎于声色犬马，不管国家大事，每日只知饮酒作乐，而把一切正事都交给大臣去办理，自己则不闻不问。由此，齐国的政治昏暗，官吏们贪污失职，国势衰微。再加上各国的诸侯也都趁机来侵犯，使得齐国由一个赫赫威名的霸主国，沦为了一个任人欺凌的弱国。

面对濒临灭亡的危险。齐国的一些爱国人士虽然都很担心，但是，却都因为畏惧齐王，没有人出来劝谏。

淳于髡，战国时期齐国（今山东省龙口市）人。齐国赘婿，齐威王用为客卿。他学无所主，博闻强记，他的口才很好，也很会说话。他多次用隐言微语的方式讽谏威王，居安思危，革新朝政。还多次以特使身份，周旋诸侯之间，不辱国格，不负君命。公元前349年，楚国侵齐，他奉命使赵，说服了赵王，得精兵十万，革车千乘，楚国闻风，不战而退。政治思想上，他主张益国益民的功利主义。在同孟轲就"礼"与"仁"的两次论战中，鲜明地表现了他的这一立场。司马迁称赞他说："其谏说慕晏婴之为人也"。

● 故事梗概

淳于髡他常常用一些有趣的隐语，来规劝君主，使君王不但不生气，而且乐于接受。

其实齐威王是一个很聪明的人，他很喜欢说些隐语，来表现自己的智慧，虽然他多次拒绝别人的劝告，但如果劝告得法的话，他还是会接受的。淳于髡知道这点后，便想了一个计策，准备找个机会来劝告齐威王。

有一天，淳于髡见到了齐威王，就对他说："大王，为臣有一个谜语想请您猜一猜：某国有只大鸟，住在大王的宫廷中，已经整整三年了，可是他既不振翅飞翔，也不发声鸣叫，只是毫无目的的蜷曲着，大王您猜，这是一只什么鸟呢"？

齐威王本是一个聪明人，一听就知道淳于髡是在讽刺自己，像那只大鸟一样，身为一国之尊，却毫无作为，只知道享乐。

而他当时也不想当一个昏庸的君王，于是沉吟了一会儿之后便毅然的决定要改过，振作起来，做一番轰轰烈烈的事。他对淳于髡说："嗯，这一只大鸟，你不知道，它不飞则已，一飞就会冲到天上去，它不鸣则已，一鸣就会惊动众人，你慢慢等着瞧吧"！

从此齐威王不再沉迷于饮酒作乐，开始整顿国政。首先他召见全国的官吏。对尽忠负责的，就给予奖励；而那些腐败无能的，则加以惩罚。

结果全国上下，很快就振作起来，到处充满蓬勃的朝气。另一方面他也着手整顿军事，强大武力，奠定国家的威望。各国诸侯听到这个消息以后都很震惊，不但不敢再来侵犯，甚至还把原先侵占的土地，都归还给了齐国。

齐威王的这一番作为，真可谓是"一鸣惊人"！

后来的人们便把"一鸣惊人"这句成语用来比喻一个人如有不平凡的才能，只要他能好好地运用，一旦发挥出来，往往有惊人的作为。

● 智慧之窗

俗话说，伴君如伴虎，劝谏不当有时是会丢脑袋的。劝谏也要长于谋略，审时度势。被人夸耿直未必是一件好事，做人一定要知道进退有度。

作为领袖，能够从善如流，及时调整自己，不仅需要气度，还需要勇气。齐威王即位之初的作为，从后来的行动看，似乎并不是他的本意，解释为是在等待良臣、时机，韬光养晦，以辨忠奸更为准确，这对于一个心怀抱负的国王来说，尤其需要耐心、修养、智谋和胆识。

● 历史链接

从前，齐王派淳于髡去楚国进献黄鹄。出了都城门，中途那只黄鹄飞走了，他只好托着空笼子，编造了一篇假话，前去拜见楚王说："齐王派我来进献黄鹄，从水上经过，不忍心黄鹄干渴，放出让它喝水，不料离开我飞走了。我想要刺腹或勒脖子而死，又担心别人非议大王因为鸟兽的缘故致使士人自杀。黄鹄是羽毛类的东西，相似的很多，我想买一个相似的来代替，这既不诚实，又欺骗了大王。想要逃奔到别的国家去，又痛心齐楚两国君主之间的通使由此断绝。所以前来服罪，向大王叩头，请求责罚。"楚王说："很好，齐王竟有这样忠信的人。"用厚礼赏赐淳于髡，财物比进献黄鹄多了许多。

蔺相如完璧归赵

● 故事背景

"完璧归赵"的"璧"指的是"和氏璧"，是一块宝玉的名称，它有一段不平凡的来历。相传在春秋时期的楚国，有个叫卞和的人，在楚山中拾到一块玉璞（即未经过加工的美玉），把它奉献给了楚厉王。厉王就叫辨别玉的专家来鉴定，鉴定的结果说是石头。厉王大怒，认为卞和在欺骗戏弄自己，就以欺君之罪，砍掉了卞和的左脚。不久，厉王死了，武王即位，卞和又把这块玉璞奉献给武王。武王也派辨别玉的专家来鉴定，结果同样说是石头，武王又以欺君之罪砍掉卞和的右脚。武王死后，文王即位。卞和抱着玉璞到楚山下大哭，一直哭了三天三夜。眼泪哭干了，最后哭出了血。文王听说后，就派人问他，说："天下被砍掉脚的人很多，都没有这样痛哭，你为什么哭得这样悲伤呢?"卞和回答说："我不是为我的脚被砍掉而悲伤、痛哭，我所悲伤的是有人竟把宝玉说成是石头，给忠贞的人扣上欺骗的罪名。"文王于是就派人对这块玉璞进行加工，果然是一块罕见的宝玉。于是就把这块宝玉命名为"和氏璧"。由于这块宝玉的珍奇，加之来历的不平凡，因此，便成了世间所公认的至宝，价值连城。这也是秦王不惜以十五座城为诱饵来骗取"和氏璧"的原因所在。故事中的人物叫蔺相如，战国时赵国大臣，政治家。与其有关的典故有完璧归赵，渑池之会与负荆请罪。

蔺相如完璧归赵的典故出自司马迁《史记·廉颇蔺相如列传》。

● 故事梗概

战国的时候，赵惠文王有一块叫作"和氏璧"的宝玉，被秦国的昭王知道了，昭王便派了位使臣到赵国来跟惠文王商量说："秦国愿意以十五个城池，和赵国换取这块'和氏璧'的宝玉。"

惠文王一听："这该如何是好呀？秦国这么强大，如果把宝玉交给秦昭王，他要是耍赖，不把十五个城池给我们。如果不给，秦昭王会不会一气之下派兵来打我们，到底该怎么办才好？"蔺相如见惠王为难，自告奋勇前去秦国，他对惠王说：秦国如果守信把城给我们赵国，我就把璧玉留在秦国。如果秦国食言，不把城给赵国，我一定负责将原璧归还赵国。

蔺相如到了秦国以后，见到了秦昭王，便把璧玉奉上。秦昭王一见到璧玉后，高兴地不得了。把璧玉捧在手上仔细欣赏，又把它传给左右的侍臣和嫔妃们看，但一直不提以十五个城池交换的事。蔺相如一看情形不对，马上向前对秦王说："大王，这块璧玉虽然是稀世珍宝，但仍有些微的瑕疵，请让我指引给大王看看"！

秦王一听："有瑕疵？快指给我看！"蔺相如从秦王手中把璧玉接过来以后，马上向后退了好几步，背靠着大柱子，瞪着秦王大声说："这块璧玉根本没有瑕疵，是我看到大王拿了宝玉以后，根本就没有把十五个城池给赵国的意思。所以我说了个谎话把璧玉骗回来，如果大王要强迫我交出璧玉的话，我就把和氏璧和我自己的头，一起去撞柱子，砸个粉碎。"蔺相如说完，就摆出一副要撞墙的样子。秦昭王害怕蔺相如真的会把璧玉撞破，连忙笑着说："你先别生气，来人呀！去把地图拿过来，划出十五个城市给赵国。现在你可以放心把璧玉给我了吧"！

蔺相如知道秦王不安好心，就骗秦王说："这块和氏璧，是天下人都知道的稀世珍宝，赵王在交给我送到秦国来之前，曾经香汤沐浴，斋戒了五天，所以大王在接取的时候，也同样应该斋戒五天，然后举行大礼，以示慎重呀！"。秦王为了得到璧玉，只得按照蔺相如所说的去做。蔺相如趁着秦王斋戒沐浴的这五天内，叫人将那块璧玉从小路送回赵国。

五天过去了，秦王果真以很隆重的礼节接待蔺相如。蔺相如一见秦王便说："大王，秦国自秦穆公以来，二十多位君王，很少有遵守信约的人，所以我害怕受骗，已差人将璧玉送回赵国！如果大王真的要用城池来交换楚和氏璧，就请先割让十五个城池给赵国，赵王一定遵守誓约将玉璧奉上。现在，就请大王处置我吧"！

秦昭王一听璧玉已经被送回赵国，心里虽然很生气，却也佩服蔺相如的智勇，不但没有杀他，还以礼相待，并将他送回了赵国，成就了千古传奇。

● 智慧之窗

完璧归赵的故事，充分展示了蔺相如的大智大勇。蔺相如以国家的利益为重，置个人生死于度外，同强大的对手斗智斗勇，并终于赢得了胜利，这是他非凡的胆略，随机应变聪明智慧的结果。在秦廷上蔺相如面对秦王这样强大的对手，不仅没有退缩，反而是运用自己的聪明才智，先是以所谓瑕疵骗过秦王，取过宝璧，后又以宝璧为盾牌，保全了赵国的利益。

同样，当我们在工作生活中遇到对手和困难时，也不要被对方的气势所压倒，只要我们保持清醒的头脑，机智果敢，沉着冷静，就一定能想出战胜困难、战胜对手的办法。如果畏惧退缩，首先在心理上就处于劣势，打败对手战胜困难的胜算就很少了。

西门豹治邺

● 故事背景

西门豹是战国时期魏国人。魏文侯即位后，任命西门豹任邺（今河北临漳）令。邺地处魏国和赵国的交界处，是战略要地，如果治理不好，不仅当地百姓受苦，而且魏国的安全也要受到威胁。西门豹治邺的故事选自《史记·滑稽列传》。

● 故事梗概

西门豹上任之初，看到漳河两岸田地荒芜，城镇萧条，人烟稀少，感到很奇怪。经过询问得知，是河伯娶媳妇造成这种荒凉景象，那河伯娶媳妇是怎么一回事呢？

原来漳河每年夏秋两季河水泛滥，淹没大批农田。当地官吏不积极赈灾，反而和以搞鬼神为职业的巫婆相勾结，把这种自然灾害说成"河伯显圣"，胡说什么每年选一名美女给河伯做媳妇，就可以免除水患，并借机敛取钱财。所以每到河伯娶媳妇的季节，女巫看到小户人家的漂亮女子，便说'这女子合适作河伯的媳妇'。马上下聘礼娶去。给她洗澡洗头，给她做新的丝绸花衣，让她独自居住并沐浴斋戒；并为此在河边上给她做好供闲居斋戒用的房子，张挂起赤黄色和大红色的绸帐，这个女子就住在那里面，给她备办牛肉酒食。这样经过十几天，大家又一起装饰点缀好那个如嫁女儿一样的床铺枕席，让这个女子坐在上面，然后把它浮到河中。起初在水面上漂浮着，漂了几十里便沉没了。那些有漂亮女子的人家，担心大巫祝替河伯娶她们去，因此大多带着自己的女儿远远地逃跑。也因为这个缘故，乡村城镇越来越空荡无人，以致更加贫困，这种情况从河伯开始"显圣"以来已经很久了。乡村间流传着"假如不给河伯娶媳妇，就会大水泛滥，把那些老百姓都淹死"的说法。

西门豹得知这一情况后，他谋划着破除这一陋习的办法，快到河伯娶媳妇的日子了，他就对当地官员说："到了给河伯娶媳妇的时候，希望三老、巫祝、父老都到河边去送新娘，有幸也请你们来告诉我这件事，我也要去送送这个女子"。

到了为河伯娶媳妇的日子，西门豹到河边与长老相会。三老、官员、有钱有势的人、地方上的父老也都会集在此，看热闹来的老百姓也有二三千人。那个女巫是个老婆子，跟着来的女弟子有十来个人，都身穿丝绸的单衣，站在老巫婆的后面。西门豹说："叫河伯的媳妇过来，我看看她长得漂亮不漂亮。"人们马上扶着这个女子出了帷帐，走到西门豹面前。西门豹仔细看了看这个女子，回头对三老、巫祝、父老们说："这个女子不够漂亮，麻烦大巫婆为我到河里去禀报河伯，需要重新找过一个漂亮的女子，迟几天再给他送去。"接着，就叫差役们一齐抱起大巫婆，把她抛到河中。过了一会儿又说："巫婆为什么去这么久？赶紧再叫她弟子去催催她！"又把她的一个弟子抛到河中。又过了一会儿，说："这个弟子为什么也这么久？再派一个人去催催她们！"又抛一个弟子到河中。总共抛了三个弟子。西门豹说："巫婆、弟子，这些都是女人，不能把事情说清楚。请三老替我去说明情况。"又把三老抛到河中。西门豹插着笔，弯着腰，恭恭敬敬，面对着河站着等了很久。长老、廷掾等在旁边看得心惊肉跳。西门豹说："巫婆、三老都不回来，怎么办？"要再派一个廷掾或者长老到河里去催他们。这些人见此都吓得在地上叩头，把头都叩破了，额头上的血流了一地，脸色像死灰一样。西门豹说："好了，暂且留下来再等他们一会儿。"过了一会儿，西门豹说："廷掾可以起来了，看样子河伯留客要留很久，你们都散了吧，离开这儿回家去吧。"从此以后，邺城上下，没人再提为河伯娶媳妇的事了。

西门豹破除了"河伯娶媳妇"的迷信后，决心根治漳河水患，他召集当地农民修建了十条水渠，引漳河水灌溉邺田，这样一来，既减少了漳河水泛滥造成的自然灾害，又大大肥沃了两岸的土地。经过西门豹的治理，漳河的水患终于被根除，邺的农业生产也获得了很大的发展，邺成为魏国北部的重要屏障。

● 智慧之窗

这个故事里，西门豹运用了借势去恶，以其人之道还治其人之身的办法，以巫婆、三老都不回来了这一最有效地手段，消弭了"河伯娶媳妇"的迷信活动，既惩戒了首恶，又教育了百姓。这靠一般的宣传教育惩戒的手段是达不到目的的。

其实，"为河伯娶妇"是假，地方官吏乡绅与巫婆狼狈为奸、上下联手骗取政府和百姓的钱财是真，反映了古代贪官污吏利用自然灾害发国难财丑恶嘴脸。这个故事很有典型意义，也具有现实性。

受害的老百姓不知道这事是假吗？当然知道，但百姓在下当官者在上，百姓没有话语权。是西门豹让百姓看到了头上的那块青天，所以直到现在西门豹治邺的故事仍代代流传。

信陵君窃符救赵

● 故事背景

信陵君窃符救赵这件事，发生在周赧王五十七年，即公元前258年，当时正值战国末期，秦国加紧吞并六国的步伐，战争进行得频繁而激烈。公元前260年，在长平之战中，秦国反间计成功，大破赵军，坑杀赵降卒四十万。秦又乘胜进围赵国首都邯郸，企图一举灭赵，再进一步吞并韩、魏、楚、燕、齐等国，完成一统中国的计划。当时的形势十分紧张，特别是赵国首都被围甚急，诸侯都被秦国的兵威所慑，不敢援助。魏国是赵国的近邻，又是姻亲之国，赵国只得向魏国求援。就魏国来说，唇亡齿寒，救邻即自救，存赵就是存魏，赵亡魏也将随之灭亡。信陵君高瞻远瞩，认识到赵国存亡对魏国的意义。为了国家的长远利益，维护魏赵联盟关系，不惜冒险犯难，窃符救赵，抗击秦兵；终于挫败了敌人的图谋，保障了两国的安全。故事出自《史记·魏公子信陵君列传》。

魏国的公子无忌，是魏昭王的小儿子，也是魏安厘王的（同父）异母的弟弟。昭王死后，安厘王即位，封公子为信陵君。

兵符是古代征调军兵所用的凭证，用不同的材料做成不同的形状，往往一半在统兵将领手里，一半在最高统治者手里，作为调用时的凭证。

● **故事梗概**

魏安厘王二十年，秦昭王已经击破了赵国的长平军，又进兵包围赵首都邯郸。

信陵公子的姐姐是赵惠文王弟弟平原君的夫人。多次发信给魏王和公子，向魏国求救。

魏王派晋鄙将军带领十万部众援救赵国。却怕秦国报复而让军队停留在邺城安营，名义上是救赵，实际上是抱观望双方的态度。情势十分危急。

这时，大梁夷门的守门人侯嬴向信陵君献计：要想救赵，只有得到兵符。要得到兵符，就得去请如姬。晋鄙的兵符放在魏王的卧室内，而如姬最受魏王的宠幸，可自由进出魏王的卧室，只有她能把兵符偷出来。当初，如姬的父亲被人杀害，如姬悬赏了三年，求人为她父亲报仇，但没有找到。于是如姬对公子您哭诉，您派门客斩了她仇人的头，献给如姬。如此大恩，如姬为您去死都在所不辞，只是没有机会罢了。如今您只要开口求她，她一定会答应。拿到了虎符，夺过晋鄙的军权，可以向北援救赵国，向西打退秦军。

公子听从了他的计策，求如姬，如姬果然盗得晋鄙的兵符给了公子。

公子又依了侯生的计策，带原隐居在屠市中当屠夫的朱亥一起前去兵营。到了邺城，公子假传魏王的命令取代晋鄙。晋鄙合上兵符，仍怀疑这件事，抬头看着公子说："我现在拥有十万军队，驻扎在边境上，这是国家的重任，现在你单车前来代替我，怎么回事？"朱亥见此，挥动袖里藏着的四十斤重的铁锥，打死了晋鄙，公子掌管了晋鄙的军队。挑选精兵八万人，攻击秦军。秦军腹背受敌，只得解围而去，解救了邯郸，保全了赵国。

魏王因公子偷了兵符，矫诏杀死了晋鄙而大为恼怒，公子自己也知道魏王恼怒他。击退秦军救了赵国以后，就让部将率领大军撤回魏国。公子自己则与门客留在了赵国。

● 智慧之窗

这个故事里信陵君深明"唇亡齿寒",救邻即是自救的道理。他先是"数请魏王,及宾客辩士说王万端",因为魏王"终不听",他才万不得已,打算"往赴秦军,与赵俱死"。最后采用了侯嬴的计策,冒了极大的风险,承受欺君杀将的罪名,夺得晋鄙的兵权,击退强秦的进攻,保卫了赵、魏的安全。一系列举措,没有急人之困的大无畏精神和远见卓识,是不能做到的。

窃符救赵,欺君盗符,当犯死罪。出谋划策者自然是主谋,盗符者、执符夺权杀将者自然是主犯,信陵君、如姬、侯嬴、朱亥每个人当然知道各种利害关系,然而为了国家大局,为了报答信陵君的知遇之恩,每个人都将危害甚至生命放在了身后,也许这才是这个故事的真正意义。

由于信陵君礼贤下士,与人为善,才有了侯生士为知己者死,如姬则为恩己者舍己,成就了一段千古佳话。其实,人的一生,就是不断在寻找精神寄托和追求的对象,若是找对了,于工作可以付出全部的热忱,于个人,可以鞍前马后。

鲁仲连书破聊城

● 故事背景

战国时代,群雄相争,连年混战,民不聊生。周赧王三十七年,雄心勃勃的燕昭王,为了争霸天下,命乐毅为上将军,率兵二十万,以闪电战法,进攻齐国,不到半年就攻下齐国七十二座城池。当时的聊城,也是其中之一。到了赧王四十年,燕王听信谗言,把乐毅罢免了官职。

这时,齐将田单便趁此机会,用火牛龙虎阵的战术破了燕军,杀死燕上将军骑劫,乘胜追击,一气收复了齐国七十一城,可唯独聊城城池坚厚,守将负隅顽抗,齐国损兵折将,久久不能攻下。

鲁仲连智破聊城的故事出自《史记》卷八十三《鲁仲连》传。

● 故事梗概

齐国有一义士,名叫鲁仲连,智勇双全,他周游列国,专好忧国忧民释纷解难。所以,各诸侯国都久仰他的大名,对他非常敬重。鲁仲连看到聊城战事持久,双方损兵折将。白白让百姓遭殃。于是,他便亲自来到齐军营寨，面见了田单将军。他对田单说："守城将军乐英，是乐毅的侄儿。他自幼跟叔叔长大，为人正直，骁勇善战。现在他叔叔被燕王罢官回乡，他也不受燕王信任，不敢回国；可要投降了齐国，又怕落个不忠之名。所以要在聊城死守，换得英忠之名。要是将军以武力相逼，他一定不会屈服，如若让我修书一封，射入城中，晓以利害，说不定能使他三思而后行。"田单久闻鲁仲连之韬略才华，对他射书的建议，也就满口答应了。

第二天，乐英正在东门巡察，忽见一齐将往城楼上射来一箭，上面似束着书信。他忙吩咐守城士卒拣来一看，原来是鲁仲连的亲笔信。只见上面写道：

乐英将军：

久闻你是有勇有智之士，大义大忠之将，但"忠臣事贤君"，这话你不会忘记吧！今燕惠王昏庸无道，听信谗言，任用奸臣，将你叔乐毅昌国君不授以功，反目为仇。今乐老将军已怀愤回乡，不再为昏君卖命。"信而见疑，忠而别谤"。乐将军目前处境险恶，不知如何燕王又要加罪于你，与其顽抗，不如降齐。再者，现在的齐国，虽有"楚攻南阳，魏攻平陆"的侵扰，但这是区区小事，无关大局。现在齐国百姓的主要目的是攻克聊城，收复全齐。将军一味死守，置一城百姓于水深火热之中，终归失陷，名裂身殉，有何益处？其三，当今燕国，内政腐败，矛盾重重，君臣失计，国敝祸多，民心无归，难道将军不审时度势，弃暗投明？仆为将军计，有两条道路，供将军选择：一是撤兵回国，解甲归燕，燕王无可责备。君可上辅孤主，下制群臣，矫敝更俗，功名可立；二是如回国有顾忌，何不归顺齐国？齐王定会捐弃前嫌，欢迎将军，定会封官裂土，世世富贵。望君在生死荣辱、贵贱尊卑的最后决断关头，细细忖察，万勿因一朝之恨，误国误己，坐失良机！

切切！

兄仲连聊城

乐英手持书信，再三阅读，回帐大哭三天不能决断，因而仰天叹息道："大丈夫处世，实在难呀！我守城殃民是不仁，战败身死是不勇，降人受禄是不忠，回燕受谗是不智，与其人杀我，不如自杀！"说完他大吼一声，拔剑自刎而死。守城燕军失帅，齐军很快收复了聊城。

齐王念仲连射书救城之功，要封他为官，可鲁仲连坚辞不受，后来他隐居于民间。

人们为了感谢鲁仲连射书救城之功，纪念他才智超群的历史壮举，在聊城东门外修筑了一座砖石高台，台下辟有拱门，是进城必经之地。台的门洞两侧，各有石刻横额，东书"鲁仲连台"，西写"旷古高风"。鲁仲连射书的故事，在聊城也历代流传，至今不忘。

● 智慧之窗

鲁仲连射书破聊城的故事，是一个不战而屈人之兵的成功范例。这里的关键人物是乐英，他虽然有勇有谋，但身处内外交困之中，内有叔父遭污被贬，燕王昏庸，君臣失策，上下惶惑。外有强兵围攻，孤立无援，死保无望。这些因素被鲁仲连看得一清二楚。面对这样的对手强攻并非良策，知人之心，攻心为上，这正是鲁仲连的高明。而鲁仲连的信中将这些城破厉害说得分明，抓住了燕将的复杂心理，所指两条路却是一个知耻知仁忠勇仁爱的乐英无法接受的，最后结果自然可以想象。

吕不韦奇货可居

● 故事背景

奇货可居，意思是把这珍奇的货物囤积起来，等待高价出售。用来比喻以某物为资本，博取功名财利。

吕不韦，战国末期人，商贾出身。因辅佐始皇登基有功，被始皇尊称为仲父，任秦国相国，一时权倾朝野，府中食客三千。为了给自己留名，他让府中食客编著了一本《吕氏春秋》，这本书形式统一但内容多样，从而开创了杂家体例。后因嫪毐一案他被免去相职，遣散封地。怕其造反，始皇写了一封信，严厉斥责吕不韦，受到威胁的吕不韦自杀。

吕不韦是中国最大的一个投机家，他改变了商人不能从政的历史，开了官商结合的先河。

在战国，商人的地位比较低下，要想光大门庭，只有一条路出仕。但这条路对吕不韦来说不太可能，他对读书没多大兴趣，只对投机感兴趣，是一位擅长低买高卖的精明商人。说来也许是机缘，也恰恰因为其独到的眼光，一个偶然的机缘，将他引上了囤积国储的交易场上，这一回他赌下的是一国的江山。吕不韦奇货可居的故事出自汉·司马迁《史记·吕不韦列传》。他的野心很大，当然他也做到了，虽然最后落得个饮毒酒而死，但他的影子始终在如今的官场晃动。

秦孝文王做太子时，最爱太子妃华阳夫人。华阳夫人风骚，但有不育症，没生得一儿半女。孝文王的小妻夏姬则生了一个儿子，名叫异人，在赵国做人质。

当时，秦国屡次讨伐赵国，赵国待异人如奴如役，异人的处境很是艰难，谁也不把他当回事。弄得他非常贫苦，甚至天冷时连御寒的衣服都没有。

● 故事梗概

阳翟大商人吕不韦往来于赵国的国都邯郸，知道了这个情况，立刻想到，在异人的身上投资也许会换来难以计算的利润。

吕不韦回到寓所，问他父亲，说："种地能获多少利？"

他父亲回答说："十倍。"

吕不韦又问："贩运珠宝呢？"

他父亲又答说："百倍。"

吕不韦接着问："那么把一个失意的人扶植成国君，掌管天下钱财，会获利多少呢？"

他父亲吃惊地摇摇头"那可没办法计算了。"

于是吕不韦立即托人见异人，说："秦王已老，太子不久将继承王位。可是，太子现在儿子二十多人，你既不是长子，又不是幼子，居于兄弟中间，又不被太子喜欢，继承王位是没戏了"。

异人问道："那怎么办呢？"不韦说："现在有一人可以帮你成为王位继承人，这个人就是太子妃华阳夫人。我虽然没多少钱，但愿意用千金为你买得王位继承人的位子"。

异人感激涕零，说："若能成功，我与你共有秦国！"于是，不韦给异人五百金，让他结纳宾客。

吕不韦立即到秦国，用重金贿赂安国君左右的亲信，把异人赎回秦国。

接着，吕不韦买了五百金的奇货玩好，通过华阳夫人的姐姐送给华阳，并称异人贤能，宾客遍天下，而且日夜思念华阳夫人。华阳高兴地将礼物收下了。吕不韦趁机说道："夫人现在虽然受宠，但却无子，一旦年长色衰，就没有任何依靠了。但是，夫人如果趁现在结交太子诸子中的贤能，日后他做了国王，能不感激你吗！太子的诸子中，异人很贤惠，很孝顺，但他在兄弟中排行中间，没有继承王位的可能，夫人如能让异人做王位继承人，异人必感恩戴德，结草衔环相报"。

华阳夫人听罢大喜，收异人为嗣子，连忙给太子吹枕边风，太子耳根软，就答应将来让异人做自己的接班人。

吕不韦见事办妥，立即来到邯郸，花重金娶了邯郸一位豪富的女儿，待其有了身孕且知道怀的是男婴时，便将异人请到自己的馆舍。趁异人喜欢，便把爱妾送给异人，十月后，异人与不韦的爱妾生下一子，即政。

秦昭襄王在位五十六年而崩，太子即位，是为秦孝文王。孝文王即位三日而亡命，异人便继承了王位，是为秦庄襄王。

● 智慧之窗

吕不韦的精明和智慧不仅仅在从商上，其独具慧眼，非商人可比。吕不韦路过邯郸，见了异人，以为奇货可居。别人看不出异人是一奇货，唯独吕不韦看出来。这说明吕不韦的谋略不同凡响。不放过丝毫有价值的东西，其商人的和政治家的敏锐可见一斑。进而为达目的，舍小利为大利。为了让异人摆脱困境，花费了大量金钱，让异人结交宾客，贿赂赵国和秦国贵族官吏，为其铺平归国登基的道路。不仅如此，为了进一步加大取胜砝码，永保不败，还将已怀孕的爱妾送与异人，其政治头脑非常人可攀。

吕不韦的一生，充分体现了其作为商人的特点——精明，他做每一件事都是为利益所驱使。也正因如此，一旦他的利益受到损害，便奋起反击，结果，他与嫪毐的争斗最终招来了杀身之祸。

曹刿论战

● 故事背景

自公元前770年周平王东迁洛邑起，历史进入了诸侯兼并、大国争霸的春秋时代。齐国和鲁国都是西周初年分封的重要诸侯国，又互相毗邻，在当时的动荡局面下，不免发生各种矛盾，而矛盾冲突的激化，又势必造成两国间兵戎相见的结果，长勺之战正是在这一大的特殊历史条件下的产物。当时的鲁国据有今山东西南部地区，都城曲阜（今山东曲阜），它较多地保留了宗周社会的礼乐传统，在春秋诸国中居于二等地位，疆域和国力较之齐国，均处于相对的劣势。具体的原因是：

齐襄公于前686年年底被公孙无知暗杀，月余后（前685年春季）公孙无知亦被国人所杀。公子纠及公子小白各自从鲁国及莒国返国。小白先至即位，是为齐桓公。鲁庄公为护送公子纠回国，前685年与齐军战于干时而大败，仅以身免。齐国随后计划再进攻鲁国，并于前684年在长勺（今山东省莱芜）爆发战争。鲁国在此次战役取得胜利，促成数年后齐鲁息兵言和。

● 故事梗概

即位不久的齐桓公，在巩固了君位之后，自恃实力强大，不顾管仲内修政治、外结与国、待机而动的谏阻，决定兴师伐鲁，周庄王十三年（公元前684年）春发兵攻鲁，以报复鲁国一年以前支持公子纠复国的宿怨，企图一举征服鲁国，向外扩张齐国的势力。鲁庄公决心抵抗。深具谋略的鲁国士人曹刿自告奋勇，请随庄公出战。

战争之初，齐军仗着兵强马壮，侵入鲁境。鲁庄公暂时避开齐军锋芒，撤退到有利于反攻的地方长勺。齐国由于此前干时之战的胜利，鲍叔牙以下将士都轻视鲁军，认为不堪一击，于是发起声势汹涌的攻击。鲁庄公见齐军攻击鲁军阵地，就要擂鼓下达应战的命令。曹刿劝阻说：齐兵势锐，我军出击正合敌人心愿，胜利没有把握，"宜静以待"，不能出击。庄公遂饬令鲁军固守阵地，只令弓弩手射击，以稳住阵势。齐军没有厮杀的对手，又冲不进鲁军阵地，反而受到鲁军弓弩猛射而无法前进，只得向后撤退。经过稍事休整，鲍叔牙又下令展开第二次攻击，曹刿劝庄公仍然不要出击，继续固守阵地。齐军攻势虽猛，但仍攻不进阵内，士气不免疲惫，再退回到原阵地。

齐军两次进攻，鲁军都没有应战，鲍叔牙和齐军将领都认为鲁军怯于应战，决定再次发动进攻。于是齐军声势浩大的第三次进攻，迅即出现于鲁军面前。曹刿看到这次齐军来势虽猛，但势头没有上两次大，认为出击时机已到，立即向庄公提出反击齐军的建议。庄公亲自擂起战鼓，发出攻击命令。鲁军将士闻令，士气高昂，奋勇出击，争先恐后，锐不可当，把齐军打得七零八落，溃不成军，节节败退，鲁军获得了决定性的胜利。

鲁军战胜，庄公传令追击。曹刿认为齐乃大国，兵力素强，不容易判定是否真正失败，很可能另有埋伏，阻止庄公下达追击令。他登轼而望，见齐军旗鼓杂乱，兵器倒曳，又下车观察到齐军战车的车辙十分混乱，判定齐军是真正溃败，才向庄公提出大胆追击的建议。庄公令下，鲁军猛打猛追，给齐军以沉重打击，俘获大量甲兵和辎重，把齐军赶出国境，洗涤干时之战所蒙受的耻辱，国势为之一振。

● 智慧之窗

此战在中国古代战争史中，是一场以少胜多、以弱胜强的著名战役。以后发制人、敌疲再打的防御原则取胜而著称。决定战争胜败的因素很多，大的方面讲，战争的性质决定鲁国取胜的可能性。春秋时期，各国之间互相争战，"强凌弱、众暴寡"，战争是家常便饭。而"齐师伐我"，齐发动的是一场侵略战争，"公将战"的鲁国在实施一场反侵略战争，正义的战争必将激发全鲁国人民同仇敌忾，也就有了曹刿挺身而出、为国效力的动人场面。鲁庄公勤政爱民，任人唯贤是长勺之战取胜的政治基础。正是鲁庄公勤于政事，取信于民，受到百姓的爱戴，将士们在战场上才愿随国君冲锋陷阵，拼死作战。也正因为庄公任人唯贤，才会"兼听"善言，知人善任，充分认识曹刿这块"真金"并发挥他的作用，言必听，计必从，才有强齐被逐的千秋佳话。战术得当则是战争的具体因素。

信陵君礼遇门人

● 故事背景

信陵君魏无忌，战国时代魏国人，魏昭王的儿子。著名的政治家、军事家，与赵国平原君赵胜、齐国孟尝君田文、楚国春申君黄歇合称为"战国四公子"。

四公子皆喜士，唯信陵君乃真正能下士者，每闻贤者，必卑躬往请，以诚相求。以礼相交。魏无忌为人仁爱宽厚，礼贤下士，士人因而争相前往归附于他，最高峰时门下曾有三千食客。所以当时的魏无忌威名远扬，各诸侯国连续十多年都不敢动兵侵犯魏国。

公元前273年，秦昭王派遣白起进攻魏国，孟尝君田文举荐芒卯为主帅，率领魏国军队与秦军交战。白起在华阳大败魏军，斩获魏军十三万人，芒卯战败而逃，举荐人田文因而被魏安厘王免去丞相一职。田文失势后，他的许多门客投奔魏无忌门下，因而魏无忌逐渐在魏国取代了田文的地位。

● 故事梗概

当时魏国有个隐士，叫侯嬴，已经七十岁，因家贫，做着大梁（魏国都城）夷门的守门小吏。魏无忌听说此人后，前往拜访，并想馈赠一份厚礼，但侯嬴不肯接受。魏无忌于是设筵席大会宾客，以便引见。等人来齐后，魏无忌带着车马和随从，空出车子左边的上座，亲自到夷门去接侯嬴。侯嬴为考验一下魏无忌，径直坐上魏无忌空出的上座，还让魏无忌载他去拜访在街市做屠夫的朋友。魏无忌当即驾车来到街市，侯嬴下车前去会见他的朋友朱亥，而魏无忌则手执马缰在一边等待。此时，魏国的将军、丞相、宗室等宾客们都已坐满堂，等魏无忌回来开宴，魏无忌的随从都在暗骂侯嬴，而魏无忌仍然是面色和悦，一直等到侯嬴聊完，才载着侯嬴回去赴宴。经过此事之后，魏无忌在魏国的市井大众中得到了一个礼贤下士的好名声。侯嬴则成了可以为他舍弃生命的挚友。

公元前260年，秦国和赵国在山西高平北发生大战，赵军统帅赵括只会纸上谈兵，时赵相平原君赵胜（信陵君的姐夫）向魏国求救。秦昭王派使者威胁魏安厘王若援兵相救，必先击之，安厘王害怕而不敢，信陵君认为赵魏乃唇齿相依，于是采纳侯嬴窃符救赵计策，实现了保赵卫魏的目的。而最令人动容的是，信陵君此去，抱着抱着必死的信念，多才多智的侯嬴，因年老体衰不能从行，而自刭于车前，以魂送公子，以报知遇之恩。

我们常说的一句话是："士为知己者死"，还有一句话是"知恩不报非君子"。侯嬴的死对个人来说是个悲剧，对魏国和信陵君来说却是个壮举。侯嬴的死是那么从容，那么如归，心甘情愿，即为国家更为信陵君，就因为他懂得他。信陵君正是以道德和人格这样高层次的力量而不是以权势和富贵那样低层次的力量使人忠诚和服从自己的。只有这种忠诚和服从，才是发自内心的，可靠的，真正的和持久的。

也正是这样，信陵君手下才汇聚了各种人才，这些人才为魏国，为信陵君提供了多方面的帮助。有一次，魏无忌与魏安厘王正在下棋，北方边境传来警报，说赵国发兵进犯，正准备进入魏国边境。魏安厘王马上放下棋子，准备召集大臣商议对策。魏无忌劝阻魏安厘王说，这只是赵王在打猎，并不是进犯边境，又接着和魏安厘王下棋。此时的魏安厘王惊恐不安，无心再下。不久，从北方又传来消息，证实了魏无忌的话。魏安厘王大感惊诧，问魏无忌是怎么知道的。魏无忌告诉魏安厘王，他的门客当中有能深入探听赵王秘密的能人，可以随时向他报告赵王的行动。

● 智慧之窗

记得有这样一句话：有友如花，有友如秤，有友如山，有友如地。人生一世不论处在什么地位，物质与精神生活所需要的一切，都离不开别人，离不开友人。友人恰正是"百谷财宝，一切仰之"，大家相互"施给养护"，彼此都是"恩厚不薄"。也许信陵君正是从这一愿望出发，厚待门人，最终使自己成为更强的人。

法国作家雨果曾经说过："世界上最广阔的是海洋，比海洋更广阔的是天空，比天空更广阔的是人的胸怀。人际交往；待人处事，友善、包容、帮助，都是一种美德，一种修养，也是一个人得以成功的良好素养。

燕昭王高筑黄金台

● 故事背景

在中国历史上，招贤纳士之举最有名的当属燕昭王高筑黄金台。

燕昭王是战国时期燕国第三十九任君主，名职，燕王哙之子，太子平之弟。简称昭王或襄王，公元前308年—公元前279年即位。

公元前314年，燕王哙将王位禅让与燕相子之，燕太子平与子之争夺王位，致使燕国发生内乱。齐宣王则趁火打劫，借口平定燕国内乱，出兵伐燕，仅用50天就攻下了燕都蓟城（今北京市西南），杀死了燕王哙与子之，企图灭亡燕国。这不仅引起燕国人民强烈的反抗，也招致中原各国的干涉。之后，齐国被迫从燕国撤兵，赵武陵王便把原在韩国作人质的燕公子职护送回国继位，是为燕昭王。

● 故事梗概

燕昭王知道，治理国家千头万绪，最要紧的是要有众多的人才。登位之初，决心要令燕国强大起来，故四处寻找治国的良才。但许多人怀疑仅仅是叶公好龙，不是真的求贤若渴。觅不到治国安邦的英才，燕昭王整天闷闷不乐的。为此，昭王很诚恳的去向郭隗请教"先生，咱们燕国现在势单力薄、国破民穷，是无法向宿敌齐国复仇的。我很想找一大批有真才实学的能人，来帮助我革新政治，振兴国家，而后洗刷我们的奇耻大辱，请先生教我，该从何处着手？"郭隗答道："大凡能成帝业的君主，总是与可以做自己老师的人在一起。能行王道的君主，总是与得心应手的臣子在一起。而那些亡国之君，围绕着他的势必是一些庸庸碌碌的奴才。如果君主能放下架子，礼待那些德才兼备的士人，甘当他们的学生，那么，非但他们会心悦诚服的出力效劳，还能吸引强十倍百倍的贤才前来投奔，这是自古以来治理国家获取人才的规律。大王您如能在招聘到贤才后屈身上门求教，大家看到您思贤若渴，那些有本领的人一定会像百川汇海似的源源而来"。

郭隗还给燕昭王讲述了一个故事，说是有一国君愿意出千两黄金去购买千里马，然而时间过去了三年，始终没有买到，又过去了三个月，好不容易发现了一匹千里马，当国君派手下带着大量黄金去购买千里马的时候，马已经死了。被派出去买马的人就用五百两黄金买来这匹死了的千里马。国君生气地说："我要的是活马，你怎么花这么多钱弄一匹死马来呢"?

国君的手下说："如果天下人知道你舍得花五百两黄金买死马的事，那何愁活马呢？"果然，没过几天，就有人送来了三匹千里马。

郭隗又说："你要招揽人才，首先要从招纳我郭隗开始，像我郭隗这种才疏学浅的人都能被国君采用，那些比我本事更强的人，必然会千里迢迢赶来。"

燕昭王于是采纳了郭隗的建议，拜郭隗为师，还盖了一座金碧辉煌的宫殿，把郭隗请到宫殿里去住。为广招人才，复兴家邦，燕昭王听从郭隗建议，在易山之下造了一座金碧辉煌的"黄金台"，以招天下贤者。燕昭王还在易水河畔修筑起一座高台，专门接见各地前来投奔的贤人，台上放置几千两黄金，作为赠送给贤人的费用。因此，这个台叫作"黄金台"。这件事风传天下，各国有才能的人，络绎不绝地前来燕国，引发了"士争凑燕"的局面。投奔而来的有魏国的军事家乐毅，有齐国的阴阳家邹衍，还有赵国的游说家剧辛等等。落后的燕国一下子便人才济济了。从此以后一个内乱外祸、满目疮痍的弱国，逐渐成为一个富裕兴旺的强国。接着，燕昭王又兴兵报仇，将齐国打得只剩下两个小城。

● 智慧之窗

管理之道，唯在用人。人才是事业的根本。杰出的领导者应善于识别和运用人才。只有做到唯贤是举，唯才是用，才能在激烈的社会竞争中战无不胜。善于用人，以长取人，不求完人，一个领导者最大的本事就是用人的本事。

人才就是效率，人才就是财富。得人者得天下，失人者失天下。

千古流传的黄金台，引来诗曰：家国兴亡不足哀，只需求得有奇才。黄金若揽燕台上，骏马应从易水来。尽道功名当日立，谁知成败至今开。凭君莫说燕山事，试问昭王安在哉？道出了人们渴求人才，人才期盼明君的心声。

"千军易得，一将难求"，现实生活中，也许我们不可能像燕昭王一样筑"黄金台"，但我们同样可以借用各种平台，筑起"招贤台"，引来贤才。

苏秦死后计捉刺客

● 故事背景

战国时代，七国称雄，当时秦国最为强大。意欲兼并其他各国，通过发动侵略战争，夺得了不少土地。各国为了自保，采取了不同的抵抗措施，但都无法抵挡住秦国进军的步伐。这时，洛阳学者苏秦提出了一个新的合纵主张，迫使秦国废帝退地。

苏秦，战国时期与张仪齐名的纵横家，提倡合纵。他出身农家，素有大志，曾随鬼谷子学习纵横捭阖之术多年。后与赵秦阳君共谋，发动韩、赵、燕、魏、齐诸国合纵抗秦，于是成为六国宰相。长期居住在燕国，很受器重。

燕易王的母亲，是燕文侯的夫人。与苏秦私通。燕易王知道这件事，没有责备苏秦，但苏秦心里忐忑，担心被杀，就跟燕王说："我留在燕国，不能使燕国的地位提高，假如我在齐国，就一定能提高燕国的地位"燕王同意了。于是，苏秦假装得罪了燕王逃跑到齐国。齐宣王任用他为客卿，引起齐国大夫的嫉恨。

● 故事梗概

齐宣王去世，齐湣王继位后，齐国大夫中那些和苏秦争夺国君的宠信的人，趁机派人刺杀苏秦。

初夏的一个晚上，月白风清。苏秦正在书房里读书。忽然，从窗口闪进一个黑影，还没等苏秦反应过来，一个蒙面人就已越到眼前，扬起利剑直刺胸膛。苏秦惨叫一声"救命啊……"就跌倒在椅子上。顿时，苏秦的卫士从四面围了上来刺客来不及补上一剑，慌忙返身跃出窗口。

苏秦遇刺，惊动了齐王。他闻报后，当即去看望苏秦。

齐王见苏秦身负重伤，痛恨交加地说："我一定要捉到刺客，为先生报仇！"

苏秦喘着气说："大王，请您不要乱杀人，要抓到真正的刺客呀！"

"你看清刺客的特征吗？"

"他是蒙面的，看不清，只知道他身材很高大。"

"光凭这一点怎么通缉刺客呢？"齐王很焦急。

苏秦说："臣有一计……"如此这般在说完，就与世长辞了。

再说齐王回到宫中，一些平时与苏秦争宠的大夫纷纷来到他的面前，看他对苏秦之死抱什么态度。

齐王却恨恨在说："我方才明白，苏秦是燕国派来颠覆我国的奸细。现在要将他五马分尸，方解心头之恨！"齐王当即命令把苏秦的头和四肢分别拴在五辆马车上。一声令下，五辆马车向五个方向奔跑，顿时，苏秦的尸体分为五个部分。

齐王刚要回宫，只见观看的人群中挤出一个人来，自称是杀死奸细苏秦的刺客。齐王见他身材高大，就说："你把行刺的过程说说看。假如真是你杀的，寡人将重重赏你。"

那人叙说了一遍，跟齐王了解到的现场情况一致。齐王立即命令拿下刺客，说："寡人若不照苏秦先生临终前的计谋行事，你这亡命徒怎会自投罗网啊"！

刺客方知上当，拔剑要刺齐王，周围的卫士一跃而上，早把他剁成肉酱。

● 历史链接

悬梁刺股

《战国策·秦策一》记载："（苏秦）读书欲睡，引锥自刺其股。"说的是苏秦发奋苦读的故事。

年轻时，苏秦由于学问不多不深，曾到许多地方求职做事，都不受重视。回家后，家人对他也很冷淡，瞧不起他。这对他的刺激很大。所以，他下定决心，发奋读书。他常常读书到深夜，很疲倦，常打盹，直想睡觉。于是他想出了一个方法，准备一把锥子，一打瞌睡，就用锥子往自己的大腿上刺一下。这样，猛然间感到疼痛，使自己清醒起来，再坚持读书。

后人将这两个故事合成"悬梁刺股"或"刺股悬梁"一句成语，用以激励人发愤读书学习。

● 智慧之窗

这个故事表现了苏秦的智慧，运用了欲擒故纵、引蛇出洞的办法。欲擒故纵中的"擒"和"纵"，是一对矛盾。破案中，"擒"，是目的，"纵"，是方法。古人有"穷寇莫追"的说法。实际上，不是不追，而是看怎样去追。把对手逼紧了，就会千方百计，深度隐藏。假如暂时放松一步，促使对手丧失警惕，斗志松懈，就容易找到漏洞。引蛇出洞十分高明，即以适合对手，有利于对手的条件，使对手自己走出来，自投罗网'。

秦国计胜长平

● 故事背景

战国时期，北方的赵国自武灵王胡服骑射以来，进行了相当彻底的军事改革。率先在六国中组建起了强大的骑兵部队。在公元前307年—公元前296年的十二年间，赵国西破林胡、楼烦、北灭中山，拓地千余里。

赵国君臣和睦、将相和谐。肥义、楼缓、蔺相如、虞卿、赵胜、赵奢、廉颇、李牧等良相名将辈出。迅速成为战国中后期的北方军事强国。

赵国对秦国而言可谓是东进的最大的障碍，秦赵两国统治集团明争暗斗，尔虞我诈，外交伐谋越演越烈。悲壮惨烈的秦赵长平大战就是在这样的时代背景下拉开了序幕。秦国反间计大胜长平的故事出自《战国策·齐策二》。

公元前262年，秦昭王派大将白起攻打韩国，占领了野王城，切断了韩国上党郡和国都的联系。韩国想献出上党郡向秦求和，但是上党郡守冯亭不愿降秦，请求赵国发兵取上党郡。

● 故事梗概

秦昭王四十七年（公元前260年），秦派左庶长王龁攻韩，夺取上党。上党的百姓纷纷逃往赵国，赵驻兵于长平（今山西省高平市长平村），以便镇抚上党之民。""四月，王龁攻赵。赵派廉颇为将抵抗。赵军士卒犯秦斥兵，秦斥兵斩赵裨将茄。六月，败赵军，取二鄣四尉。七月，赵军筑垒壁而守。秦军又攻赵军垒壁，取二尉，败其阵，夺西垒壁"。

双方僵持多日，赵军损失巨大。廉颇根据敌强己弱、初战失利的形势，决定采取坚守营垒以待秦兵进攻的策略。秦军多次挑战，赵国按兵不动。

战争相持三年，秦赵两国都已不堪重负，经济将近崩溃。于是双方都谋求速战以求摆脱困境。

秦国趁赵国使者郑朱到秦国议和的机会，故意殷勤招待郑朱，向各国制造秦、赵和解的假象，使赵国在外交上丧失了与各国"合纵"的机会，陷于被动和孤立。同时又采用离间计，派人携带财宝前赴赵都邯郸收买赵王的左右权臣，挑拨离间赵王与廉颇的关系。四处散布流言：廉颇不足畏惧，他固守防御，是出于惧秦，以使投降秦军的目的，秦军最害怕马服君赵奢的儿子赵括为将。这些流言终于借赵王之手，把廉颇从赵军主帅的位置上拉了下来；并使赵王不顾蔺相如和赵括母亲的反对谏阻，任命赵括为赵军主帅。

赵括是一个缺乏实战经验，只会"纸上谈兵"的人。他上任后，一反廉颇所为，更换将佐，改变军中制度，于是赵军上下离心离德，斗志消沉。秦国听说赵国任赵括为将，立刻调整了自己的军事部署：立即增加军队，征调骁勇善战的武安君白起为上将军，代替王龁统率秦军。

白起到任后，针对赵括没有实战经验、求胜心切、鲁莽轻敌等弱点，采取了诱敌入伏、分割包围而后予以聚歼的正确作战方针，对兵力作了周密细致的部署，造成了"以石击卵"的强大态势。

战局的发展果然按着白起所预定的方向进行。公元前260年8月，两军稍事交锋，秦军的诱敌部队即佯败后撤。鲁莽的赵括不问虚实，立即率军实施追击。当赵军前进到秦军的预设阵地——长壁后，即遭到了秦军主力的坚强抵抗，攻势受挫，被阻于坚壁之下。赵括欲退兵，但为时已晚，预先埋伏于两翼的秦军25000奇兵迅速出击，及时穿插到赵军进攻部队的侧后，抢占了西壁垒（今山西高平北的韩王山高地），截断了出击赵军与其营垒之间的联系，构成了对出击赵军的包围。另外的5000秦军精骑也迅速地插到了赵军的营垒之间，牵制、监视留守营垒的那部分赵军，并切断赵军的所有粮道。与此同时，白起又下令突击部队不断出击被围困的赵军。赵军数战不利，情况十分危急，昭王得知赵军业已被包围的消息，便亲赴河内（今河南沁阳及其附近地区），把当地15岁以上的男丁全部编组成军，全力增援长平战场。这支部队开进到长平以北的今丹朱岭及其以东一带高地，进一步断绝了赵国的援军和后勤补给，从而确保了白起彻底地歼灭被围的赵军。

到了九月，赵军断粮已达46天，内部互相残杀以食，军心动摇，死亡的阴影笼罩着整支部队，局势非常危急。赵括组织了四支突围部队，轮番冲击秦军阵地，希望能打开一条血路突围，但都未能奏效。绝望之中，赵括孤注一掷，亲率赵军精锐部队强行突围，结果仍遭惨败，连他本人也丧生于秦军的箭镞之下。赵军失去主将，斗志全无，遂不复再作抵抗，40余万饥疲之师全部向秦军解甲投降。这40余万赵军降卒，除幼小的240人之外，全部为白起残忍坑杀。秦军终于取得了空前激烈残酷的长平之战的彻底胜利。

● 智慧之窗

长平之战秦胜赵败的结局并不是偶然的。除了总体力量上秦对赵占有相对的优势外，双方战略上的得失和具体作战艺术运用上的高低也是其中重要的因素。秦军之所以取胜，首先是分化瓦解了关东六国的战略同盟；其次是巧妙使用离间计，诱使赵王犯下置将不当的严重错误；其三是择人得当，起用富于谋略、骁勇善战的白起为主将；其四是白起善察战机，用兵如神，诱敌出击，然后用正合奇胜的战法分割包围赵军，痛加聚歼；其五是在战斗的关键时刻，秦国上下一体动员，及时增援，协调配合，断敌之援。为白起实施正确的作战指挥提供了必要的保证。

赵军之所以惨败，在于：第一，不顾敌强我弱的态势，贸然开战，一味追求进攻；第二，临阵易将，让毫无实战经验的赵括替代执行正确防御战略的廉颇统帅赵军，中了秦人的离间之计；第三，在外交上不善于利用各国仇秦的心理，积极争取，引为己助；第四，赵括不知"奇正"变化、灵活用兵的要旨，既无正确的作战方针，又不知敌之虚实，更未能随机制宜摆脱困境，始终处于被动之中；第五，具体作战中，屡铸大错。决战伊始，即贸然出击，致使被围。被围之后，只知消极强行突围，未能进行内外配合，打通粮道。终于导致全军覆灭的悲惨下场。

田单智摆火牛阵

● 故事背景

早些时候，齐国趁燕国内乱，出兵占领燕国，后在燕国的抵抗和各国的干预反对下，齐国撤了兵。燕昭王即位后，礼贤下士，报杀父之仇。

周赧王三十一年派乐毅出兵攻齐，半年，接连攻下齐国连都城在内的七十多座城池。最后只剩了莒城（今山东莒县）和即墨（今山东平度市东南）两个地方。莒城的齐国大夫立齐王儿子为新王，就是齐襄王。乐毅派兵进攻即墨，即墨的守城大夫出击抵抗，在战斗中受伤死了。

即墨城里没有了守将，城中大乱。临时推荐齐王远房亲戚，带过兵的田单做将军，带领大家守城。

田单，战国后期，齐国大将，即墨之战是田单凭借孤城即墨由坚守防御转入反攻，一举击败燕军，收复国土的一次著名作战。故事记载于《史记田单列传》。

● 故事梗概

田单首先采取了一系列措施扭转局面，他与兵士们同甘共苦，还把本族人和自己的家属都编在队伍里，抵抗燕兵。即墨人都很钦佩他，守城的士气旺盛起来了。

此时，乐毅把莒城和即墨围困了三年，没有攻下来。燕国有人妒忌乐毅，在燕昭王面前说：乐毅能在半年之内打下七十多座城，为什么费了三年还攻不下这两座城呢？并不是他没有这个能耐，而是想收服齐国人的心，等齐国人归顺了他，他自己当齐王。

燕昭王非常信任乐毅。他说："乐毅的功劳大得没法说，就是他真的做了齐王，也是完全应该的。你们怎么能说他的坏话！"

燕昭王还真的打发使者到临淄去见乐毅，封乐毅为齐王。

乐毅十分感激燕昭王，但宁死也不肯接受封王的命令。

这样一来，乐毅的威信反而更高了。

又过了两年，燕昭王死了。太子即位，就是燕惠王。田单一听到这个消息，认为是个好机会，暗中派人到燕国去散布流言，说乐毅本来早就当上齐王了。为了讨先王（指燕昭王）的好，才没接受称号。如今新王即位，乐毅就要留在齐国做王了。要是燕国另派一个大将来，一定能攻下莒城和即墨。

燕惠做太子时来跟乐毅有疙瘩，听了这个谣言，就决定派大将骑劫到齐国去代替乐毅。

骑劫当了大将，接管了乐毅的军队。燕军的将士都不服气，可大伙儿敢怒而不敢言。骑劫下令围攻即墨，围了好几层。可是城里的田单，早已把决战的步骤准备好了。

田单还打发几个人装作即墨的富翁，偷偷地给骑劫送去金银财宝，并欺骗说："城里的粮食已经完了，不出几天就要投降。贵国大军进城的时候，请将军保全我们的家小。"骑劫却高兴地接受了财物，满口答应。

这样一来，燕军静等着即墨人投降，认为不用再打仗了。

田单见此机会挑选了一千多头牛，把它们打扮起来。牛身上披着一块被子，上面画着大红大绿、稀奇古怪的花样。牛角上捆着两把尖刀，尾巴上系着一捆浸透了油的苇束。

一天午夜，田单下令凿开十几处城墙，把牛队赶到城外，在牛尾巴上点上了火。牛尾巴一烧着，一千多头牛被烧得牛性子发作起来，朝着燕军兵营方向猛冲过去。齐军的五千名"敢死队"拿着大刀长矛，紧跟着牛队，冲杀上去。

城里，无数的老百姓都一起来到城头，拿着铜壶、铜盆，狠命地敲打起来。

一时间，一阵震天动地的呐喊声夹杂着鼓声、铜器声，惊醒了燕国人的睡梦。只见火光炫耀，成百上千脑袋上长着刀的怪兽，已经冲过来了。许多士兵吓得腿都软了，哪儿还想抵抗呢？

别说那一千多头牛角上捆的刀扎死了多少人，那五千名敢死队砍死了多少人，就是燕国军队自己乱窜狂奔，被踩死的也不计其数。

燕将骑劫坐着战车，想杀出一条活路，哪儿冲得出去，结果被齐兵围住，丢了性命。

齐军乘胜反攻。整个齐国都轰动起来了，那些已被燕国占领地方的将士百姓，都纷纷起兵，杀了燕国的守将，迎接田单。田单的军队打到哪儿，哪儿的百姓群起响应。不到几个月工夫就收复了被燕国和秦、赵、韩、魏四国占领的七十多座城。

田军把齐襄王从莒城迎回了临淄，齐国从几乎亡国的境地中恢复了过来。

● 智慧之窗

田单火牛阵能够成功，在于多方原因。首先他利用离间计除掉了足智多谋的乐毅，使对手失去了灵魂。接着，又采取输送假情报以假乱真的手段，麻痹对手，使对手毫不戒备，这样就具备出奇制胜基本条件。选择夜间偷袭，以火牛阵为先锋，突袭燕军大营，极具冲击力，使敌军猝不及防，无法抵抗，由此成就了一场出奇制胜的经典战例。

赵奢解阏与之围

● 故事背景

这是一场发生在秦赵魏三国间的一场战争，赵国与魏国相好，在秦国进攻魏国，秦军已经到达了韩国一个名叫阏与的地方时，赵国派出了非军人出身的赵奢为赵军统帅救援，结果打得秦国大败而归。

赵奢，生卒年不详，战国后期赵国名将。主要生活在赵武灵王（公元前324—公元前299年）到赵孝成王（公元前265—公元前245年）时期，享年约60岁。

赵惠文王时，赵奢初做赵国的田部吏（征收田赋的小官），收租税，执法无私，因平原君家不肯出租，赵奢依法处置，杀平原君家主事者九人。平原君发怒，要杀赵奢，赵奢说道："您是赵国的贵公子，现在纵容您家不奉行公事，那么国法就会削弱。国法削弱了，国家就会衰弱。国家衰弱，各国就会进兵侵犯。各国进兵侵犯，赵国就不能存在，那您还怎么保持现在这样的富贵呢？像您这样地位高贵的人，如能奉公守法，那么全国上下就会公平合理。上下公平合理，国家就强盛；国家强盛。赵国统治就巩固了，您作为国君的亲族，难道会被天下人轻视吗？"平原君听了这番道理，认为赵奢是位很贤能的人，向赵王介绍举荐。周赧王四十四年（公元前271年），赵奢得到平原君的推荐，被任命为治理全国赋税的总管。赵奢管理全国的赋税后，国家赋税公平合理，百姓富裕，国库充实。

后来赵奢被任命为将军，他悉心治军，对下严而和，凡有赏赐，必分给部属。

惠文王十九年（公元前280年），赵奢被任命为将军，跨进军事行列。他带兵攻取了齐因的麦丘（今山东商河县西北），赵王因得城大喜，为之加增进酒，以示庆贺。这以后便开始了他早期的军事生涯。

● 故事梗概

周赧王四十六年（赵惠文王三十年，公元前270年），秦军派重兵围困阏与（今山西和顺县）。赵惠文王急召名将廉颇商议，问阏与"可救不？"廉颇回答："道远险狭，难救。"赵奢认为："其道远险狭，譬之犹两鼠斗于穴中，将勇者胜。"（《史记·廉颇蔺相如列传》）赵奢此议与赵王不谋而合。于是，赵王任命赵奢为将，率军往解阏与之围。

当时，秦军在围困阏与的同时，已经作了防止赵军出兵救援的准备。他们发兵一支，向东直插武安（今河北武安县西南），以成掎角之势，牵制赵军行动。赵奢侦知秦军这一部署，从邯郸出发才30里就下令安营扎寨，命令军中加固营垒，在营区周围修筑了许多屏障，故意做出毫无进取的姿态。并且命令部队说："有以军事谏者死。"军中有一人建议火速去救武安，赵奢立即把他杀掉了。这样，一直过了28天，而且再次增筑营垒。秦军派遣间谍进入赵军驻地侦察，赵奢以好饭食招待后把他放走。间谍把赵军的情况报告给秦军将领，秦将非常高兴，秦将认为：阏与不是赵地，才停止不前。随之，放松了警惕。

在送走秦军间谍以后，赵奢突然作出决定，集合部队，卷甲而趋，向西急进。仅两日一夜即抵达距离阏与50里的地方。被抛在武安的秦军听说赵奢已至阏与，如梦方醒，慌忙调集兵力奔向阏与。由于赵军远离后方，孤军独进，形势依然十分危险。这时，赵军中有一位名叫许历的军士，进见赵奢，说："秦人不意赵师至此，其来气盛，将军必厚集其阵以待之。不然，必败。"赵奢愉快地接受了小兵的谏议，并拒绝了他的自请处罚。

小兵许历见此，又提出了第二条建议，认为："先据北山上者胜，后至者败。"赵奢采纳了许历的主张，立刻发兵万人，抢占了北山制高点。果然，秦军后至，争夺北山不得上，拥挤于山下，陷入十分被动地位。赵军利用有利地势，居高临下，伏击秦军。秦军大败，四散溃逃。阏与之围随之解除。

阏与重新回到了韩国的版图，赵奢完成了这个不可能完成的任务，也率领远征军回国了。

赵奢一战成名，班师回朝后，赵惠文王封赵奢为马服君，小兵许历不仅得到了提拔，被封为国尉。从此以后，赵奢也进入了赵国的核心领导层，与廉颇、蔺相如比肩而立，并存于朝堂之上，被后人列为东方六国的八名将之一。

此次战役，使强秦遭受了一次最大的挫折，多年后仍不敢轻举妄动，恐怕重蹈阏与之覆辙。

● 智慧之窗

赵奢虽不是职业军人出身，但他有着丰富的军事思想。从阏与之战中"告之不被，示之不能""能为敌司命""反客为主""居高临下"等战略战术的运用来看，他显然吸取了先人优秀的军事思想。赵奢注意审时度势，料敌后动。坚持因敌而变，因情而动，灵活用兵的原则，重视对战争形势和特点的研究把握，采纳正确的意见，终于取得了战争的胜利。

孙膑围魏救赵

● 故事背景

围魏救赵是战国时期齐魏两国间发生的一场战争中运用的战法，孙膑指挥齐军不去直接救赵，反而去围攻攻打赵国魏军的国都，迫使魏军退军，在其返回途中又设下埋伏，打败了庞涓率领的魏军。这个典故是指采用包抄敌人的后方来迫使它撤兵的战术。在战史上，把这种作战方法叫作"围魏救赵"。

公元前四世纪中国战国时期，魏国率先在众多诸侯国中进行政治军事改革，国家渐渐强盛起来。与韩、赵合力兼并邻国土地，令弱小诸侯称臣。而赵、韩并未获得实利，徒令魏独强，对韩、赵自身构成威胁，故三晋联盟逐渐瓦解，魏、赵、韩各自图谋发展。魏为便于统治其广袤的东部地区，加强控制东方诸侯，兼受西方强秦的胁迫，于周显王八年（公元前361）迁都大梁（今河南开封），与向中原扩张领土的齐国形成尖锐冲突。

中山原本是东周时期魏国北邻的小国，被魏国收服，后来赵国乘魏国国丧期间派兵占领了中山。公元前368年，赵国在齐国支持下，又出兵攻打魏国的属国卫国，取卫之漆（今长垣北）、富邱，并驻兵。公元前354年，魏惠王派大将庞涓率兵10万前去攻打。并征调宋国军队助战。赵成侯派麛皮求救于楚，楚宣王采纳将军景舍之议，表面承诺出兵，实欲待赵、魏两败俱伤而见机取利。麛皮识破楚人意图，建议赵王与魏讲和，然赵王犹豫不决。同年，魏虽被秦乘机大败于元里（今陕西澄城南），河西重镇少梁（今韩城西南）被夺；然魏不为所动，仍令庞涓加紧攻赵，围了赵国都城邯郸。次年，赵王急难中只好求救于齐国，并许诺解围后以中山相赠。

● 故事梗概

齐国大臣邹忌主张不救，因为这样会消耗本国的国力。但大臣段干纶认为，如果魏国打败赵国，魏国的势力会更加强大，形成对齐国的威胁，主张救赵。

齐威王采纳了段干纶的建议，令田忌为将，并起用孙膑为军师领兵8万出战救赵。

攻击方向选在哪里？起初，田忌与孙膑率兵进入魏赵交界之地时，田忌想直逼赵国邯郸，

孙膑制止，认为，要解开纷乱的丝线，不能用手强拉硬扯，要排解别人打架，不能直接参与去打。派兵解围，要避实就虚，击中要害。他向田忌建议说，现在魏国精锐部队都集中在赵国，内部空虚，我们如带兵向魏国的都城大梁猛插进去，占据它的交通要道，袭击它空虚的地方，它必然放下赵国回师自救，齐军乘其疲惫，在预先选好的作战地区桂陵迎敌于归途，赵国之围必解。田忌认为孙斌分析得有理，于是依计而行，定下了围魏救赵之策。

为了更好地贯彻所制定的围魏救赵策略，争取战略主动，孙膑决定给敌军制造齐国部队弱小的假象。他故意派无能的军官带兵进攻魏国的军事重镇平陵，并告知部队将官一定要大败，齐军的大败。使魏国大将庞涓以为齐军不堪一击，于是加紧对赵国的进攻，丝毫没有想到齐军会攻打魏国的国都大梁。

与此同时，孙膑亲自统率精锐部队直扑魏国国都大梁。庞涓得到消息，赶紧从攻打赵国的前线往回撤军，长途跋涉数日疾驰回保国都。为了加快速度，自恃魏武卒精锐，竟弃其主力于后，率轻骑兼程赶回，企图全歼齐军于大梁。孙膑闻魏师已撤回，即令齐军转向折向北，到达魏军还师必经之道桂陵设伏截击。结果庞军遭突袭，几乎全军覆灭，赵国之围彻底解除。

● 智慧之窗

孙膑用围攻魏国的办法来解救赵国的危困，这在我国历史上是一个很有名的战例，被后来的军事家们列为三十六计中的重要一计。围魏救赵这一避实就虚的战法为历代军事家所欣赏，至今仍有其生命力。

对敌作战，好比治水：敌人势头强大，就要躲过冲击，用疏导之法分流。对弱小的敌人，就抓住时机消灭它，就像筑堤围堰，不让水流走。对于疲惫之敌，则采取以逸待劳，攻其不备，一举消灭。所以当齐救赵时，孙膑对田忌说："想理顺乱丝和结绳，只能用手指慢慢去解开，不能握紧拳头去捶打；排解搏斗纠纷，只能动口劝说，不能动手参加。

对敌人，应避实就虚，攻其要害，使敌方受到挫折，受到牵制，围困可以自解。"

因此，这种做法也体现了政治哲学矛盾分析法中的"抓住主要矛盾"的方法论。

孙膑减灶退敌

● 故事背景

周显王二十七年（公元前342年），魏惠王在逢泽召集诸侯会盟，称雄中原，韩国没有参加，魏惠王十分不满，并以此为借口，发兵讨伐韩国，并在梁和赫等地取得了胜利。在韩国面临十分危险的形势下，多次向齐国求救。对此，齐国宰相邹忌主张不救，田忌则主张不救韩国对齐不利，会使魏国更强，容易威胁齐国安全，应该速救为宜。齐王采纳此意，派田忌、孙膑率军救韩。

减灶退敌说的就是《史记·孙子吴起列传》记载的马陵之战。当时，孙膑围魏救赵的故事一晃13年已经过去了。魏国这次竟然是伙同赵国去攻打韩国。

故事的主角是孙膑和庞涓。孙膑是战国时齐国人，大军事家孙武的后代。齐威王时任军师，马陵之战，身居辎车，计杀庞涓，大败魏军。

孙膑早年曾和庞涓一道学习兵法。后来，庞涓到魏国做了将军，很得魏惠王的信任。庞涓妒忌孙膑的才能，就假意把他请到魏国，暗中却在魏惠王面前诬告他私通齐国。魏惠王大怒，命人把孙膑的膝盖骨挖去，还在他脸上刺了字。

孙膑假装发疯，躲避了杀身大祸，后来，孙膑逃回齐国，齐威王很佩服孙膑的才能，予以重用。

● 故事梗概

田忌领令后，自认为有了"围魏救赵"的经验，胸有成竹，准备把上次的计策再用一次，上千辆兵车驰出齐国国境时，田忌要指挥齐军急速直指魏都大梁，孙膑却让田忌命大军早早安营扎寨。

田忌问："军师，兵贵神速，怎么可以早早休息？"

孙膑说："现在魏国刚刚向韩国发动进攻，如果我们急忙出兵相助，实际上就是我们代替韩国承受魏军最初的打击，不是我们指挥调度韩军，反而是听任韩军的指挥调度，所以说马上去奔袭魏都大梁是不合适的。只有当魏韩这两虎争斗一番以后，我们再发兵袭击大梁，攻击疲惫不堪的魏军，挽救危难之中的韩国，这样对我们才更有利。"于是齐军在路上磨蹭了一个多月，才向大梁发起攻击。

魏王见齐军打来，急忙命令庞涓从韩国回兵救魏，又派太子申为上将军，与庞涓合兵10万，抵抗齐军。孙膑知道庞涓的部队将到，向田忌献上"减灶诱敌"的妙计。

当魏齐两军遭遇，刚刚交锋，孙膑就下令部队撤退。庞涓追到齐军驻地，只见地上满是挖掘煮饭用的灶头，连忙叫士兵去清点，根据灶头的个数庞涓估计齐军有10万之众。齐军一连三天急急退却，庞涓仍派人去数灶，第二天发现齐军留下的灶头数目，只够5万人煮饭用；第三天，减少到只够3万人煮饭了。庞涓得意地说："我早就知道齐军胆小怕死，进入我国境内才三天，兵士就逃走了大半。"于是他抛下步兵辎重，只带轻装骑兵，昼夜兼程，紧紧追赶齐军。

这一天，齐军退到马陵，这里路狭道窄，两旁又多险阻，很适宜设兵埋伏。孙膑计算庞涓的行程，估计他将在黄昏时可以赶到这里，就命令士兵砍下一些树木堵塞去路，又选了一棵大树，将那大树面对路的树干，砍去一大块皮，让它露出一大片光滑洁白的树身，然后在上面写上一行黑字。接着，孙膑命令一万名弓箭手夹道埋伏，对他们说："等到魏军来到，大树底下有人点火，就万箭齐发"。

天刚黑，庞涓真的领兵追到了马陵。在士兵们搬拦路的树木时，有人发现路旁大树上的字，忙向庞涓报告。庞涓叫士兵点燃火把一看，上面写着"庞涓死于此树下"几个大字，不由得大惊。此时，齐军伏兵对准火光处万弩齐发，箭如雨下，魏军死伤无数，庞涓也身中几箭，倒在血泊之中。他自知中计，绝难脱身，只得拔剑自杀。齐军乘胜追击，俘虏了魏太子申，彻底打败了魏军。魏国由盛转衰，孙膑因善于用兵而名扬天下。

● 智慧之窗

人们常说"两军交战勇者胜"，其实，两军交战更需要运筹帷幄、决胜千里的谋略，"知己知彼，百战百胜"的谋划，才是胜利之剑。这场战争，对决的实际是各自的统帅，只有了解了对方统帅，抓住其软肋，进而审时度势、速战速决，才能取胜。孙膑在战术上因势利导，制造假象，诱敌深入，将敌人引入绝境。这些都基于其对对手的了解。庞涓初战胜利，狂妄自大，自以为是，轻视对手，是其性格中的典型特点。孙膑的示弱，更加助长了对手的轻狂，骄兵必败，自此胜利已经在握。此次战争说明了战争中的真真假假，有时，战场上决策者还需要一点逆向思维。

苏代说韩得高都

● 故事背景

东周时期，诸侯崛起，王室衰微。一些诸侯为了称王称霸，或挟天子以令诸侯，或做大问鼎王室，有的诸侯还打起了周王室的主意，希图从王室身上得到更多的好处，以至于两表面文章也不作了，对王室开始吆五喝六起来。苏代说韩取高都的故事就是在这样的背景下发生的。

苏代战国时纵横家。东周洛阳人。苏秦族弟。初事燕王哙，又事齐愍王。还燕，遇子之之乱，复至齐、至宋，燕昭王召为上卿。

● 故事梗概

楚国攻打韩国的雍氏（地名），韩国向西周调兵征粮，周天子感到十分苦恼，跟苏代商量。苏代说："王不必烦恼，臣能替大代王解决这个难题，臣不但能使韩国不向西周调兵征粮，还能让王得到韩国的高都。"周王听了这话，非常高兴地说："如果贤卿能为寡人解难，那么以后寡人的国事都听从贤卿的意见。"

苏代胸有成竹地前往韩国，他在拜见韩相国公仲侈时直截了当地说："韩国千万不能向东周王室征粮。难道相国没有听说楚国的计划吗？开战以前，楚将昭应曾对楚怀王保证说韩国连年争战，兵疲马困，仓库空虚，没有足够的力量固守城池。假如我军乘韩国粮食不足，率兵攻打韩国的雍氏，不用一个月就可以占领雍氏。不过，如今楚国围雍氏已有五个月了，可仍然没能攻下，这证明了昭应估计的错误，也证明楚国已疲惫不堪，现在楚王已开始怀疑昭应的说法，在考虑是否撤兵了。现在相国竟然向东周调兵征粮，这不是明明告诉楚国，韩国已经精疲力竭没有兵员和粮食了吗？这件事如果被昭应知道以后，一定会请楚王增兵包围雍氏，雍氏就真的守不住了"。

公仲侈恍然大悟地："先生的见解很高明，可是我派的使者已经出发了"。

苏代忙说："相国何不就此把高都送给东周呢"？

公仲侈一听十分不解，很生气地说："我不向东周调兵征粮已经够好了，凭什么还要把高都送给东周呢"？

苏代马上说：相国莫急，你听我细细给你讲，假如相国能把高都送给东周，那么东周一定会与韩国邦交笃厚，秦国知道后，必然大为震怒，不仅会焚毁东周的符节，而且还会断绝与东周使节的往来。秦国焚毁东周的符节，断绝使臣的往来后，东周就只有与韩国相好了。换句话说，相国只要用一个贫困的高都，就可以换一个完整的西周，相国为什么不愿意呢？"

公仲侈由衷地说："先生的确高明啊"。

于是公仲侈决定不但不向东周调兵征粮，并且把高都送给东周。由于有了东周王室这杆王旗，使韩国获得很高声誉，同时也保住了王室的脸面。楚国见此，只好退兵而去。

● 智慧之窗

这个故事是一个令人叫绝的成功外交案例。苏代抓住了东周时期王室与诸侯关系中的十分微妙之处。虽然此时的王室早已没有了绝对的权威，但在绝大多数的诸侯眼里，王室还是一张政治上的王牌，起码起到招摇撞骗的作用。利用得好，会起到挟天子以令诸侯的作用。在兵员、粮食和天子盟友三者关系中，王室的盟友，分量更重，这是一个有一点头脑的政治家都能认识到的，有了这样一个名义上的盟主作支撑，起码提高了自身的政治地位。加之苏代的以退为进的说辞，不由得韩相不遵从。

● 历史链接

魏相田需死了，楚相昭鱼（即昭奚恤）对苏代说："田需死了，我担心张仪、薛公（战国赵人，曾隐居于卖浆人家，为魏公子无忌所敬重）、公孙衍等人中有一人出任魏相。"

苏代说："那么你认为由谁做魏相，对你比较有利呢？"

昭鱼说："我希望由太子（即后来的魏昭王）自己出任宰相。"

苏代说："我替你见魏王，必能使太子出任宰相。"

昭鱼说："先生要怎么说呢？"

苏代说："你当魏王，我来说服你。"

昭鱼说："那我们现在就试试。"

苏代说："臣这次由楚国来时，楚相昭鱼非常担忧，臣问他：'相国担心什么？'昭鱼说：'魏相田需死了，我担心张仪、薛公、犀首（原为古官名，因公孙衍曾任此官，后为公孙衍别称）等人中必有一人出任宰相。'臣说：'相国不用担心，魏王是位明君，一定不会任用张仪为相，因为张仪出任魏相，就会亲秦而远魏。薛公为魏相，必会亲齐而远魏。犀首为魏相，必会亲韩而远魏。魏王是明君，一定不会任命他们为相。'臣又说：'最好由太子自己出任宰相，因为他们三人知道太子早晚会登基为王，出任宰相只是暂时性的，为想得到宰相的宝座，他们必会极力拉拢与自己亲近的国家与魏结交，凭魏国强大的国势，再加上三个万乘之国的盟邦极力靠拢，魏国必然安全稳固，所以说不如由太子出任宰相。'"

于是苏代北去见魏王，惠王果然任命太子为宰相。

甘罗说张唐赴燕

● 故事背景

甘罗，战国时楚国下蔡（今安徽颍上）人，从小聪明过人，是著名的少年政治家。他祖父甘茂，是秦国一位著名的人物，曾担任秦国的左丞相。"将门出虎子"，在他祖父的教导下，甘罗从小就聪明机智，能言善辩，深受家人的喜爱。后来、甘茂受到别人的排挤，被迫逃离秦国，不久就死于魏国。甘罗小小年纪，就投奔到秦国丞相吕不韦的门下，做他的门客。

张唐是秦国一位大臣，曾率军攻打赵国并占领了大片的土地，赵王对他恨之入骨，声称如果有人杀死张唐，就赏赐给他百里之地。

● 故事梗概

当时，秦国企图联燕攻赵，打算派大臣张唐出使燕国，张唐担心赵国截杀他，借故推辞。吕不韦十分恼怒又无计可施。

甘罗见状，就走上前问道："丞相有什么心事？"吕不韦心里正烦躁得很，见是甘罗，就挥挥手说。"小孩子知道什么？"甘罗高声说道："丞相收养门客不就是为了能够替你排忧解难吗？现在你有了心事却不告诉我，我即便想要帮忙的话，也没有机会啊！"吕不韦一听，就改变了一下态度，说"皇上派刚成君蔡泽到燕国为相，已经3年了，燕王对他很满意。派太子丹到秦国做人质，表示友好，我派张唐到燕国为相，占卦的结果也很吉利，可是他却借故推辞不去。"

甘罗听了，微微笑道："原来是这样一件小事，丞相何不让我去劝劝他？"吕不韦责备他："小孩子不要口出狂言，我自己请他他还不去，何况你小小年纪。"甘罗听了不服气地说："我听说项橐7岁的时候就被孔子尊为老师，我现在比他还大5岁，你为何不让我去试试，如果不成功的话，你再责备我也不迟啊！"吕不韦见他语气坚定、神气凛然，心里不由暗自赞赏，于是就改变了态度，放缓了口气说："好，那你就去试试吧！事成之后，必有重赏。"甘罗见他答应了，也就没多说什么，高高兴兴地走了。

到了张唐家里，张唐听说是吕不韦的门客来访，连忙出来相见，发现甘罗不过是个十多岁的小孩子，不由得心生轻视，张口就问道："你来干什么？"甘罗见他态度傲慢，就说道；"我来给你吊丧来了。"张唐听了大怒："小孩子怎么能这样说话，我家又没死人，你来吊什么丧？"甘罗笑道："我可不敢胡说啊，你听我讲清一下原因。你和武安君白起相比，谁的功劳更大啊！"张唐连忙答道："武安君英勇善战，南面攻打强大的楚国，北面扬威于燕赵，占领的地方不计其数，功绩显赫。我怎么敢和他相比啊？""应侯范雎和文信侯相比，谁更专权独断啊？"应侯是秦国以前的一位丞相，文信侯即吕不韦。张唐答道："应侯当然不如文信侯专权独断啦！""你真的知道应侯不如文信侯专权吗？"张唐说道："当然了。"甘罗听了笑道："既然如此，那你为何还推辞不去呢？我听说，应侯想攻打赵国的时候，武安君反对他，离开咸阳七里就被应侯派人赐死，象武安君这样的人尚且不能被应侯所容忍，你想文信侯会容忍你吗？"张唐听了这话，不由得直冒冷汗，甘罗见状又说："如果你愿意去燕国的话，我愿意替你先到赵国去一趟。"张唐连忙称谢答应了，请他回去禀报丞相。

甘罗又征得吕不韦的同意，按照秦国扩大河间郡的意图到赵国去进行游说，他针对赵王担心秦燕联盟对赵国不利的心理状态，大加攻心："大王是否听说过燕太子丹入秦为质这件事。"赵王点了点头，甘罗又问道："大王是否听说过张唐要到燕国为相？"赵王又点了点头，"既然如此，那你为何还不着急啊？燕派太子入秦为质，说明燕国不欺骗秦国；秦国派张唐入燕为相，说明秦国不欺骗燕国。燕秦不相欺，赵国就危险了。"赵王听了问道："秦国和燕国和好，有什么目的吗？"甘罗答道："秦燕联盟，无非是想占赵国的河间之地，您如果把河间5城割让给秦国，我可以回去劝秦王取消张唐的使命，断绝和燕国的联盟。到那时你们攻打燕国，秦国决不干涉，赵国所得又岂止5城！"赵王大喜，忙把河间5城的地图、户籍交给甘罗。甘罗满载而归，秦国不费一兵一卒而得河间之地。回来以后，秦王封12岁的甘罗为上卿，并把当年封给甘茂的土地赏给他。由于当时丞相和上卿的官阶差不多，民间因此演绎出甘罗12岁为丞相的说法。赵国得知秦国与燕国绝交后，派军攻打燕国，得到30座城池，又把其中的11座城池送给了秦国。

● 智慧之窗

在战国这个时代的大舞台上，各种各样的人才层出不穷，甘罗年方12，就已经凭自己的智慧周旋于王侯之间，并且不费一兵一卒使秦国得到16座城池，官封上卿，这在中国历史上可以说是绝无仅有的，确实是一个才能出众的小神童啊！

陈轸劝昭阳罢兵

● 故事背景

战国中期，楚王派将军昭阳率领军队攻打魏国，昭阳十分勇猛，指挥楚军杀死了魏将，打败了魏军，还夺取了魏国的八座城池，一直打到了齐国边境。一心想着再建伟业奇功的昭阳乘胜带兵继续攻打齐国。齐王既担心又恼怒，整天讨论退敌之策。此时秦国使者、著名谋士陈轸恰好出使齐国，他对齐王说：大王不用担忧，请让我代表齐国出使楚军，我能阻止楚军的进攻。齐王非常高兴，派遣陈轸出使楚军，说服昭阳退兵。

● 故事梗概

陈轸来到楚军大营，见到了昭阳。他先是一再拜贺他取得的巨大胜利，夸赞昭阳的勇猛无敌，昭阳听后十分得意。陈轸接着又对昭阳说："不过，我有一事不明白，想请教将军。按照楚国的法令，战斗中杀死敌将消灭敌军的将军，最高到底会封什么官爵呢？"昭阳回答："可封为上柱国，赐爵为上执珪。"陈轸又问："在楚国比这个官爵更显贵的是什么官职啊？"昭阳回答说："那就只有令尹这一职务了，令尹是楚国最尊贵的官职，再之上就是楚王了"。

陈轸故作神秘地叹气到，唉，将军的性命危险了。昭阳不明白陈轸的意思，问此话怎讲。你想想啊，你以上柱国之尊带兵出征，又连克敌国八城，凭这些，将军足以立身扬名了，凯旋回师一定会被加封为令尹的。这是国王之外最尊贵的官职了，你还去打齐国，在官位上是不可能再有什么加封的，难道还想登上王位不成，这样做是很危险的。如果战无不胜却不懂得适可而止，见好就收，只会招致杀身之祸，该得的官爵或许将不为将军所有啊。

看昭阳的表情，似乎还有些似懂非懂。陈轸进一步说，请允许我给将军讲个故事吧：从前楚国有个贵族在春祭时，赏给了众门客一壶酒。门客们说："这壶酒不够几个人喝，我们在地上画蛇，来决定谁来喝，哪个人先画成就那个人喝。"

有个门客先画好了蛇，拿起酒壶想喝，但他看见别人画得很慢，想再显示一下自己，于是用左手拿着酒壶，右手去画蛇，边画边说："我还能给蛇添上脚呢。"

这个人还在画蛇脚时，另一个门客把蛇画成了。他夺过那人手里的酒壶说："蛇本来没有脚，你怎么能给它添上脚呢？有脚的东西不是蛇，所以第一个画好蛇的是我，而不是你。"

门客说完就把酒喝了，而画蛇添足的门客倒把应该得到的酒让别人抢去了，没有得到酒喝。

陈轸接着说："现在你率领楚军打败了魏军，连得了八座城池，已大功告成。你的名气已经不小了，官位也到了头。这个时候还不罢兵，还想攻打齐国，这就同画蛇的人是一样的。取得了胜利还不住手，一旦有什么差错，性命都难保。再说即使是能够再取得胜利，也要费很大周折，回去后又会怎么对待你呢，功高震主啊。这跟画蛇添足不是一个样吗？昭阳被陈轸的一番话说动，认为很有道理，连说对对对，撤退了攻打齐国的军队。

● 智慧之窗

这则故事里，陈轸表现了外交家的雄辩口才和智谋家的胆略。他先是祝贺昭阳打了胜仗，消除他的心理戒备，拉近了双方距离。然后通过"画蛇添足"的故事，采用设喻说理的方法，指出攻齐对己并无好处，反而会有不利的变数，讲述了适可而止，功高震主，甚至害己的道理，从而说服了昭阳。凡事都有限度，超过限度将发生质的变化。用兵用权也要适可而止，见好就收。这样才会保证经常处于有利地位。做事要适度，达到了预定目标，取得了一定效果，就该及时收手，太过头了就会起反作用。

但人的欲望常常没有止境，特别是有东西可以自恃之时。权力、名誉、金钱、地位、物质、才能，都足以使人异化，丧失理智，不知自己为何物。"聪明反被聪明误"，与其说是聪明的悲剧，倒不如说是愚蠢的悲剧。

知止不殆，要求保持清醒的头脑，对自己的处境，事情的发展和后果要有充分的、恰如其分的估价，尤其要对利害关系有清醒的认识，然后才会知道何时止住，在哪里止住。

知止不殆，也要求克制自己的欲望，不要追求超出自己能力或者不应属于自己的东西。理应属于自己的东西，迟早会属于自己。不应属于自己的东西，即使得到了也会失去。

赌徒的心理是受欲望支配的。赢了。总想赢得更多，结果不但没有保住原来的成果，反以输掉告终。输了，总想捞回来，不知就此打住，结果越输越多。

在人生和事业的战场上，如果始终抱着赌徒心理，迟早会输得精光。

陈轸智解流言

● 故事背景

秦国在秦孝王时期通过商鞅变法，使国力大增。到了秦惠王朝进入了迅速发展时期，秦惠王招贤纳士，壮大军事力量。

秦国的东部诸侯国，面对秦国的强大，积极寻找抗秦自保的办法。这时的燕、赵两国率先接受了苏秦的建议，合作抗秦，不久，还联合其他国家合纵抗秦。然而时隔不久，秦国采用张仪等人的连横策略，打破了东方六国的合纵联盟。击破了苏秦联络的合纵联盟，不仅打通了中原通道，而且夺取了魏国的河西郡和上郡，攻灭了巴蜀，占领了汉中的大片良田，使秦国的领土面积骤然扩大了数倍。

张仪在秦国向中原的扩张中，立下了汗马功劳。不过，张仪为在秦国站稳脚跟，以求获得秦惠王的信任重用是花费了很大的心思的。

● 故事梗概

张仪在苏秦的刺激和暗中帮助下，来到秦国投靠到秦惠王门下，另一位谋士陈轸也投靠到秦惠王门下，两人都受到重用。

不久，张仪发现陈轸很有才干，也很受秦王的重用。担心日子一长，秦王会冷落自己，偏爱陈轸。由于陈轸作为秦国的外交使者经常往来于秦楚之间，时间一长便传出了一些风言风语。张仪借此便找机会在秦王面前告状。一天，他对秦惠王说：大王经常让陈轸往来于秦国和楚国之间，现在，人们反映楚国对秦国并不比以前友好，但对陈轸却特别好。也许陈轸的所作所为全是为他自己，并不是诚心诚意为我们秦国做事。我还听说，陈轸还将我国机密泄露给楚国。接着，张仪表明了自己的态度，并气愤地说：大王，作为大王的臣子，他怎么能这样做呢？我不愿和这种人在一起做事。最近，我又听说，他打算离开秦国到楚国去。要是这样，大王还不如先杀掉他。

秦王听后很生气，马上召见陈轸。一见面，他就对陈轸说："听说你想离开我这儿，准备上哪去呢？告诉我吧，我好为你准备车马呀。

陈轸莫名其妙，两眼直盯着秦王。但他很快明白，这里面话中有话，于是镇定地回答：是的，大王。我准备到楚国去。

果然如此，秦王对张仪的话更加深信不疑，便强压住怒火说：那张仪的话是真的？

原来是张仪在捣鬼，陈轸顿时明白了。

他不慌不忙地解释说：这事不单张仪知道，连过路的人都知道。我如果不忠于大王您。楚王又怎么会要我做他的臣子呢？既然这样，那你为什么将秦国机密泄露给楚国呢？陈轸坦然一笑，对秦王说：大王，我这样做，正是为了顺从张仪的计谋，用来证明我是不是楚国的同党呀。

秦王一听，糊涂了。

陈轸接着给惠王讲了一个故事，他说：楚国有个人有两个美貌如花的妾。有人去勾引那个年纪大一点的妾，遭到一顿痛骂。他又去勾引那个年纪轻一点的妾，结果得手，获得了一时欢畅。

后来，那个楚国人死了，有人就问那个偷情者：如果你要娶她们做妻子的话，是愿意娶那个年纪大点的呢，还是娶那个年纪轻的呢？'偷情者回答说：你说我该娶哪一位，当然是娶那个年纪大些的啦。

人们又问他：那是为什么呢？年纪大的骂你，年纪轻的喜欢你，你为什么要娶那个年纪大的呢？'

偷情者说：你好好想想，处在她那时的地位，我当然希望她答应我。她骂我，说明她对丈夫很忠诚。我要是娶她为妻，我当然也希望她对我忠贞不贰，对那些勾引她的人破口大骂了。

讲完了这个故事，陈轸对秦惠王说：大王，您想想看，我身为楚国的臣子，如果我常把秦国的机密泄露给楚国，楚国会信任我、重用我吗？楚国会收留我吗？我是不是楚国的同党，大王您该明白了吧？秦惠王听陈轸这么一说，消除了疑虑，更加信任陈轸，给他更优厚的待遇。

● 智慧之窗

这个故事中，陈轸运用了反客为主的策略，变被动为主动。以一个做人的基本观念性故事，推倒了秦王已先入为主的判断。人们都明白一个道理，一个不忠于自己国家的人，即使是敌人也不会信任你、欣赏你。这一点陈轸、秦王都会清楚。

晋文公退避三舍

● 故事背景

春秋五霸之一的晋文公重耳，是晋献公的八个儿子之一。后因太子之争被迫开始了十几年的国外流亡生活，当时他已42岁。重耳最初逃到了狄国。几年后，里克等人在国内杀掉奚齐及其弟卓子，要迎重耳回国为君，重耳感到自己在国内还没有根基，所以拒而未返。后夷吾回国继承君位，是为晋惠公。惠公恐怕重耳与他争夺君位，派人刺杀重耳。重耳预先得到消息，逃往齐国。第二年，齐桓公小白死，齐国发生内乱。

赵衰和狐偃等人设法使他离开了齐国，前往楚国，以寻找靠山，伺机归国。沿途备尝艰辛屈辱，到达楚国。

史书记载，重耳平时能"好善不厌，父事狐偃，师事赵衰，而长事贾佗"，颇有贤名，所以即使在流亡过程中，跟随他的人也很多，介子推甚至曾在晋文公绝粮的时候"割股啖君"。

● 故事梗概

楚成王雄才大略，是一位具有远见的政治家，认为重耳日后必有大作为，便以国君之礼相迎，待如上宾，并经常设宴款待。

一次，在宴会上，楚成王一边喝酒一边笑着问重耳，如果有一天公子回国作了国君，将如何报答我的知遇之恩呢？

重耳回答，若托您的福，我真的能够回国作晋国君王，一定不会忘记您的恩情。不过，您现在什么都不缺，假如晋、楚两国一旦构兵，在中原对垒，我将命令晋军主动退让大王您三舍（一舍等于三十里），以作谢罪。如果还不能得到您的原谅，我也就只好再与您交战了。楚令尹子玉认为重耳傲慢无礼，日后会成为楚国的劲敌，劝说楚成王杀掉他。楚成王却认为"晋公子敏而有文，约而不诮，三材侍之，天祚之矣。天之所兴，谁能废之？"未听从子玉的建议。

后来秦穆公邀请重耳去秦国，楚成王便将他送去，穆公待他甚厚。晋惠公十四年（公元前637年），惠公死，晋国大臣们欲迎重耳归国，秦穆公便派军队护送重耳归国。重耳于第二年春天渡黄河入晋，晋国各地纷纷归附。重耳即位，是为晋文公。这时他已62岁。

晋文公即位后，平定了吕省、郤芮等人的叛乱。至此，经过几十年混乱的晋国安定下来，晋文公开始整顿和治理国家，诸如整顿官职，责成各级官员尽职尽责，轻徭薄赋，赈救困乏，发展农业生产；减轻关税，开通道路，促进商旅贸易，奖拔贤能，赏赐有功，鼓励积极有为的精神，赡养老人，礼遇宾客，培养良好的社会风气，等等。从而晋国大治，一天天强大起来。

周襄王十九年（公元前633年），楚成王率楚、郑、陈、蔡、许等国军队围攻宋国，宋国向晋国求援。晋文公抓住这个时机，立即进行战前准备，将晋国原有的左右二军，扩编为上、中、下三军，命令郤縠、郤溱、狐毛、狐偃、栾枝、先轸为将领。文公首先派兵攻打楚国的盟国卫国和曹国，以此吸引楚军前来救援，以解除楚军对宋国的围攻。

楚国来救曹、卫，晋、楚两国军队在城濮（今山东省鄄城西南）附近相遇。晋文公兑现了他的诺言，命军队后退九十里，驻扎在城濮。楚军见晋大军后退误认为晋军因害怕而撤退，楚军统帅成得臣求胜心切，派人请战，匆忙追击。周襄王二十年（公元前 632 年）四月四日，晋、楚两军决战，晋军抓住了楚军轻狂的弱点，集中兵力设下伏兵，大破楚军，取得了城濮之战的胜利。

晋国打败楚国的消息传到周都洛邑，周襄王和大臣都认为晋文公维护了天子权威，立了大功。周襄王还亲自到践土慰劳晋军。晋文公趁此机会，在践土给天子造了一座新宫，还约了各国诸侯开个大会，订立盟约。这样，晋文公就当上了中原的霸主。

● 智慧之窗

晋文公信奉做人一定要有诚信，不守信用的人必将失去别人尊重的理念，对楚军退避三舍，一方面是表示信守诺言，另一方面则起到了避其锋芒、诱敌深入的作用。这次战争，由于晋文公在外交上争取了秦、齐两国参战，在军事上采取了先让一步，后发制人的方针，化劣势为优势，被动转变为主动，终于取得了对楚国的决定性胜利，奠定了晋国称霸中原的基础。

由于城濮之战中，晋文公遵守诺言，主动后撤了 90 里。此后，世人便把不与人相争或主动退让和回避，避免发生冲突的行为，称为"退避三舍"。

冯煖为孟尝君营造三窟

● 故事背景

孟尝君本姓田名文，字孟，封于尝邑，故号孟尝君。他好养士，有门客数千。

士，在古代介于卿大夫和庶民之间的一个阶层。这些人大多怀有一定学问或一技之长，也不乏饱学之士。这些人虽无官职，但却是当权者的座上客，如三国时期的"谋士"，明清时代的"幕友"。士者，无论投在谁的门下，都不是吃白饭的，"食其禄，而死其事"，一心一意，竭尽全力为主人效劳。他们帮助主人观风测雨，洞察时变，揣度进退，衡量得失，把关定向，趋利避害。

养士之风始于春秋，大盛于战国，后世历久不衰。养士即可储备人才，必要时为己效力，又可壮声威。养士最多的就是战国四公子之一孟尝君。司马迁《史记·孟尝君列传》记载：孟尝君在薛地，招至诸侯宾客及亡人有罪者，皆归孟尝君。孟尝君舍业厚遇之，已故倾天下之士。食客数千人，无贵贱一与文等。………士以此多归孟尝君。孟尝君客无所择，皆善遇之。人人各以孟尝君亲己。从中可见一斑。

冯谖就是孟尝君的士之一。

● 故事梗概

据说冯谖家贫，养活不了自己，读了些书，但还挺爱面子，托人传话给孟尝君，愿意做其门下食客。

孟尝君了解了一下他的情况，回答是既无什么特别的爱好，也没有什么特别的才干，最后还是收下了。

不过，孟尝君手下的人便因此看不起冯谖，每日只给些粗茶淡饭。他们经常冷嘲热讽，你说你什么本事都没有，这不是来吃白饭吗？可是，这个冯谖很会炒作自己。

一天，冯谖靠着柱子，用手指弹着他的佩剑唱道："长铗啊，咱们还是回去吧，这儿没有鱼吃啊！"手下的人把这事告诉了孟尝君。孟尝君说："就照一般食客那样给他吃吧。"又过了没多久，冯谖又靠着柱子，弹着剑唱道："长铗啊，咱们还是回去吧，这儿出门连车也没有！"左右的人都笑他，又把这话告诉了孟尝君。孟尝君说："照别的门客那样给他备车吧。"于是冯谖坐着车子，举起宝剑去拜访他的朋友，并且说道："孟尝君把我当客人一样哩！"后来又过了些时日，冯谖又弹起他的剑唱道："长铗啊，咱们还是回去吧，在这儿无法养家。"左右的人都很讨厌他，认为这人贪心不足。孟尝君知道后就问："冯先生有亲属吗？"回答说："有位老母。"孟尝君就派人供给冯谖母亲的吃用。这样，冯谖就不再唱。

后来，孟尝君拿出记事的本子来询问他的门客："谁熟习会计的事？"冯谖在本上署了自己的名，并签上一个"能"字。辞行的时候冯谖问："债收完了，买什么回来呢？"孟尝君说："您就看我家里缺什么吧。"

冯谖赶着车到薛，派官吏把该还债务的百姓找来核验契据。核验完毕后，他假托孟尝君的命令，把所有的债款赏赐给欠债人，并当场把债券烧掉。百姓都高呼"万岁"。

冯谖赶着车，马不停蹄，直奔齐都。冯谖回得如此迅速，孟尝君感到很奇怪，立即穿好衣、戴好帽，去见他，问道："债都收完了吗？怎么回得这么快？"冯谖说："都收了。""买什么回来了？"孟尝君问。冯谖回答道："您曾说'看我家缺什么'，我私下考虑您宫中积满珍珠宝贝，外面马房多的是猎狗、骏马，后庭多的是美女，您家里所缺的只不过是'仁义'罢了，所以我用债款为您买了'仁义'。"孟尝君道："买仁义是怎么回事?"冯谖道："现在您不过有块小小的薛地，如果不抚爱百姓，视民如子，而用商贾之道向人民图利，这怎行呢? 因此我擅自假造您的命令，把债款赏赐给百姓，顺便烧掉了契据，以至百姓欢呼'万岁'，这就是我用来为您买义的方式啊。"孟尝君听后虽没说什么，但有些闷闷不乐。

过了一年，齐湣王受到挑唆，唯恐孟尝君的威望超过自己，免去了其相国职位，对孟尝君下了逐客令，孟尝君只好赶往他的领地薛。一行还差百里未到薛地，但见老百姓扶老携幼，都在路旁迎接孟尝君。孟尝君见此情景，回头看着冯谖道："您为我买的'义'，今天见到作用了"。

冯谖说："狡猾机灵的兔子有三个洞才能免遭死患，现在您只有一个洞，还不能高枕无忧，请让我再去为您挖两个洞吧。"孟尝君应允了，就给了五十辆车子，五百斤黄金。冯谖往西到了魏国，他对惠王说："现在齐国把他的大臣孟尝君放逐到国外去，哪位诸侯先迎住他，就可使自己的国家富庶强盛。"于是惠王把相位空出来，把原来的相国调为上将军，并派使者带着千斤黄金，百辆车子去聘请孟尝君。冯谖先赶车回去，告诫孟尝君说："黄金千斤，这是很重的聘礼了；百辆车子，这算显贵的使臣了。齐国君臣大概听说这事了吧。"魏国的使臣往返了三次，孟尝君坚决推辞而不去魏国。

齐湣王果然听到这一消息，君臣上下十分惊恐。于是连忙派太傅拿着千斤黄金，驾着两辆四匹马拉的绘有文采的车子，带上一把佩剑，并向孟尝君致书谢罪说："由于我不好，遭到祖宗降下的灾祸，又被身边阿谀逢迎的臣下包围，所以得罪了您。我是不值得您帮助的，但希望您顾念齐国先王的宗庙，暂且回国都来治理国事吧。"冯谖又告诫孟尝君道："希望你向齐王请求先王传下来的祭器，在薛建立宗庙。"（齐王果然照办。）宗庙建成后，冯谖回报孟尝君："现在三个洞已经营造好，您可以高枕无忧了。"

孟尝君在齐当了几十年相国，没有遭到丝毫祸患，与冯谖的计谋不无关系。

陈轸坐山观虎斗

● **故事背景**

春秋末年，韩、赵、魏三家结成同盟，共灭智氏，晋国被韩、赵、魏三家瓜分，公元前403年，周威烈王二十三年，徒有虚名的周王朝正式册封赵、魏、韩为侯国，时称"三晋"。至此，称霸春秋时代的最大强国——晋国从此日落西山，历史由此进入天下混战的战国时代，赵、魏、韩与齐、楚、秦、燕并列为战国七雄。最初时期，三晋还是同盟国关系，后来因为各自的利益，内部矛盾日重，以至于兵戎相见。

● 故事梗概

公元前362年，韩、赵和魏之间，因利害冲突而发生大战。魏相公叔痤带领魏国军队与韩、赵联军于浍水北岸，生擒赵将乐祚，取得皮牢（今山西翼城东北）战役的胜利。此后，三晋联盟彻底破裂，魏韩赵不断发生战争。公元前332年魏韩又发生了战争，战争打了整整一年，还没有停止。

这时，秦惠王想要出面调停他们的战争。于是召来群臣商议：他问道，我想使韩魏两国停火，和平共处。诸位以为如何？

一位文官立刻应声说："对！我们应该去解救他们。"

一个武将反对说："他们打他们的，关我们什么事？我们何必去管他们"。

大家正在你一言我一语地议论着，这时从楚国来的一位叫陈轸客卿说："大王您想统一天下吗？"

秦王说："当然想统一天下，您有妙计吗？"

陈轸说："妙计谈不上有，不过我不妨讲个卞庄子刺虎的故事，也许对您有所启发。"

秦王颇感兴趣地说："先生，你请说。"

陈轸于是讲了这样一个故事：

春秋时期，鲁国有个武艺高强的人叫卞庄子。一天，他到一个地方住宿，听说当地有两只老虎，经常出来伤害家禽、甚至咬伤、咬死人。卞庄子决定为民除害，带了一把寒光闪闪的青铜剑。就要出去刺虎。

旅店里有个小伙计也一起同去。

两人走到一个山谷里，忽然看见一大一小两只老虎正在争着吃一头牛。卞庄子拔剑就要冲上去。小伙计说："壮大哥，不要性急，你看它们正在津津有味地吃牛，吃到后来，它们一定会争夺，一争夺就必定会互相撕咬起来，小的一定会被咬死，大的一定会被咬伤。这时，你再冲上去。对付一只受伤的老虎，不就比同时对付两只健壮的老虎省力得多吗？"

卞庄子连连点头，两人就在树丛里隐蔽了起来。过了一会儿，两只老虎果然争斗起来，又是剪，又是扑，又是抓，又是咬，斗得旁边的石头乱滚，尘土飞扬。渐渐地，小老虎支持不住了，咽喉处被大老虎咬破，血流干后，便死去了。大老虎也遍体鳞伤，倒在地上动弹不得。这时候，卞庄子猛扑过去。一剑就刺中老虎的要害部位，那老虎长啸一声就断气了。

陈轸讲完故事后又说："如今，韩国和魏国互相攻打，打了一年还不停止，这样，他们之间必定互有损伤。您如果想完成统一天下的大业，就只有让他们继续打下去，到他们伤亡惨重的时候，再用重兵去征讨他们，这样就能一举两得，就像卞庄子刺虎那样。大王觉得如何？"

秦惠王听了陈轸的故事，觉得十分有道理，于是决定不去调解魏韩的争斗。

最后，魏国受了损伤，韩国被打得破败不堪的时候，秦国的军队像潮水般地涌去，一下子就夺了两国的好几个城池。

● 智慧之窗

坐山观虎斗与隔岸观火、鹬蚌相争有异曲同工之妙。比喻对双方的斗争采取旁观的态度，等到双方都受到损伤，再从中捞取好处。秦王面对两国相争，想以一个裁判者的面目出场，这固然也有不错的好处，会受到两国的尊重。但从长远说，对秦国统一的目标没有实质性的好处。反而会保存了交战双方的实力，会给自己日后的武力统一增添困难。而坐看双方争斗，消耗其实力，再趁势而动，自然会有更多的好处。

张仪的引火烧身

● 故事背景

张仪在秦惠王期间，巧妙地周旋于各诸侯国之间，用双料间谍身份，实施其所谓的连横合纵之策，使秦国左突右冲，打破了各国的反秦联盟，获得了极大的利益，使与秦国争强的齐国、楚国受害最重。

秦惠王，嬴姓，赵氏，名驷，秦孝公之子。公元前338年，秦孝公死，惠文王即位。魏惠王由于惠施的与齐连横策略的失败，错误地采用秦相张仪的秦韩魏合纵伐齐楚的合纵策略，逐走惠施，任张仪为魏相。但由于秦国的真实目的是削弱韩魏，被魏惠王识破，张仪被逐。

秦国在秦惠王朝是一个大发展时期，不仅打通了中原通道，而且夺取了魏国的河西郡和上郡，攻灭了巴蜀，占领了汉中，使秦国的领土面积骤然扩大了数倍。

● 故事梗概

惠王死后，秦武王即位，武王的左右近臣不喜欢张仪，怀疑张仪的各种行为，就散布说：张仪过去不忠于惠王。

这种言论一出来，痛恨张仪的齐王就派使者前来谴责武王，说他不该重用张仪这种不忠不义之人。

张仪听说后对武王说："臣有一条计策，虽然并不高明，但还是愿意献给大王。"武王问他："有何计策？"张仪说："为国家社稷利害考虑，其最上策就是使山东诸国发生变乱，大王乘势攻城略地，扩充疆土。如今齐王对臣恨之入骨，无论臣走到哪里，他都会不顾一切发兵攻打。所以臣愿意捐弃不肖之身前去梁国，从而挑动齐王出兵攻梁。当齐、梁兵马在大梁城下打得不可开交时，大王可乘机侵入韩国三川之地，使秦兵东出函谷关畅通无阻，挥兵直逼两周地界，索取天子祭器，然后挟天子，按图籍，君临天下，这可是万世不移的帝王基业啊"！

武王同意了，于是派出三十辆兵车，把张仪送到魏都大梁。齐王上当果然发兵攻梁。

梁王非常恐惧。张仪说："大王不要忧心，臣可令齐国退兵。"于是张仪授计舍人冯喜，把他派往楚国。冯喜借用楚国使者的名义前往齐国。

冯喜到齐，处理完齐楚之间的事务后借机对齐王说："素来闻说大王恨张仪入骨，可是令臣奇怪的是，大王为何在秦王面前如此抬举张仪呢？"齐王奇怪地问道："寡人非常憎恨张仪，张仪到哪里，我就打到哪里，令其无藏身之处。先生何顾说寡人抬举张仪？"冯喜说这正是大王抬举张仪之处。张仪离开秦国之时，曾与武王密谋计议："为大王计，莫如东方战乱大起，秦国便可乘机扩张土地。齐王对臣十分痛恨，无论臣在何处安身，不管山高水远，不管多高的代价，必然引兵来伐。臣愿以身为饵，到魏为臣，使齐王攻魏。当两国兵连祸结之时，大王可乘机攻韩，取三川，出函谷，直逼两周，收取天子祭器，而后挟天子，按图籍，以图王业。"秦王觉得不错，就依计而行，用三十辆兵车，送张仪到魏。大王果然中了张仪之计，为一个张仪而引兵伐魏，此举对内使民众疲惫，对外交恶盟国，广树仇敌于邻邦，使自己陷于不利境地，而且更重要的是使张仪更得到秦王的宠信。这就是臣说的"抬举张仪"。

齐王醒悟，赶忙停止了进攻梁国的军事行动。

● 智慧之窗

张仪的引火烧身之计，与声东击西的谋略有异曲同工之妙。他利用对方的注意力方向，将其引入歧途，掩盖自己的真实企图，以达到自己的目的。目的实现后，又运用将其谜底揭开的方法，使对手自觉上当，自动撤火，大火熄灭，顺利脱身。表现了运用此计者高超的智慧。

苏秦合纵抗强秦

● 故事背景

苏秦字季子，东周洛邑(今河南洛阳东)人，年幼之时，曾与张仪在颍川阳城(今河南登封市)拜鬼谷先生为师。学业成就之后，曾先后去东周和秦国宣传自己的治国之策，希望得到重用以施展抱负，不想却均未被录用。受此冷遇的苏秦却未"心灰意冷"，他返回故里，更加勤奋的学习。在一年多的时间里，头悬梁、锥刺股，刻苦攻读有关兵法、医学、经济和法令等方面的书籍。

在此基础上，苏秦还对当时各国的形势做了深入的研究。认为，列国之中，齐、楚、燕、韩、赵、魏、秦最为强盛，而七国之中又首推秦国最强。秦国心怀包宇天下，兼并六国之志，而弱国之间，彼此明争暗斗，不难被各个击破。弱国要想自保，就需要联合。于是，苏秦经过反复思考，初步形成了一个促成六国结盟以共同对抗秦国的合纵战略思想，怀抱新战略思想，苏秦再次离开家乡，到各国游说。

● 故事梗概

苏秦首先来到七国中最为弱小的燕国。时值燕昭王筑黄金台，延揽四方贤士之时，他向燕文侯陈述了燕与别的国家结盟的必要性：燕之所以能够安乐无事，不受到强秦的侵犯，是因为南面有赵国作屏障。秦要攻燕，必须经过赵而跋涉千里，赵要攻燕，不需百里即抵燕都。赵国之所以不攻打燕国，全因为强秦在后面牵制，而燕却正好可以利用这个机会与赵国结盟，共同抵抗强秦，防患于未然。所谓"夫不忧百里之患而重千里之外，计无过于此者。"

然后再与其他各国联盟抗秦，这样，燕国就可保安全。他出色的口才和一语中的的言论打动了燕文侯的心，于是燕文侯拿出车马金帛助他去赵国游说。

苏秦来到赵国之后，便以燕国使者的身份晋见赵侯。他向赵肃侯指出，秦国强大，早就有入侵中原之念。凭各国的实力，都难以单独抵抗强秦，如若各国都争相讨好秦国，将来势必被秦国各个击破。若各国联合，则"地五倍、兵十倍于秦"，攻一国而各国援助，则秦虽强，亦不敢轻举妄动。各国亦可相安无事。因此，苏秦请赵侯出面倡议六国合纵抗秦。赵侯当即就采纳了他的建议，并且拜苏秦为相国，派他去游说各国，以订立合纵盟约。苏秦遂又以赵国使者的身份，去其余各国说以利害，并成功的得到各国君主的赞同。

不久之后，赵、楚、齐、魏、韩、燕六国国君于赵国洹水（今河南境内）之上，歃血为盟，订立了合纵条约，形成了合纵抗秦的阵营，合纵抗秦。封苏秦为"从约长"，佩六国相印。并派人将六国盟约之事向秦国通报。自此之后，秦国竟有十五年之久不敢越函谷关"雷池"一步。

秦国得知六国合纵抗秦之后甚为吃惊。随即，秦惠文王采纳了张仪等大臣们的建议，用软硬兼施的方法引起六国之间相互猜疑，以拆散合纵。首先派人去最近的魏国，归还了从魏国夺来的几座城池，然后又派人去最远的燕国，将女儿嫁给了燕国太子。于是，魏、燕两国同秦国和好起来。

苏秦立刻出发，去平息这场同盟中的"内乱"。苏秦首先又来到燕国。此时，燕文侯已死，太子即位，是为燕易王。齐国趁燕国办丧事之机攻燕，连克城池十余座。燕王便以齐国归还城池为条件，命苏秦以"从约长"的身份出使齐国。如若齐国归还城池，燕国便同秦国断绝来往。

苏秦去齐，晋见齐威王，先行祝贺之礼，接着又行哀悼之礼。齐威王不解，问其原因。苏秦道，人饿得再厉害也不会去吃有毒的乌头籽，吃得越多，死的也就越快。燕和秦是联姻之国，齐国占领燕国的城池就等于是与强秦结下了仇怨。这就如同饥饿之人去吃乌头籽一样！齐国实在是大难即将临头。齐威王闻言大惊，忙向苏秦请教解危之法。于是苏秦就建议齐威王归还夺来的城池，这样燕王喜欢，秦王也一定会高兴。齐威王认为很有道理，立刻照办。

回到燕国之后，苏秦又受到了燕王的封赏。不久，苏秦到了齐国，齐威王用他为客卿。结果被疑忌他的大臣雇佣刺客行刺。临终之前，他向齐王建议，在他死之后，以大罪车裂于市，并悬赏行刺之人，这样就一定能抓到刺客。齐王依计行事，果然不久刺客就伏法就诛。一代纵横家也就以这样惨壮的形式结束了他传奇的一生。

● 智慧之窗

在人的一生中，往往会遇上若行进在沙中的艰难时期，这个时期，很可能像苏秦一样，遭到亲人的言语，更不用说其他人的蔑视了。但能坚持下去，艰难终会过去，人们的歧视也只能算是"小有言"，最终则有吉利可言。因而，人在艰难困苦时，一定要坚持，要看到未来的"吉"的光明前途。

张仪的连横战略

● 故事背景

战国处于公元前475年—公元前221年间，是中国历史上一个动荡时期。各诸侯国之间的战争接连不断，社会呈现天下大乱的形势。这期间，北起长城，南达长江流域，先后出现齐、楚、燕、韩、赵、魏、秦七个大国。这七个大国为了扩张自己的势力，一面在本国实行变法改革以图强，一面相互混战，侵伐小国，互相兼并，战争愈演愈烈，历史上称这七个大国为"战国七雄"。最初魏国成为七个大国中的最强国，称霸中原，后经桂陵之战、马陵之战逐渐衰落，齐国和秦国成为强国。

双方在不断兼并周围弱国、扩大势力范围的同时，又进行着所谓"合纵""连横"的外交斗争。"合纵"就是指弱国联合起来，阻止强国进行兼并。"连横"就是强国迫使弱国帮助它进行兼并。实际上"合纵"和"连横"都是争取暂时同盟者的外交手腕，其目的是进一步兼并土地，扩张领土。

张仪的连横战略就是在这种背景下产生的，主要为了对付东方各国的合纵策略。

● 故事梗概

我国传统上有"三教九流"之说，九流之中有一派叫作"纵横家"。战国时期，所谓的"纵横家"，代表人物是苏秦、张仪。二人皆为"鬼谷子先生"的门生，施展"合纵""连横"之术，将战国晚期各诸侯及天下形势掌握于股掌之中。太史公司马迁曾经评价二人，"此两人真倾危之士！"

在苏秦挂六国相印之后，张仪西去投秦受到秦惠文王的重用，颇有政绩。公元前328年，张仪正式出任秦相，并开始实行连横的战略。他与秦王商定，由自己先去魏国任相，设法使魏国首先背离合纵之约，与秦国结好。到魏国之后，他向魏王指出，就算是亲兄弟，也尚且会争夺财产，更何况六国各有"计谋"，同盟不可能长久。魏国处于各国包围之中，地势平坦，无险可守，只有依靠秦国，才能保证安全。但是魏王并没有采纳他的建议，于是张仪暗告秦王发兵攻魏。在他软硬兼施、打拉结合的策略下，魏王终于背弃合纵之约，转与秦国结盟。

张仪回到秦国之后，又主动向秦王要求出使楚国，以拆散齐、楚联盟。晋见楚王时，他说，当今七雄之中，以秦、楚、齐最为强大，三者之中，又以秦国最强，齐、楚两国相当。如果楚国与秦国联盟，则楚国就比齐国强大；反之，如果齐国先与秦国联盟，则齐国就比楚国强大。所以，楚国最好的出路就是与秦联盟。

他又许诺在楚国与齐国断交，同秦国结盟之后，秦国会把商、于之地六百余里归还楚国。楚王被眼前的利益所动，不顾众大臣的反对，受张仪相印，与齐国断交，并且派一名将军随张仪回秦国取回商、于之地。谁知张仪回秦之后，佯装摔伤脚，三个月不露面。楚王得知之后，竟以为是因为自己与齐国绝交不够，于是又派人到齐国大骂齐王，齐王大怒遂决定与秦结盟。

这时候，张仪告诉随行的楚国将领，自己答应楚王的，不是六百里商、于之地，而是自己的奉邑六里。楚王得知此事大怒，起兵十万攻秦，却被齐、秦联军击败，折兵八万！并被秦国夺走丹阳、汉中之地。楚王不甘失败，又调举国之兵攻秦，再次大败，只好再割两座城池与秦国讲和。秦王提出用商于之地换取楚国黔中之地，楚王竟然答复，并说只要得到张仪并亲自诛之，愿将黔中之地奉送。

张仪不顾个人安危，只身赴楚，买通宠臣靳尚和夫人郑袖，使楚王改变了对自己的态度。之后，他向楚王提出，他可以向秦王建议不要黔中之地，两国太子互为人质，永结亲盟。楚王对此十分高兴。就这样，齐、楚两国背离了"合纵"，与秦国结盟。

张仪回秦之后，马上又出使其余几国，使他们纷纷由合纵抗秦转变为连横亲秦。他也因此被秦王封为武信君。秦惠文王死后，秦武王即位，张仪又利用国内外的舆论，采取引狼入室、声东击西的办法，引诱齐国攻粱，进一步起到瓦解合纵国的目的。

公元前286年，齐国灭掉宋国，一时威势很盛，引起各国的不安。秦国联合了燕、楚、韩、赵、魏等国共同伐齐，于公元前284年，在济西（今山东聊城南）大败齐军。燕国自昭王即位后，招纳贤能，任用乐毅为将，决心报齐国入侵之仇。这时，趁势攻下齐的国都临淄，连下七十余城，并入燕国版图。后来，齐将田单利用燕国内部矛盾，驱逐燕军，收复了失地。然而，齐国已经丧失了与秦国抗衡的能力。

秦国在"连横"斗争中削弱了齐国，开始向东方大发展。

● 智慧之窗

张仪凭借着高超的智谋和说辩之术，瓦解了苏秦生前所创的六国合纵。在他死后，虽然六国背离连横恢复了合纵，但此时的合纵有名无实，已无法持久。可以说，张仪的连横之术成了后来秦灭六国、统一天下的基本战略。

廉颇相如将相和

● 故事背景

战国时期，是我国黄河长江中下游地区由奴隶社会向封建社会的转变时期。随着各国之间政治、经济关系的加强，诸夏文化与秦、楚、吴、越文化的交流与融合，统一的趋向日益强烈。当时进行封建改革的魏、赵、韩、楚、齐、秦、燕七国强盛之后，进行兼并战争，谋求以武力统一黄河、长江中下游地区。秦国自商鞅开始变法，推行富国强兵。军队逐渐改变成步兵和骑兵，并以军功论赏和升迁，因此军队的战斗力增强，所向无敌。秦国自恃强大常欺凌邻国。

● 故事梗概

秦王知道价值连城的"和氏璧"落在赵国赵惠王的手中，他很想把这块宝玉占为己有。他给赵王去信，假意用十五座城市来交换和氏璧。赵王害怕秦王的威势，明知秦王的用意，也不敢不从。为了保住和氏璧，他选缪贤的门客蔺相如前往秦国。蔺相如不负使命，"完璧归赵"，从此，受到赵国的重用。后来，秦赵两国在西河外渑池相会，蔺相如随行。会上秦王多次挑衅，由于蔺相如的机智应对，直到酒宴结束，秦王始终未能占赵国的上风。因为蔺相如功劳大，回归后赵王任命他做上卿。就因为这事，惹恼了赵国一位赫赫有名的将军。

战功显赫的大将军廉颇。他见蔺相如没有一点战功，竟当上了相国，比自己的官还要大，于是，心中很不服气。廉颇手下的人也七嘴八舌，为廉颇鸣不平，使廉颇的气更大了。两人一见面，廉颇总是不给蔺相如的面子，经常与蔺相如顶牛。

开始，蔺相如见廉颇处处与自己过不去，心里老大不舒服。但蔺相如深知将相不和，会闹得赵国的文武失和，有害国家利益。于是，决心以高姿态对待廉颇，来化解二人的矛盾。

此后，廉颇与蔺相如在一起时，蔺相如都对廉颇彬彬有礼，十分客气。对廉颇的故意为难，蔺相如都一笑了之。廉颇和他的手下都认为，蔺相如是怕廉大将军，于是，越发高傲了。

一次，蔺相如与廉颇的轿子在闹市正中碰头了，按礼节，蔺相如是相国，官比廉颇高，应该廉颇让道才是正理。但廉颇根本不理睬，蔺相如见了，马上命手下让开道路，并令人传话：请廉大将军先行。

廉颇走后，蔺相如手下的人都埋怨他太软弱。蔺相如却说："我不是软弱，更不是怕廉颇，连秦王我都不怕，还怕他吗？我这样做，是为国家考虑，将相不和，国家如何安宁呢？强大的秦国之所以不敢轻易侵犯赵国，只因为有我们两个人存在啊！现在如果两虎相斗，势必不能都活下来。我之所以这样做，是以国家之急为先而以私仇为后啊"！

这番话传到廉颇耳中，他细细一想，确实是这个道理。廉颇虽是个粗人，却很正直，懂得自己不对后，决定向蔺相如请罪。

他命手下采来荆条，解衣赤背，背负荆条，光着身子，徒步来到蔺相如的府邸。大将军这一举动，立刻成为特大新闻，人们都纷纷走上街头，围观廉大将军一行人。一霎时，人山人海。

来到蔺相如的府邸前，廉颇跪了下来，高声说："廉颇前来请相国治罪，蔺相如听到后，来不及穿上鞋，就急忙跑出来，扶起廉将军"。从此，二人将相和，成为誓同生死的朋友。

● 智慧之窗

古人有言：文武之道，一张一弛。说的是文有文之法，武有武之道。智谋文臣，帷幄之中，往往可决胜千里。勇猛武将，攻城略地无往不胜，各有所长。对于国家来说，二者缺一不可。

作为国家重臣，把个人利益置于国家利益之上，而不是仅仅计较个人的一时高低，堪称国之栋梁。知错能改，从善如流，亦称良者。赵国正是有了这样的文臣武将，才成就了战国七雄的伟业。

人与人之间发生矛盾，这是难免的。矛盾发生后，是尽快消解矛盾，还是继续斗争到底呢？最好的办法是尽快消解矛盾，达到和解，使矛盾结束于"小有言"的状态，而不宜将矛盾扩大和继续下去。当然，这取决于两人都是正派的人的条件下才能这样做，假若一方是无可救药的坏家伙，那你想和解也和解不了，唯一的办法也只能是与坏家伙毫不留情地斗下去，直到消灭他。

管仲义收伯氏邑

● 故事背景

管仲，名夷吾，字仲，春秋时期齐国著名的政治家、军事家，颍上（今安徽颍上）人。管仲少时丧父，老母在堂，生活贫苦，不得不过早地挑起家庭重担，为维持生计，与鲍叔牙合伙经商。后从军，来到齐国。当时齐国内乱，王位更迭，几经曲折，齐襄公死后，公子小白抢得君位，即齐桓公。经鲍叔牙力荐，管仲为齐国上卿（即丞相），主张改革以富国强兵，认为："国多财则远者来，地辟举则民留处，仓廪实而知礼节，衣食足而知荣辱"。被称为"春秋第一相"。齐桓公能够成就霸业，依靠的主要就是管仲。

中国到了周朝，实行分封制，当时有公、侯、伯、子、男五等，公侯百里，伯七十里，子男五十里。周公辅政后，扩大了封地规模，公五百里，侯四百里，伯三百里，子二百里，各诸侯国内也实行不同等级的分封。

管仲一生做了许多为人称道的事，义夺伯氏三百邑的故事，只是管仲佚事的一个。

● 故事梗概

齐国有位伯氏，名叫伯偃，世袭贵族的身份，拥有一大片封地，在今天山东省朐县的柳山寨。供他衣食住行之用。

伯氏人品并不坏，但容易轻信人。他手下有位家臣，名叫覃禾，这是个心如蛇蝎的坏家伙，他表面上一派谦和的样子。伯氏见他样子谦和，加上覃禾骗术高明，伯氏就将封邑的事情全部交给了他。

覃禾一有了大权，狰狞面目立刻显露了出来。加上覃禾的老婆也是个坏得流脓的女人，二人一天到晚都在盘算怎么搜刮邑人的钱财，弄得封邑内人人怨声载道。

以前，封邑内人人衣食丰足，户户家有余粮。覃禾夫妻贪得无厌，无偿占有工匠打制的铜器和农具。囤积居奇，偷卖他国，换取大量织物。覃禾搞了一年，邑内的人家上顿不接下顿，许多人穷得连衣服也没有了。

于是，几位有声望的人合计，决定向伯氏告发覃禾的人面兽心，胡作非为。

覃禾知道后，马上找来他的几个狗腿子，将这几位准备告发他的人监禁起来。他又授意狗腿子联名上书伯氏，说封邑在覃禾的治理下已成为齐国最模范的封邑了。

一个偶然的机会，伯氏在外听到覃禾的倒行逆施，对覃禾开始有所怀疑了。但他周围被覃禾和几条狗腿子包围着，所以，只是半信半疑。

一次，伯氏问覃禾："我在外面听到一些关于你的传闻。"覃禾一震，马上又装出一副卑谦、温和的神态，小声地回答说："最敬爱的伯氏，我是你最忠诚的奴仆。自你令我管理封邑以来，封邑已成为齐国的模范样板。我知道这一切功劳，都是你主人的，我只是按你的意见办。

看着覃禾那一副诚实之极的表情，伯氏不由得不相信覃禾的话了"。

伯氏出外会见同僚时，忍不住夸起覃氏的忠心，说他真是一位了不起的人才。同僚都暗自笑他上了骗子的当，可伯氏一点也不觉察。自此，覃禾更肆无忌惮了。

但覃禾也有疏于防范的时候。一次，终于有几个邑人见到伯氏，向他控诉了覃禾的令人发指的种种罪行：残害忠良、搜括民财、奸淫妇女……

伯氏一听，根本不相信，还训斥了邑人一通。邑人们忍无可忍，就设法告到相国管仲那里。管仲马上派人去到伯氏的封邑，以了解伯氏封邑的真实情况。

覃禾知道后，一改趾高气扬的神情，像个龟孙子一样，四处摇尾乞怜。还想通过几个狗腿子要用重金收买管仲。

管仲调查之后，召集伯氏与邑人代表一齐来到相府。他严厉地训斥了伯氏任用奸小：伯偃身为采邑之主，享受国家俸禄，却用人失察，纵容小人，残害乡里，邑民怨声载道。

封邑的三百户人家，纷纷表示不愿再做伯氏的封邑人家了。管仲于是将三百户人家收归了国有。

伯氏知道自己错了，服气地接受了相国的处罚。

● 智慧之窗

孔子曾称赞管仲说："他真是个人才啊！剥夺了伯氏封邑的三百户人家，使伯氏只能吃粗粮，但伯氏却至死都没有一句怨言"。

封邑的百姓告倒了伯氏，覃氏也受到了应有的惩罚，这是由于遇到了管仲这位贤相。中国老百姓喜爱包青天，就在于包青天与管仲一样，是位能为民申冤、主持正义的人物。

齐国会盟诸侯

● 故事背景

周天子庄王逝世，新天子僖王即位，各诸侯国无人庆贺。齐桓公依管仲计，派遣通晓礼节的大司行隰朋前往周室。一为吊唁，二为道贺。借此机会，请周王降旨，由齐以周王室的名义召集天下诸侯会盟，共同议定宋国的君位。以达尊王攘夷的目的。果然，僖王同意了齐国的建议，定下由齐国出面，以周王名义组织在北杏会盟，以商定宋国君位之事。周僖王二年春三月朔日，齐侯小白、宋公御说、陈侯杵臼、蔡侯献舞、邾子克尊周天子命，在齐国北杏会盟，共同约定：凡参加盟约之诸侯，将全力辅佐王室，抵御外侮，平定内乱，救危济弱。有违反盟约者，共同讨伐之！同时定下，对违背周天子谕旨拒不参加会盟的鲁国等兴师讨伐。

会后，齐桓公遂率军直奔鲁国的附属国遂国，没费吹灰之力，一鼓拿下遂城。尔后，长驱直入，攻下鲁国汶阳城，直逼鲁国都城曲阜。对此，鲁国施伯、曹刿多位大臣认为，齐国行事有理有节，为了鲁国的长治久安，当与齐国修好结盟。鲁国送信一封，同意双方在柯地结盟。于是齐军撤至齐国的柯地，等候鲁侯的到来。

曹沫，鲁国大将，多次与齐军作战。此次会盟前，鲁国国内知道齐国来者不善，无人应声随来，只有曹沫毅然请行。鲁侯担心曹沫曾三次败于齐军之手，无以言勇，前来会盟恐被耻笑，说鲁国无人。但曹沫力争，说正因为他有三败才要求前来，并断言这次一定将三败的耻辱洗刷。鲁侯问他如何雪耻。他说："君受君的礼遇，臣受臣的礼遇。"鲁侯赞赏他的勇气，于是带曹沫赴会。

● 故事梗概

会盟之日，齐桓公将雄兵布列于盟坛周围，分青红皂白四色旗帜，按东南西北四方分布驻扎，由仲孙湫统一执掌。盟坛七层阶级，每层选精壮甲士执黄旗把守，坛上竖起大黄旗一面，旗下设置一面大鼓，由王子成父执掌。坛上中间摆设香案，排列着朱盘玉盂等准备盛牲歃盟的器具，由隰朋执掌。东郭牙为司仪，立于盟坛的阶下，准备迎接鲁侯一行到来。管仲紧随齐桓公左右，只等鲁侯一到，即登坛结盟。会场上队伍整齐，旌旗招展，气氛肃穆，令人望而生畏。

午后三时，盟约仪式开始。鲁国大将曹沫身穿铠甲，手提宝剑，紧紧跟随鲁庄公，寸步不离。鲁庄公见场上罩满肃杀之气，不由地气馁，脸色苍白，一步一颤。曹沫则面色铁青，连连冷笑，指着盟坛对齐桓公和管仲，讥讽说："这是要向鲁国君臣显示威风吗？"桓公一怔，竟无言以对。管仲却微微一笑，神色坦然，语中带刺地回答说："将军差矣，如此布列并非显示兵威，鲁国是大国，君为大国之君，将军又以神勇威震齐、鲁，齐国上下均为钦佩，盟坛才布列得如此庄严肃穆。如果草草行事，那反倒是对鲁君和将军的不敬啊！"曹沫冷哼一声，不再说话，随着鲁庄公步上台阶。守候在阶下的仲孙湫拦阻曹沫说："今日是两国国君修好结盟，只要一君一臣登坛，哪里还用得着携带兵刃？请将军去掉佩剑。"曹沫低吼一声，圆睁虎目，两眦欲裂，东郭牙不防，悚然一惊，接着抢上两步，挡住上坛之路，手自然地伸向腰间，方才发现没有挂佩剑。正剑拔弩张，管仲微笑着向东郭牙示意放行。东郭牙这才往阶边侧身，放曹沫上坛。齐桓公和鲁庄公在坛上再次互相施礼。各自表示了通好的意愿。歃盟仪式开始。鼓乐手击鼓奏乐，在悠扬的鼓乐声中，隰朋燃香插上香案，手捧玉盂，请两国国君歃盟。齐桓公、鲁庄公正欲行动。曹沫突然发难，右手握剑，左手揽住齐桓公的衣袖，脸色暴涨，似要行刺桓公。管仲见状大惊，急忙抢上一步，以身护住齐桓公，问："将军为何事发怒"？

曹沫气咻咻他说道："鲁国多次受到齐国的攻打，国家屡屡受到灭亡的威胁。你们口口声声说对天下诸侯扶弱济困，却为何不顾惜和体谅一下鲁国的难处呢？难道是欺负鲁国软弱和无人吗"？

管仲一笑，说："将军可是指汶阳城吗？"曹沫一愣，怒气稍缓，说："齐国口是心非，恃强凌弱，说是修好结盟，却又抢城夺地。鲁国如果如此歃盟，还有何颜面面对天下和鲁国百姓"？

管仲正色说："北杏会盟，鲁国抗命背信未至，周天子十分恼怒。盟主身不由己，替天子对鲁国稍示惩戒，才攻占汶阳城。既然今日修好补盟，将军又是如此大忠大勇，看在将军的份上，盟主也会将汶阳归还鲁国啊！"管仲说着转向桓公，恳求的口吻说："主公宽宏大度，臣请将汶阳归还鲁国，以作这次修好之礼"。

齐桓公这才明白管仲当初占住汶阳不还的用意，他点点头，对曹沫说："将军可以放手了，寡人答应将军要求就是。"曹沫这才放手，插剑入鞘。他喧宾夺主，伸手接过隰朋手中玉盂，两膝跪地，将玉盂高高举过头顶，请两君歃血盟誓。两君歃盟仪式毕。曹沫对管仲又说："听说大夫执掌齐国大政，对于归还汶阳之事，末将愿与大夫歃血立誓。"管仲正要答应。齐桓公豪兴大发，慨然说道："何必烦劳仲父，将军如不放心，寡人与你立誓就是！"说罢，抢手"嗖"地拔出曹沫腰挂佩剑，挥手削断自己一缕黑发，立誓说："寡人如若不将汶阳城归还鲁国，犹如此发"！

曹沫见齐桓公如此豪迈大度，又是钦佩又是感动，慌忙行跪拜大礼称谢。齐桓公搀起曹沫，回过头来对鲁庄公夸赞说："君侯有曹将军，真是鲁国之福啊"！

鲁庄公见曹沫大展神威，为他为鲁国争足了面子，也很为激动。他看了一眼管仲，也对齐桓公夸赞说："君侯有仲父，不更是齐国之福吗？"二君携手大笑。欢快而别。

● 智慧之窗

管仲的精心谋划，借助周天子之名，促成了北杏会盟，为齐国扬了名，也使齐桓公如愿以偿，当上了中原盟主。齐鲁两国在柯的地结盟，化干戈为玉帛，使鲁国加入盟约，巩固了齐国的盟主地位，一时传为美谈。此次会盟，对齐桓公以德报怨，守信重义的行动，众诸侯更是钦服有加，于是纷纷依附于齐国。不久各诸侯国公推齐桓公为盟主，成为春秋五霸之首。

防民之口甚于防川

● 故事背景

周王朝是中国的第三个奴隶制国家，实行分封制度，但还保留着大量氏族时代的民主习惯，按照周初所制定的礼仪制度，人们享有各自的权利。周厉王是西周第十个王。周厉王即位后，实行高度的专治，对人民的压迫日重。周厉王宠信一个名叫荣夷公的大臣，他们霸占了一切山川、湖泊、河流，不准人民利用这些天然资源谋生。

召（邵）公，周朝官名，始于召（shào）公姬奭（shì），世代有召公后人继承，一直是周朝掌管国家政事的官。周灭商前，始封地在召（shào）（今陕西岐山西南）。周公东征，征服了叛乱的殷商属国和淮夷后，被封于北燕，都城在蓟（今北京），是后来燕国的始祖，但他派长子姬克去治理，自己仍留在镐京辅政。周成王时，他出任太保，与周公旦分陕（今河南陕县）而治，陕以东的地方归周公旦管理，陕以西的地方归他管理。他支持周公旦摄政当国，支持周公平定叛乱。当政期间召公将其辖区治理得政通人和，贵族和平民都各得其所，史称"自侯伯至庶人各得其所，无失职者"。因此倍受辖区及周境内百姓爱戴。

● 故事梗概

那时候，住在野外的农夫叫"野人"，住在都城里的平民叫"国人"。周都镐京的国人不满厉王的暴虐措施，怨声载道。大臣召公虎听到国人的议论越来越多，进宫告诉厉王说："百姓忍受不了啦，大王如果不趁早改变做法，出了乱子就不好收拾了。"厉王满不在乎地说："你不用急，我自有办法对付。"于是，他下了一道命令，禁止国人批评朝政。还找来卫国的巫师，要他们专门刺探批评朝政的人，如果发现有人在背后诽谤我，你就立即报告。被卫巫报告的人，周厉王就把他们杀掉。于是，国人真的不敢在公开场合里议论了。人们在路上碰到熟人，也不敢交谈招呼，只用眼色示意一下就什么都明白了，然后匆匆地走开。

厉王见卫巫报告批评朝政的人没有了，十分满意。兴冲冲告诉召公：我有能力制止人们的非议，他们再也不敢胡说了！

召公听了弭谤的经过，大惊曰：这是用强制的手段来堵住民众的嘴啊！他怕周厉王不明白，他进一步解释说："防民之口，甚于防川"，也就是说堵住民众的嘴巴，其结果比堵塞急流直下的川水还要严重。河川被堵就会决口泛滥，即便有再多的人抢险救灾，也肯定会伤害很多人啊，对于国民的议论难道不是如此吗？正因为如此，治水的人便要排除淤塞，使其畅通，统治人民的人便要引导民众，让他们广泛的发表议论。

执政者在处理政务的时候，要让文武百官献上来自民间的民谣歌曲，讽刺文章；让乐师演奏民风民俗的音乐；让智囊们进献可以借鉴的历史来警诫自己。这样百姓的意思就可以间接的表达给执政者，执政者反复权衡利弊得失，再做出符合民心、顺应历史的正确决策，不是和治理山川的意思一样吗？让人们开口发表议论，国事的好坏便由此反映出来，人民认为好的就去实行，不好的就加以防范。这就是执政者的财富、衣食能够不断增加的道理。人们心里考虑的事情总是要从嘴里说出来，思考成熟以后就要四下去说，怎么能够堵得住呢？

召公委婉而严肃的告诫厉王：如果不让民众说话，那么没有几个人帮助你也是明显得很了！

厉王不去理他，召公虎只好退出。

厉王和荣夷公的暴政越来越厉害，过了三年，也就是公元前841年，国人忍无可忍，终于举行了一次大规模的暴动。起义的国人围攻王宫，要杀厉王。厉王得知风声，慌慌忙忙带了一批人逃命，一直逃过黄河，逃到彘。太子姬静避乱祸于召穆公（召公）家里。国人得知，围住召公府，欲诛太子。忠君的召公劝阻不得，遂将自己的儿子交给国人，从而保全了太子的性命。

厉王出走后，朝廷里没有国王，怎么办呢。经大臣们商议，朝政由周定公、召穆公共同执掌，史称"周召共和"或"共和行政"。从共和元年，也就是公元前841年起，中国历史才有了确切的纪年。共和行政持续了十四年后，将国家大权重新归还给了周宣王。

● 智慧之窗

召公的劝谏，足见其对国家的赤诚，对人民的怜悯，对治国的韬略。召公"防民之口甚于防川"的论断，是站在奴隶主统治的立场上说的。其思想根源不外乎"民为邦本，本固邦宁"的民本思想，民本思想用好了，专制统治者的地位就稳固，用得不好，就遭颠覆。召公的劝谏，其实是专制统治的底线，这个底线不能保证，人民就会离心离德，即便是做奴才，在奴才的生活方式下也活不下去，活不痛快，活得不顺心的时候，也是会愤怒的。可怜的周厉王连一点民本思想也没有，那么他最后遭驱逐，遭流放的可悲下场，也就是一种必然了。自己遭罪不说，国家受损，还连累了忠心召公的儿子冤死。

列子学习射箭

● 故事背景

列子是道家的代表人物之一，师承黄老学说。据说壶丘子、老商氏、支伯高子都曾经是他的老师，就连传说中老子西出函谷关时挽留过老子并请其写下《道德经》的关令尹喜也对他有过教导，因此留下了"关尹子教射"的故事。

《列子》里面的先秦寓言故事和神话传说中不乏有教益的作品。这些故事告诉我们：在学习上，不但要知其然，还要知其所以然；真正的本领是从勤学苦练中得来的。知识技能是没有尽头的，不能只学到一点就满足了。

● 故事梗概

列子十分喜欢射箭，也十分用功。由于聪明好学，很快就已经能够射中靶心了。他高兴地去向关尹子请教射箭的秘诀。

关尹子问他："你知道你为什么能够射中目标吗"？

列子老老实实地回答："不知道"。

关尹子说："这样看来，你还不行，还没有学好啊"！

列子回去后又开始练习射箭。认认真真地练习了三年，再次来向关尹子请教。

关尹子问："你现在知道你为什么能够射中靶心了吗"？

列子回答说："知道了"。

关尹子点点头说：很好，好好练习把握这个技巧，不要让它荒废了。行了，你已经学成功了。这其中的道理，你要永远记住。不仅射箭要这样，而且治理国家、为人处世都应该这样。圣人不是先关心结果，而是要注重了解清楚整个过程。

多年以后，列子自认为自己的箭术已经很是高明了，于是他便在伯昏无人面前现宝：他臂上放一杯水后连射三箭，一箭正中靶心，后面两箭则接连射中前箭之尾，而臂上的水纹丝不动。谁知伯昏无人对这样精准的箭法毫不动心，反而将列子带到了高山悬崖上，然后背向崖边倒退过去，直到脚跟都有二分垂在崖外了，才向列子施礼，让他在这个位置再射一次看看。列子试着来到悬崖边，结果吓得伏在地上大汗淋漓，哪里敢照做。伯昏无人见状说：你也不过是个看不开的俗人罢了，离修行得道还早得很呢。

列子回到家后觉得很羞愧，觉得自己的箭术并不高超。他决心要当一位箭术高超的人。可是怎么办呢？他想起了伯昏无人，于是他收拾好行李，和家人辞别，说自己要到山上住一段时间。

他找到了伯昏无人，急切地问："我的箭术还有提高的可能吗？"伯昏无人回答："当然有，只要你战胜自己，不断进取，就会取得成功。"于是，他在巨石旁边住了下来。

第二天他来到深渊前，战战兢兢地走到险石上，脚步笨拙地向深渊靠近，直到一只脚悬在空中。他双臂颤抖地拉开了弓箭射了出去。接着他又一连射了三四支箭，他越来越觉得没什么好怕的，而且又向前走了半步。

就这样他练了很长时间。心理素质也变硬了。

这一天，列子又给伯昏无人表演箭术，可是这回不是在平地上，也不是在那块巨石上，而是在深渊上方的一棵松树的树枝上。这树枝只有胳膊那么粗，而且倾向深渊。微风吹来松枝摇摆不定，让人惊心动魄，可是列子却神态自若，像站在平地上一样。列子把箭稳稳搭在弦上，弓开如满月，箭发似流星，一箭正中天空中飞过的鹰，让人佩服万分。伯昏无人捋了捋胡子，高兴地点了点头。

经过了这一番磨炼，列子成了远近闻名的剑客。

● 智慧之窗

之所以关尹子认为列子不能算是学会了射箭，是因为他还不知道射中的道理。因为只有懂得了为什么能射中，也就是掌握了射箭的要领，这才算学会了。学射箭如此，做好一件事情，也应该如此。掌握了要领，再做，就能得心应手了。

办事情不仅要知其然，而且要知其所以然，掌握它的规律。只有自觉地按规律办事，才能够把事情办好。

之所以伯昏无人认为列子不算是精通射箭，是因为他还没达到超然事外，心静如水的程度。做事情只有一心一意，克服了心里的恐惧，排除一切杂念和干扰，才能达到至高的境界。

列子不食郑国之粟

● 故事背景

战国时期，从王廷到社会底层，到处都可看到"士的身影"。战国文献中，以"士"为中心组成的称谓和专用名词，据粗略统计有百余种。这不仅说明士阶层的复杂，也说明他们的行迹遍及社会各个角落。

在战国之初，墨子说，贤良之士"厚乎德行，辩乎言谈，博乎道术"。德行、言谈、道术将文士做了类分。第一类可称为道德型。这一类的士把道德修养作为奋斗目标。因此当时有不少人从道德品质意义上给士下定义或概括士的特点和本质。如孔子说："士志于道。"第二类可谓之为智能型。这些人重在知识和学以致用，有如下称谓："文学之士""游学者""法术之士""智术之士""有方之士""法律之士""弘辩之士""游说之士""游宦之士""察士""巧士""博士""智士""贤能之士""策士""任举之士""倾危之士"等。隐士可以说是以上两类的附类或兼类，这类士因种种原因不为官。不出仕并不是都不关心国计民生、社会政治大事。相反，有些隐士发表了许多评论时政得失的言论，甚至提出系统的理论，成为一家之言。有些隐士在社会上具有很高的声望，君主贵人派使臣再三延聘，却拒不受命。也有些隐士是一时的，隐居只不过是静观待机之术。列子就属于隐士。

列子，名寇，又名御寇，战国前期思想家，是继老子和庄子之后的又一位道家思想代表人物，郑国莆田（今河南郑州）人，与郑穆公同时。今郑州市东30里圃田乡圃田村北有列子祠。

列子终生致力于道德学问，列子之学，本于黄帝、老子为宗。先后著书二十篇，十万多字，今存八篇，共成《列子》又名《冲虚经》一书，是道家的重要典籍。

驷子阳是郑穆公姬兰之子，担任郑国的执政多年。当时齐楚燕赵秦韩魏这"战国七雄"已经初具规模，郑国夹在强国之间屡受攻击。

● 故事梗概

列子心胸豁达，贫富不移，荣辱不惊。隐居郑国四十年，不求名利，清静修道。因家中贫穷，常常吃不饱肚子，以致面黄肌瘦。当时郑国的国君是郑儒公，当权者是执政子阳。列子在郑国修行数十年，他竟

095

一点都不知道。一次，有人对子阳说起这件事称："列御寇，可是一位有道的人，居住在你治理的国家却是如此贫困，你恐怕不喜欢贤达的士人吧？"听到这些说法子阳不去了解，不去探望，而为了沽名钓誉，却派手下送去了粮食。

对此，列子他再三致谢，多次拒绝接受，硬是把使者挡在了门外，不肯收受实物。列子之妻望着运粮的车远去，心疼得捶胸顿足："别人得道，妻儿都能得到安逸，先生得道，妻儿却不得温饱。如今就连执政赠送食物先生也推辞了。"列子却笑着说："子阳并不真的了解我，因为别人的一句话子阳就轻易地向我赠送礼物，日后也可能会因为别人的话轻易罪责于我，所以我不能接受。更何况受人供养就要为人共赴灾祸，如果我受了子阳的礼物，将来后患无穷"。

一年后，即公元前408年，楚国重兵攻打郑国，直逼郑国都城新郑。郑国发生变乱，子阳被杀，其党众多被株连致死，御寇因曾拒绝馈赠得以安然无恙。

● 智慧之窗

当时的郑国实在已经是内外交困，列子认为见得思义，见利思害。子阳是无道之人，死其难必将牺牲自己，因此不受子阳之粟。列子若是当初接受了驷子阳的馈赠，虽然能得一时的发达，日后他和他的家人却势必会在政治漩涡中遭遇灭顶之灾。他能清醒地认清形势摆脱危险，对局势洞若观火的智慧实在是非同一般。

萧何月下追韩信

● 故事背景

萧何西汉初期政治家，汉初三杰之一。秦末辅佐刘邦起义，汉立，被封为"酂侯"，位次第一，食邑八千户。刘邦为汉王时，萧何为丞相，他积极推荐韩信为大将军，还定三秦。萧何月下追韩信的故事载于《史记·萧相国世家》。

项羽进了咸阳，把六国旧贵族和有功的将领一共封了18个异姓侯王，自称西楚霸王。在这18个诸侯中，项羽最不放心的是刘邦。他把刘邦封在了偏远的巴蜀和汉中，称为汉王。又把关中地区封给秦国的三名降将章邯等人，让他们挡住刘邦，不让刘邦出来。汉王刘邦对他的封地很不满意，但是自己兵力弱小，没法跟项羽计较，只好带着人马到封国的都城南郑（今陕西汉中东）去了。

● 故事梗概

汉王到了南郑，拜萧何为丞相，曹参、樊哙、周勃等为将军，养精蓄锐，准备再和项羽争夺天下。但是他手下的兵士们却都想回老家，差不多每天有人开小差逃走，急得汉王连饭也吃不下。有一天，忽然有人来报告："丞相逃走了。"汉王急坏了，像突然被人斩掉了左右手一样难过。到了第三天早晨，萧何才回来。汉王见了他，又气又高兴，责问萧何说："你怎么也逃走？"萧何说："我怎么会逃走呢？我是去追逃走的人呀。"汉王又问他："你追谁呢？"萧何说："韩信"。

萧何所说的韩信，本来是淮阴人。项梁起兵以后，路过淮阴，韩信去投奔他，在楚营里当了个水兵。项梁死了，又跟了项羽，项羽见他比一般兵士强，就让他做了个小军官。韩信好几回向项羽献计策，项羽都没有采用。韩信感到十分失望。汉王刘邦到南郑去后，韩信就投奔了汉王。汉王也只让他当了个小官。有一次，韩信犯了法被抓了起来，就要被砍头时，幸亏汉王部下一个将军夏侯婴经过，韩信高声呼喊，向他求救，说："汉王难道不想打天下了吗，为什么要斩壮士？"夏侯婴听韩信出言不凡，再看韩信的模样，是一条好汉，便把他放了，并且还向汉王推荐。汉王于是派韩信做了管粮食的官。后来，丞相萧何见到韩信，谈话中，认为韩信很有才能，很器重他，还几次三番劝汉王重用他，但汉王总是不听。韩信知道汉王不肯重用他，终于，在一个月明星稀的夜晚，悄悄地踏上了逃亡的小路。萧何得知韩信逃走的消息，急得直跺脚，顾不得向刘邦报告，连夜率人追赶韩信。

刘邦听说是去追赶韩信，立刻拍桌子大喊："大将跑了几十个，没见你追，一个寸功未立的韩信逃亡，你却亲自追赶，显然是在骗我。"萧何笑道："那些逃走的将领容易得到，天下多的是，而像韩信这样的人，失去这一个，天下就没有第二个了。大王如果愿意做一辈子汉中王，那就用不着留韩信；如果大王有争夺天下的雄心壮志，除了韩信，没有第二个人能帮助你完成这个大业了。"刘邦见萧何如此看重韩信，相信韩信一定有些过人之处，就说："好吧，我就依着你的意思，让他做个将军。"萧何并不满意，说："叫他做将军，还是留不住他。"善于听取别人意见，又深信萧何的刘邦，当即决定："那就拜他为大将吧！"萧何很高兴地说："这是大王的英明。"说着，刘邦就准备把韩信找来，想马上拜他为大将。萧何又直言不讳地说："大王平日骄慢无礼，拜大将是件大事，不能儿戏。如果大王真心要拜韩信为大将，那就应该选择一个良辰吉日，斋戒沐浴，隆重地举行拜将的仪式。"刘邦说："好，我都依你"。

韩信后来果然不负萧何所望，为刘邦夺取天下，建立汉朝立下了汗马功劳，与萧何、张良并称兴汉三杰。

● 智慧之窗

古人有云，"世有伯乐，然后有千里马。千里马常有，而伯乐不常有。"萧何月下追韩信的故事教育了古今多少人，从这则故事中人们看到了萧何为国求贤的一颗赤诚之心，看到了他识人爱才的伯乐精神，也看到了他那不嫉贤妒能、甘居人后的博大胸怀。萧何确是一位有远见卓识的西汉开国良相。

千军易得，一将难求。由于萧何的慧眼识珠，才使汉王拥有了战无不胜的将才，克敌制胜的利器。也使韩信这颗被乱世掩埋的珍珠得以焕发出耀眼的光辉。

高阳酒徒郦食其

● 故事背景

沛公刘邦领了楚怀王西伐暴秦军令，一路袭来，采取招降怀柔策略，一路顺风地打到了秦关。路经重镇昌邑强攻不下，与彭越商议兵分两路，另取高阳。

郦食其，汉朝的开国谋士。秦朝陈留县高阳乡人。（陈留，今河南开封陈留镇。高阳，今河南开封杞县西南）因好饮酒，又因生狂放豁达而又博学雄辩总是口出狂言，人谓狂生、高阳酒徒。

● 故事梗概

公元前209年，秦二世元年，陈胜、项梁等先后发难，起兵抗秦，一时间风起云涌，兵荒马乱。项梁手下带兵巡行经过高阳发号施令的将领，犹如走马灯一般，居然达数十拨之多。

此时的郦食其已经年过六旬，堪称是"书生老去，机会方来"。虽然郦食其只是高阳一个看大门的门吏，但心怀大志。郦食其冷眼旁观，知道机会来了，他要寻一个能施展自己抱负的主人。

恰时沛公刘邦来到，他带兵攻打陈留到了郊外，沛公手下有个亲侍骑士恰好是郦生的小同乡，两人相谈时告知郦生，沛公希求豪俊，每到一地，必然多方打听求贤，如果有智士来见，倒是非常欢迎。郦食其便托同乡以儒生名义引见。小同乡知道郦食其有些学问，可是，他知道刘邦历来轻视儒，曾经拿儒生的帽子当尿盆，以此来污辱儒生。劝他不要以儒生名义来见，但见郦食其坚持，也就对沛公提起郦食其的能耐。

这天，郦食其来了。刘邦正在洗脚，哪有工夫跟儒生坐以论道。他说："我以天下大事为重，没有时间接见读书人。"在外等候已久的郦食其也不是等闲之辈，他瞪大眼睛，手握利剑，叱骂看门人说："你再进去对沛公说，我是高阳酒徒，不是读书人！"看门人报告刘邦，刘邦一听是高阳酒徒，即招进账，连脚都来不及擦，赶忙起身迎接，赐酒款待。

郦食其见了沛公，只是拱一拱手说："你不是想要诛暴秦吗？这样对待我一个老人可不好呀？你是想助秦攻诸侯呢，还是率领诸侯破秦？"刘邦反被责问，气恼地厉声说道：你难道不知道天下都在遭受秦国之苦吗，天下诸侯如今都在抗秦，怎么能说我来助秦呢？郦食其马上说："既然是灭秦，为何却要慢待长者。如果如此轻侮贤者，还有什么人再来献计呢？军中无谋士，还谈什么灭秦啊"！

刘邦闻听此言，马上谢罪说："过去听人说过先生，今天见面才知先生的来意，不知如何破秦？"这位高阳酒徒慷慨激昂地说："你带领的乌合之众，还不到一万，现在竟然要攻打强秦，这不过是羊入虎口罢了。最好办法是智取。陈留这个地方，是天下的要冲，交通四通八达。城中又积了很多粮食。我又认识县令，让我来劝说他投降，如不投降，你再举兵攻打，我做内应，大事就可成功。"刘邦觉得有理，就采纳了郦食其的建议。

郦食其回到县城，向县令陈说利害，希望他能投降刘邦。县令因惧怕秦法的苛重，不敢贸然从事，予以拒绝。郦食其见此，当天率众杀死了县令，并将县令人头抛到城下。刘邦见大事已成，就引兵攻打县城并大声疾呼："将士们赶快投降，你们的县令已被砍头了！要不然，你们也要被砍头的。"城上守军见县令已死，无意再守，遂开城投降。刘邦进城，得到了许多兵器和粮食，投降的士兵也有一万多，这样，为刘邦西进，提供了物质条件，此后刘邦西进中，多以招降封官赐爵为先，取得了事半功倍的效果。

公元前204年楚汉相争时，郦食其又建议刘邦说："楚汉相争久持不下，这样百姓骚动，海内动荡，人心不安。希望你急速进兵，收取荥阳，有了粮食，并且占据了险要地方，天下就归属于你了。"并说自己愿意去说服兵众将广、割据一方的齐王田广。高阳酒徒的这一建议，成为刘邦夺取天下的战略思想。

郦食其到了齐地，向齐王晓以利害，齐王欣然同意。罢兵守城，天天和郦食其纵酒谈心。郦食其为汉朝立下了汗马功劳，他的名字却往往不为人所知道，但只要一提起"高阳酒徒"，则家喻户晓。

● 智慧之窗

郦食其面见刘邦，抓住了刘邦的喜好，知道其厌恶儒生，便以酒徒相告，得以进门。接着便采取主动策略，指责刘邦慢待老者，这可是要成大事的贤圣之人最忌讳的词汇，刘邦当然不愿冒此恶名。变被动为主动。接着又直入主题，质疑刘邦起兵的目的，以及达到此目的所需要的条件——人才。层层递进，最终不仅吸引了刘邦，而且改变了自己所处的弱势地位，由自荐求见变为对方主动请教自己，达到了让自己充分表达思想展示才华的目的。郦食其在谈话中提出的招降在先，用兵在后的策略，为刘邦西进的畅通顺利，提供了策略保障。

项羽破釜沉舟败秦军

● 故事背景

"破釜沉舟"是中国古代战役中的战法，来源于《史记·项羽本纪》。说的是项羽指挥巨鹿一战，大破秦军的故事。

秦朝末年，各地人民纷纷举行起义，反抗秦朝的暴虐统治。农民起义军中最著名的领袖是陈胜、吴广，后来涌现了项梁、项羽和刘邦等。当时，在各地起义军的推动下，原被秦国兼并的战国时期诸侯国，也纷纷反戈，建立了与秦朝政府相对立的政权，他们大多听从项梁扶持的楚怀王的指挥。其中就有赵国、燕国、齐国等。

● 故事梗概

公元前207年，秦二世派大将章邯率三十万人马攻打赵国，赵军不敌，退守巨鹿，赵王赵歇连夜向楚怀王求救。楚怀王派宋义为上将军，项羽为次将，带领二十万人马去救赵国。谁知宋义听说秦军势力强大，走到半路就停了下来，不再前进。军中没有粮食，士兵用蔬菜和杂豆煮了当饭吃，他也不管，只顾自己举行宴会，大吃大喝的。这一下可把项羽的肺气炸啦。他杀了宋义，自己当了"假上将军"，带领部队去救赵国。

项羽先派出一支部队，切断了秦军运粮的道路。他亲自率领主力准备过漳河，解救巨鹿。

项羽采取了一系列果断的行动：让士兵们饱饱地吃了一顿饭，每人只带三天干粮，然后传下命令：把做饭用的锅（古代称釜）砸个粉碎，把附近的房屋放把火统统烧毁。部将们不解，砸掉了锅碗瓢盆，怎么做饭呢？项羽告诉部将们，我们救赵，一定要快速，打敌人一个措手不及，丢掉了这些坛坛罐罐，锅碗瓢盆，可以轻装前进。如果我们胜利了，还愁没地方做饭吗？将士们这才明白了主帅的意图。知道项羽是在用这办法来表示有进无退、决心死战，没有后退，一定要夺取胜利的决心。

楚军全部渡过漳河以后，项羽把渡河的船统统凿穿，沉入河里。众将士终于明白了，这一仗只有战胜，不能战败了。

楚军士兵见主帅的决心这么大，抱着必胜勇气，勇往直前。结果，这支有进无退的大军到了巨鹿外围，立即包围了秦军。他们以一当十，以十当百，拼死地向秦军冲杀过去，经过连续九次冲锋，把秦军打得大败。秦军的几个主将，有的被杀，王离当了俘虏，涉间自杀，章邯也只好退兵。项羽这一仗不但解了巨鹿之围，而且把秦军打得再也振作不起来。

巨鹿之战胜利后，项羽当上了真正的上将军，其他许多支军队都归他统帅和指挥，他的威名传遍了天下。

● 智慧之窗

在孙子兵法里，破釜沉舟有置之死地而后生的意义。破釜沉舟是为了激励士气并且给士兵创造一个死地，让战士们只有拼死向前才有生的希望。在这成语故事中，我们看到了项羽的果断和必胜的决心。

项羽在这一次军事上的决策是冒有极大的风险的。胜的话，万古留名；输的话，提前自刎。但是他赌赢了。对于此做法，有的人骇然不肯苟同，认为真正的兵法大家是不寄期望与出奇制胜的，正道才是大道！而项羽用的是奇招，对于奇道，之所以称奇，除了令人难以想到之外，还有一点，那就是胜败之期，在于五五！军人是不能信天命的。所以，奇道远远不能称之为王道。

但其实项羽之破釜沉舟看似鲁莽愚蠢，实质是大勇大智的表现。试想，若是没有当时的破釜沉舟之举，激发不起处死逢生的十倍勇气，哪来此后的胜利局面呢？世上没有做不成的事，只有做不成事的人。一个真正想成就一番事业的人，不以一时一事的顺利和阻碍为念，也不会为一时的成败所困扰，要有破釜沉舟的决心，必然会成就不同一般的的大业。

刘邦约法三章

● 故事背景

秦朝末年，由于秦朝的暴政.秦始皇及其继任者秦二世统治时都非常残暴，导致社会矛盾空前激化，秦二世元年，终于爆发了陈胜吴广领导的农民起义。随后各地义军纷纷响应，在陈胜的张楚政权瓦解后，项梁、项羽成了其中的代表人物。

在大泽乡起义风起云涌的时候，许多郡县的老百姓纷纷响应.刘邦的老朋友、在沛县当文书的萧何和当监狱官的曹参，打发刘邦的连襟樊哙把逃亡在外的刘邦找了回来。他们经过一番商量，杀了沛县县令，推举刘邦为沛公，在沛县起兵反秦。刘邦根据"白帝、赤帝"的故事，以赤帝的儿子自居，他树起书有"刘"字的赤色旗帜，在沛县一带招兵买马，很快就拥有二三千人。但是刘邦觉得自己力量不足，就带领人马投奔了项梁，开始和项梁并肩作战。经过发展，已成为义军中的一支重要力量。

约法三章：杀人者要处死，伤人者要抵罪，盗窃者也要判罪。出于《史记·高祖本纪》，说的是刘邦进入咸阳后，为了争得民心，与百姓约法三章，深得百姓信任、拥护和支持的故事。

● 故事梗概

项梁在定陶牺牲后，楚怀王命令项羽北上救赵，派刘邦带兵西进，攻打咸阳，并约定：谁先打进咸阳，平定关中，就封他在关中做王。当时，在秦末大起义的各路大军中，项羽的兵力最强，也正是由于有项羽主力部队在正面战场与秦军主力厮杀，巨鹿之战消灭了秦军主力，刘邦西进的行动才变得轻松一些。刘邦带兵一路西进，在高阳采纳郦食其的意见，攻下陈留，解决了军粮不足的问题，又诱使南阳郡守投降，并封其为殷侯，这样，军队前进的阻力减少了。从此，刘邦军队所到之处，秦军纷纷投降，刘邦顺利向咸阳推进。

秦二世三年（公元前206年）八月，刘邦采取偷袭方式攻取了武关、峣关。十月，打到灞上，秦王子婴见大势已去，就乘了素车白马，带着玉玺，向刘邦投降。

出入秦宫，刘邦眼望壮丽的宫殿，数不清的奇珍异宝，就想留下来住在这豪华的王宫里安享富贵，但他的心腹樊哙和张良告诫他不能这样做，免得失掉人心。张良苦口婆心地说：正是因为秦朝的暴虐荒淫，您才会来到这里为民除害，如果您在这里享受声色犬马，和暴秦又有什么两样呢。樊哙劝阻您是有道理的，良药苦口，忠言逆耳，您要三思啊！刘邦细细琢磨，接受了他们的意见。并下令封闭王宫府库，只留下少数士兵保护王宫和藏有大量财宝的库房，随即还军灞上。

为了稳定刚刚经历战火的咸阳秩序，安定民心。刘邦把关中各县有身份名望的父老、乡绅召集起来，向他们宣布了楚怀王与各路诸侯的约定，按照这个约定，我就是关中王了。为了使大家安心生活，现在由我来宣布：秦朝的严刑苛法，把众位害苦了，应该全部废除。现在，我和众位约定，不论是谁，都要遵守三条法律。这三条就是：杀人者要处死，伤人者要抵罪，盗窃者也要判罪！"

父老、乡绅们闻听，都表示拥护约法三章。接着，刘邦又派出大批人员，到各县各乡去宣传约法三章。百姓们听了，都热烈拥护，纷纷取了牛羊酒食来慰劳刘邦的军队。由于坚决执行约法三章，很短的时间内，刘邦就得到了关中百姓的信任、拥护和支持。这与项羽后来的杀子婴、烧秦宫，掠财富的做法形成了鲜明的对比。

● 智慧之窗

刘邦率先入主关中，但他并没有被胜利冲昏了头脑，没有被秦宫的豪华陈设和宫廷美女所诱惑，他知道笼络人心才是有与他人争夺天下的资本。于是，刘邦采纳良言，广贴布告，安抚民众，还军灞上，与关中父老约定三法，赢得了人心。

秦末天下大乱，酷法苛政是很大一个原因，秦始皇由于实施刑罚过于严酷，搞得人心惶惶不安。刘邦废除严酷的刑罚恰恰是抓住了矛盾中的关键问题，很得民心。

正所谓得人心者得天下，失人心者失江山。刘邦的善于纳谏，广纳贤才，能够认清形势，以柔制敌，所有这些才成就了刘氏天下的大一统。

秦末是一个英雄辈出的时代，刘邦是英雄，项羽是英雄，韩信是英雄，张良、陈平、萧何、樊哙都是英雄。但英雄和英雄也有不同，项羽是本色英雄，他所表现的是自己的英雄本色，是没有遮掩顾忌、不计利害成败地把它表现出来，常常表现为以勇取胜，因此在"成者王败者寇"这样一种历史传统中，项羽依然能得到人们的凭吊和同情。刘邦也是时势造出来的英雄，他以智谋见长，顺应了时代的潮流。

刘邦赴鸿门宴

● 故事背景

　　秦末，刘邦与项羽遵照楚怀王命令，西出北进各自攻打秦王朝的部队，刘邦先破咸阳（秦始皇的都城），想做关中王，派兵把守函谷关，阻挡项羽的进兵，项羽大怒，派当阳君击关，函谷关失守。项羽入咸阳后，到达戏西，而刘邦则在灞上驻军。刘邦的左司马曹无伤派人在项羽面前说刘邦打算在关中称王，项羽听后更加愤怒，下令次日一早让兵士饱餐一顿，击败刘邦的军队。一场恶战在即。此时，项羽的叔父前来救有恩于己的张良，刘邦从项伯口中得知项羽的计划后，十分恐惧。依张良之计，先拉住项伯。于是，刘邦两手恭恭敬敬地给项伯捧上一杯酒，祝项伯身体健康长寿，并约为亲家，刘邦的感情拉拢，说服了项伯，项伯答应为之在项羽面前说情，并让刘邦次日前来谢项羽。

● 故事梗概

　　第二天，刘邦带领一百多人马到达鸿门，来见项羽谢罪说："我和将军合力攻打秦国，将军在黄河以北作战。我在黄河以南作战，然而自己没有料想到能够先入关攻破秦国，这完全是依靠将军您的威势啊。我入关后，一直期待着将军的到来。现在有小人的流言，使将军和我有了隔阂，这实在可气。项羽一听，不仅怒气全无，而且脱口说："这完全是因为你的左司马曹无伤啊。不然的话，我怎么会这样呢？"当天项羽留刘邦同他饮酒。范增多次使眼色给项羽，举起（他）所佩带的玉玦向项羽示意多次，项羽默默地没有反应。范增站起来，出去召来项庄，对项庄说："君王为人心肠太软，不忍下手。你进去上前祝酒，祝酒完了，请求舞剑助兴，顺便把刘邦击倒在座位上，杀掉他。不然的话，你们都将被他所俘虏！"项庄祝酒完了，说："君王和沛公饮酒，军营里没有什么可以用来娱乐，请让我舞剑助兴吧。"项羽说："好。"项庄就拔出剑舞起来。项伯见此也拔出剑舞起来，并常常用自己的身体，掩护刘邦，项庄得不到机会刺杀刘邦。

　　张良见此，到军门外找来樊哙。樊哙入内对项羽说，怀王曾经和诸将领约定：先打败秦军进入咸阳者为王，我家主人入关后，对秦国的财富却一丝一毫都不敢占有动用，封闭了官室，退军驻扎在霸上，以等待大王到来。特意派遣将士把守函谷关，是为了防备其他盗贼的出入和发生意外的事变。像这样劳苦功高，没有封侯的赏赐，反而听信小人谗言，要杀有功劳的人，这是灭亡的秦国的后续者啊！我自己认为大王不（应该）采取这样的做法。项羽无话可答。

坐了一会儿，刘邦起身上厕所，与樊哙、夏侯婴、纪信、靳强等四人抄小道回到了军中，立即杀了曹无伤。

● 智慧之窗

鸿门宴上的项羽错失除去刘邦的良机。他竟然为刘邦的一套卑辞厚币所欺哄，轻轻放走了自己送上门来的强大的敌人。他经不起纷至沓来的诡言和谀语，不但容忍自己营垒内部的资敌臣僚，也不听信忠诚而有远见的策谋劝告。甚至"率直"到把敌方为自己递送情报的人随口供出。刘邦对他所讲的话和刘邦的行为，本来有许多矛盾和漏洞可以察寻，但他却完全漠视了这些。用自己的双手给自己埋下难于挽救的败亡种子。这从相反的方面印证了：成大事要知人善用，要善于听取别人的建议。

鸿门宴的故事从一个方面说明凡事必须依靠多数人和衷共济，步调整齐，才能成功。刘邦之所以化险为夷转危为安，原因是在于他善于用人，处处依靠周围的臣僚。上下团结一致、步调划一，互相辅助、互相支援，形成一个坚强的集体力量。相反地，在项羽方面，本来事情的成功像探囊取物一样的容易，但是项羽却师心自用不纳善言。以致在如此严重的关头，扮演了颠顶失败的可悲角色，刘邦后来得意地说："项羽有一范增而不能用，此其所以为我擒也。"说到自己成功的原因，他认为张良、萧何、韩信，"此三人者，皆人杰也，吾能用之，此吾所以取天下也。"也在说明这个道理。

明修栈道暗度陈仓

● 故事背景

故事的主人公是张良、韩信。汉元年（公元前206年）四月，众诸侯王从鸿门戏水之后，各就各国。刘邦虽胸怀大志，但受项羽的排挤压制，被封到一个偏僻的汉中为王。

项羽对一般将领，都没有什么顾忌，唯独对刘邦很不放心，他知道，最难对付的敌手就是刘邦。便故意把巴蜀和汉中三个郡分给刘邦，封为汉王，以汉中的南郑为都城。把刘邦关进偏僻的山里去，而把关中划分三部分，分给秦朝的降将章邯、司马欣、董翳，以便阻塞刘邦向东发展的出路。

刘邦的确也有独霸天的野心，可是慑于项羽的威势，也不得不暂时领兵西上，开往南郑。暗度陈仓的故事便从这时开始。

● 故事梗概

刘邦西去南郑，栈道是通往巴蜀的最主要通道。张良护送刘邦到汉中。先到褒中，张良去褒谷口观看道路地形后，给刘邦出了一计。刘邦依张良之计先将栈道全部烧毁，烧毁栈道便于防御，屯兵养马，广积粮草，养精蓄锐，再图来日。而更重要的是为了迷惑项羽，使他以为刘邦真不打算出来了，从而松懈对刘邦的戒备。果然，张良烧绝褒斜栈道的事，被项羽、章邯知道后，他们料想刘邦不会东山再起，从此可以高枕无忧了，放松了对刘邦的警惕。

刘邦到了南郑，在萧何的大力举荐下起用韩信为大将，策划向东发展夺取天下的军事部署。

韩信的第一步计划是先取关中打开东进的大门，建立兴汉灭楚的根据地，为了迷惑对手，韩信采取与张良相同的计谋，即声东击西之策。

汉元年（公元前206年）八月，韩信派樊哙、周勃率领老弱病残一万余人，去修复褒谷口的褒斜栈道。樊哙接受军令后，不知是韩信的妙计，只是在内心埋怨张良：早知今日重修，何必当初烧毁？沿途艰难险阻太多，他二人信心不足，因此修筑进展缓慢。

韩信派樊哙修栈道的消息传到关中，雍王章邯知道后，高兴地对部下说："刘邦手下无能人，竟然任用胯下受辱的韩信做了大将。韩信这小子派人重修五百里栈道，看他何年何月才能修通？"说罢哈哈大笑，对韩信毫不警惕。

章邯哪里知道，当樊哙率领修复栈道的队伍进入褒谷不久，韩信和刘邦却统帅十万大军，悄悄地绕过褒水，然后分为两支进军，日夜暗行。

当韩信的精锐部队神不知鬼不觉地到了陈仓（今陕西省宝鸡东），进入关中平原的时候，雍王章邯才大吃一惊，知道中了韩信声东击西之计。慌忙准备应战，却已经措手不及了。先在陈仓兵败，再退到废邱（兴平）。这时刘邦的军队也已赶到，多路进攻，占领了废邱，夺得了雍地。章邯节节败退。汉军再到咸阳，遣诸将略定咸阳以东的塞地（今临潼一带），再至上郡（今延安），这时樊哙也率军攻甘肃一带至西县（天水境）一举平定了雍、塞、翟三秦大地，为以后刘邦打败项羽开辟了新的根据地。

106

"暗度陈仓"指作战时正面佯攻，诱敌集结固守，迷惑敌人，而从侧面突袭之战略。此计与"声东击西"之计有其相似之处，二者所不同者，"声东击西"，乃隐其攻击地；而"暗度陈仓"，乃隐其攻击路径。后喻掩人耳目，而暗中行动，或行不可告人之事。暗度陈仓在元尚仲贤《气英布·第一折》中记："孤家用韩信之计，'明修栈道，暗度陈仓'，攻定三秦，劫取五国。"

兵不厌诈，以假乱真是军事对决中常用的计谋。暗度陈仓的智慧点就在于表面上看起来是在做一件事，实际上自己却暗中在做另一件事。暗度陈仓的成功率比较大，但暗度陈仓却很费脑筋，只有不让对手看出破绽，才能顺理成章以假乱真地实现自己的企图。

用假象来掩盖自己的真实想法，从而达到自己的目的。声东击西、出奇制胜，在时机未成熟时，有时暗中行动，比明枪明火的与竞争对手交火更能取得意想不到的效果。

陈平渡船解衣脱险

● 故事背景

陈平生活在秦朝末年，是阳武县户牖乡人。年轻时家中贫穷，喜欢读书，有田地三十亩，仅同哥哥陈伯住在一起。陈胜吴广起兵反秦，各地纷纷响应，反秦战争发展迅速。陈胜在陈县称王后，派周市平定了魏国地区，立魏咎为魏王，与秦军在临济交战。陈平辞别他的哥哥陈伯，随一些年轻人去临济到魏王咎手下做事。魏王任命他为太仆。陈平向魏王进言，魏王不听，有的人又说他的坏话，陈平只好逃离而去。待到项羽攻占土地到黄河边上，陈平前往投奔项羽，跟随项羽入关攻破秦国，项羽赐给他卿一级的爵位。

项羽东归，在彭城称王，汉王回军平定三秦向东进军，殷王反叛楚国。项羽于是封陈平为信武君，让他率领魏王咎留在楚国的部下前往平叛，陈平劝降服了殷王司马卬凯旋。为此项王派项悍任命陈平为都尉，赏给他黄金二十镒。可是过了不久，汉王攻殷地，项王派兵前来救援，结果司马卬投汉。项王大怒，准备杀掉前次平定殷地的将领。陈平闻知害怕被杀，便封好项王赏给他的黄金和官印，派人送还项王，独身一人拿着宝剑抄小路逃走了。躲过了这场灾难，但怎么才能躲过项羽的追杀，怎么才能施展自己的抱负呢？眼下就只能去投奔项羽的对头刘邦了。刘备的部队在黄河西岸，想到此陈平直奔黄河渡口。

● 故事梗概

这一次的逃亡可谓一波三折，甚至险些要了陈平的性命。这一天，陈平赶到了黄河岸边，他知道对面不远就是汉军营地，过了河就脱离了项王的追杀了。于是他租了一条小船，想搭乘渡船尽快过河。不过，上船以后，他发现船上的船夫盯上了他。当时天下大乱，民不聊生，盗贼蜂起，劫掠之事随处可见。这艘渡船的船夫是几个彪形大汉。他们发现陈平仪表堂堂，衣饰华贵，认定他是一个打了败仗出逃的将军。将军出逃，随身肯定会带上很多值钱的东西，如果真是这样，做上这笔买卖，就可以发笔小财了。几个船夫不停地上下打量着陈平。船夫贼眉鼠眼的模样，令陈平警觉。聪明的陈平看出船夫不是善者，无奈的是船正行驶在河的中间，且对方人多势众而自己虽然手握利剑，但实在是手无缚鸡之力，一旦打起来绝对不可能斗得过眼前的数位壮汉，到那时只有束手待毙的份儿。怎么办？想到此，陈平转动脑筋，心想这些人无非是以为我携带者财宝，想劫财罢了。于是，他借口天气太热，船夫辛苦，索性脱去了外衣，光着膀子，身上只穿了条短裤，帮助摇橹。快到对岸时手里拿着宝剑悠闲地刺着船帮。与此同时，他用余光瞄着几个盂贼。发现他们用眼光搜索了一下陈平脱去的外衣，似乎看出衣服里不可能藏着什么珠宝，眼神也变得自然了许多。再看陈平手擎宝剑，神态自若，此人莫不是个剑术高手？既然他没带什么财物，那我们也犯不着惹他。船夫们互相使了个眼色，无声无息地放弃了这次抢劫行动。一场灾祸就这样消弭于无形了。

下得船来，陈平一路小跑，直奔汉军大营。通过一个叫魏无知的熟人，陈平被引见给了汉王刘邦。这批被引见的共有七人，陈平是其中之一。第二天陈平急见汉王刘邦，向刘邦献出趁项羽攻齐，袭击老巢，攻取彭城，截其归路的计谋。获得刘邦的欣赏，当即授其都尉之职，参乘，兼掌护军。从此，陈平成为刘邦最重要的智囊。

● 智慧之窗

陈平的智慧有史可记，但就这样一件渡船遇险脱险的小事即可见其机敏不凡。刘邦第一次见他就"与语而说之"，当天就"拜平为都尉，使为参乘，典护军"，到不顾众人诋毁，"厚赐，拜为护军中尉，尽护诸将"。以至于官至丞相，陈平的一生都体现了规避风险，谋求发展的使用生存策略。

陈平归顺刘邦之后，总共做了六件事。一反间让项羽丢了运筹帷幄的亚父，失去争雄天下的智囊，二夺了不可一世的韩信手握的足以反天下的可怕兵权及楚王爵位，免去了天下再度混乱的后顾之忧，三随高祖出征剿匪六出奇计定了天下，稳定了汉室的社稷，四解了高祖的白马之围，献和亲定下了汉朝50年的休养生息基调。五为吕后出谋划策夺了刘姓的天下，吕后死后帮助刘姓又重新抢回了属于他们的江山。

陈平所居时代，为秦末汉初，社会动荡，文臣武士或死于战乱，或死于内部斗争，活下来的不多，活下来又身居高位者为数更少。但陈平虽一生曲折多变，驰骋政坛几十年，历经高祖、惠帝、吕后和文帝四个时期，得善终令人思索。

陈平反间计除范增

● 故事背景

刘邦平定三秦以后，开始了与项羽的正面交锋，此时的项羽，不仅兵强马壮，更是文有智多星范增，武有智勇双全的钟离眜。此二人辅佐项羽，成为刘邦战胜项羽的最大障碍。

这时的刘邦，虽然整体实力还不算强大，但却拥有一流的智谋文士陈平和军事统帅韩信。

陈平离间范增说的是刘邦被困荥阳，陈平用计离间项羽和范增的关系，引项羽猜忌，削弱范增权力，范增辞官归里，途中病死。范增的死，削弱了项羽力量。在此后较量中，刘邦才能够以弱胜强，战胜项羽，统一天下，建立汉朝。

● 故事梗概

汉三年，项羽的军队已经把刘邦包围在河南荥阳城，并切断了汉军运输粮草的通道。没过多久，城里开始缺粮了，士气也受到影响，汉王很是忧虑，请求割让荥阳以西的地方向楚军讲和，但被项羽一口回绝了。

汉王一时想不出什么好办法来，于是他对陈平说："天下纷纷扰扰，什么时候才能安定下来呢？"意思是说楚汉战争何时才能了结，同时也寄希望陈平能够想出办法来。陈平说："项羽身边有个叫范增的，被项羽尊称为亚父，那次大王您赴鸿门宴，指使项庄舞剑想杀您的就是此人，此人诡计多端，项羽就是在他的辅佐下，才每战必胜。项羽身边还有一个大将叫钟离眜的，此人精通兵法，不好对付。这两个人不除去，终究是我们的心头大患。项羽虽然平时恭敬爱人，廉洁好礼的士人大多归附了他。但是到了论功行赏、授以官爵、赐封食邑的时候，却又显得极其吝啬，那些士人因此又不愿意归附他。且项羽为人猜忌多疑，相信谗言。大王您如果能够拿出几万斤黄金，我去施行反间计，离间项羽和范增、钟离昧等的君臣关系，使他们互生怀疑之心，这样他们内部一定会互相残杀，到时候我们乘机发兵而进攻他们，粉碎楚军，一定会取胜的"。

汉王拿出了四万斤黄金给陈平，任凭他去安排。陈平利用这些黄金，向楚军大量派出间谍，公开散布言论。说钟离昧等人做项王的将军，功勋卓著，然而终究没有划地称王，心怀怨恨，他们企图同汉军结成联盟，消灭项王，瓜分楚国的土地，各自称王。项羽听到这些谣言以后，果然产生了怀疑，开始不相信钟离昧等人。

有一次，项羽派使者到汉王那里去。陈平见机会来了，于是赶忙在刘邦身边如此耳语了一番。项羽派来的使者到了，刘邦准备了最高规格的菜肴，让人端上了桌。刘邦见到楚国的使者后，便假装吃惊地说道："我以为是亚父的使者，原来是项王的使者!"马上露出一脸的不高兴，并且暗示侍从人员把这些菜端走，换上些粗劣的食物给楚国使者。刘邦、陈平的出色表演还真起了作用，楚国使者很是艰难地吃完了这席酒宴，回去后就把这些情况——报告给了项羽，项羽果然对亚父范增产生了极大的疑心。

当时亚父想急速攻下荥阳城，项羽不相信他的话，不肯听从。亚父听说项羽对他产生了怀疑，于是对项羽说："天下大事大体上已成定局了，我这70多岁的人已难随军而行了。"项羽也乐得范增离开自己，就答应了范增请求。

谋士没了，遇到大事项羽更加糊涂起来。于是，陈平又使用了一个诈降之计，使刘邦逃出了荥阳，得以回到关中重新再战。

后来刘邦在总结项羽失败的教训说："项羽有一范增而不能用，此其所以为我擒也"。

● 智慧之窗

反间计的关键是"以假乱真"，造假要造得巧妙、逼真，才能使敌人上当受骗，信以为真，作出错误的判断，采取错误的行动。陈平的反间计让项羽丢了运筹帷幄的亚父，失去了争雄天下的智囊。俗话说，一个好汉三个帮，每一个朝代的开国之君都免不了有一些优秀的文臣武将来辅佐，刘邦正是有了萧何、张良、陈平、韩信为代表的文臣武将的辅佐，才最终以弱胜强，夺得了天下。历史证明了得人才者得天下，失人才者丢天下。

韩信智用水战

● 故事背景

韩信，汉朝楚王，西汉开国功臣，初属项羽，后归刘邦。中国历史上伟大军事家、战略家和军事理论家。中国军事思想"谋战"派代表人物。被后人奉为兵仙。韩信熟谙兵法，自言用兵"多多益善"，为后世留下了大量的军事典故：明修栈道、暗度陈仓，临晋设疑，夏阳偷渡，木罂渡军，背水为营，拔帜易帜，传檄而定，沉沙决水，半渡而击，四面楚歌，十面埋伏等。其用兵之道，为历代兵家所推崇。

韩信在夏阳以伏兵，用木罂瓴偷渡黄河击败魏王豹的典故见于《史记·淮阴侯列传》中。

汉高帝二年（公元前205年），刘邦、韩信统帅大军还定三秦后，刘邦留下韩信处理善后，自己亲率汉军，接连攻占魏、韩等地，并趁项羽主力东去伐齐之时用韩信策略占领了楚国都城彭城。刘邦被一连串的胜利了冲昏头脑，每日"置酒高会，款待功臣"，放松了对敌警惕。

此时的项羽闻听都城失守，急率三万精兵轻装杀回，汉军猝不及防，大败，被杀十余万。刘邦只带少数随从仓皇逃到荥阳。韩信、萧何得知汉王境况，率十万大军从关中及时赶到，击退追兵，保住荥阳。

● 故事梗概

刘邦惨败后，原降服汉王的诸侯纷纷倒向项羽。此时魏王豹也乘机以黄河为天堑，背叛汉王，与汉为敌。汉王先派郦食其好言相劝，遭到拒绝。为了一雪前耻，保卫关中利益，刘邦任命韩信为左丞相统兵攻打魏王豹。

豹在蒲坂派重兵把守。蒲坂在黄河东岸，同西岸临晋相对，是河上重要渡口。汉军到达临晋，韩信一面令安营扎寨，搜罗渡船、赶制"木罂船"，一面沿河察看地形。他得知蒲坂有魏兵严密把守，并占据有利地形，而上游夏阳守兵极少。他决定不能强攻，只能智取。

为了迷惑敌人，韩信派灌婴领几千士兵在临晋，摇旗擂鼓，虚张声势，作出欲强渡黄河的假象，汉军的行动，给魏军制造了假象，守卫将领担心汉军渡河，一点也不敢懈怠，更没有精力去注意夏阳。

在布置了临晋迷惑敌人之计后，韩信自己与曹参带大军将"木罂船"悄悄送往夏阳，发动偷袭。由于夏阳魏军力量单薄，汉军的奇袭奏效，偷渡成功。魏王豹在平阳知汉军已过黄河，大惊失色，忙把守卫蒲坂的主力调往重镇安邑还击汉军，但为时已晚，魏军一战即溃，魏王豹迫于无奈，束手就擒。

韩信击败魏王豹后，向刘邦提出，北攻燕、赵、代，"东击齐，南绝楚之粮道，西与大王会于荥阳"的战略计划。刘邦大喜，遣张耳带兵三万增援韩信。

汉王三年（公元前204年）九月，项羽亲率大军东征彭越，刘邦趁机派郦食其前往齐国劝降。与此同时，韩信也按照刘邦之命率兵东进，准备攻打齐国。

当韩信到达平原（今山东平原南）时，齐王田广听从郦食其的劝说，背楚降汉，于是韩信就想停止前进。后在蒯通的"将军奉汉王之命去攻齐，今汉王又暗中派人去劝降，既无汉王命令，将军怎能按兵不动呢？再说郦食其仅凭三寸不烂之舌就说降了齐国70多座城池，而将军数万人马征战一年，才攻下赵国50多座城池。你一个堂堂大将军，尚不及一白面书生吗？"劝说下，下令大军渡河，继续向齐地进发。

齐王田广听从郦食其劝降之后，对韩信的行动毫无戒备。韩信率大军突袭齐国，齐王以为受了骗，一怒之下将郦食其烹死在油锅里。之后，匆忙领兵逃到高密（今山东高密西南），同时派人向项羽求援。项羽立即派大将尤且率军20万，与齐王会合，齐、楚联军准备迎战韩信。

几天以后，两军在潍河两岸摆开阵势，尤且在河东，韩信在河西，准备交战。

韩信仔细观察战场地形，决定再用水战破敌。他连夜秘密派人装满一万多个沙袋，将潍水上游堵起来，这样下游河水变浅了。次日上午，韩信率军过河进攻尤且。尤且见状，毫不示弱。亲率大军迎敌。双方未战几合，韩信佯败退兵。尤且不知是计，以为汉军无能，得意地说："我早知道韩信胆小。"于是，传令全军渡河追赶，想一举消灭韩信。当齐、楚联军刚刚冲到河中，韩信暗令埋伏在上游的汉军扒开沙袋，飞奔而下的大水将正在渡河的齐、楚联军截为两段，被大水卷走的士兵不计其数。韩信回兵掩杀过去，一举全歼了已过河的齐、楚联军，齐王逃跑，尤且战死，留在东岸尚未渡河的齐、楚联军见主帅已死，纷纷弃甲曳兵，落荒而逃。就这样，汉军一举占领了齐国全境。

● 智慧之窗

韩信连克魏、代、赵、燕、齐五国，占领了长城以南、黄河以北和山东的大部分地区，取得了北面战场的全部胜利，完成了对成皋楚军的战略包围，有力地支持了刘邦在正面战场上的作战，为刘汉政权的最后胜利奠定了坚实的基础。在对魏、赵、齐的作战中，韩信因宜用兵，根据不同的情况，分别采取了声东击西、背水列阵和断水塞流的战法，显示了这位历史名将善于先计后战和出奇制胜的作战特点。

兵败垓下四面楚歌

● 故事背景

自公元前206年，刘邦平灭三秦与项羽争锋以来，双方互有胜负。公元前205年刘邦偷袭楚都彭城，不料被项羽杀了个回马枪，损兵折将，逃至荥阳。幸依靠韩信的救援，保住了荥阳，后又经成皋大战等，双方打了四年有余，大战七十余次，小战四十余次。最后刘邦由原来的劣势逐渐转变为优势。汉王趁机分兵经略各地，韩信等十分顺利，使项羽处在腹背受敌的不利状态，加之军粮不济，在不利的条件下，项羽答应了刘邦的议和条件，公元前203年项羽与刘邦订立合约，约定以鸿沟为界，东归楚，西归汉，平分天下。项羽按约还把囚禁的刘邦的父亲和妻子放回汉营。

● 故事梗概

汉五年九月，项羽按约定引军东归。恰在此时，张良、陈平进谏刘邦，认为汉王已经拥有天下的大半土地，而且诸侯皆附之，实力远在楚军之上。楚军已经弹尽粮绝，这时正是消灭项羽的好时机，刘邦必须抓住机会，一举歼灭项羽。

刘邦采纳了二人的建议，撕毁和约，趁项羽不备，突然对楚军发起追击战，结果由于韩信、彭越的部队没有按约定前来会合，又被项羽杀了个回马枪，汉军大败。汉军退守营垒，彼此处于战略相持状态。

面对这种形势，刘邦采纳谋士张良建议，将陈国故地以东到滨海的土地封给韩信，把睢阳以北到谷城的地方封给彭越，把淮河以南的土地封给英布，以促使各位大将出兵。不久之后，韩信从山东齐地发兵南下，占领楚国都城彭城（江苏徐州）和苏北、皖北、豫东等广大地区，兵锋直指楚军侧背。彭越也从梁国故地出发西进，英布则自下城父北上。刘邦亲率大军自固陵东进，汉军将帅对楚军形成北西南三面合围之势，项羽被动退至垓下。

十二月，刘邦、韩信、彭越、英布等各路汉军约计40万人与10万楚军于垓下展开决战。汉军以韩信率军居中，孔熙为左翼、陈贺为右翼，周勃断后。韩信挥军进攻失利，引兵后退，命左、右翼军继续攻击。楚军迎战不利，韩信再挥军反击。楚军大败，退入壁垒坚守，被汉军重重包围。楚军屡战不胜，兵疲食尽。

一天夜里，被包围的项羽和他的士兵听见四周响起熟悉的歌声。仔细一听，原来是自己家乡楚地的民歌。歌声是从刘邦的军营里传来的。项羽和他的士兵非常吃惊，以为刘邦早已攻下他们的家乡，抓来了许多家乡的亲人当俘虏，而这熟悉的歌声也引起了士兵们的思乡之情。一时项羽军中军心大乱，士兵们纷纷趁夜色逃亡，十万人逃得只剩了下几百人。

原来，这是韩信、刘邦使用的计谋。他们组织自己军队的士兵唱那些感伤的楚地民歌，正是为了扰乱项羽军队的稳定。

项羽也是满腹忧愁，他预感到大势已去，回想过去的南征北战，看看眼前的众叛亲离项羽情不自禁地唱道："力拔山兮气盖世，时不利兮骓不逝，骓不逝兮可奈何，虞兮虞兮奈若何"。虞姬也舞剑和唱，为了不拖累项羽，歌罢自刎于项羽的马前。

诀别虞姬后，项羽带着这忠诚的几百将士突围，一路拼杀，杀死汉军无数。最后只剩下孤零零的二十六个勇士跟着他来到了乌江边。面对大江，只有一条小船，英雄末路，项羽感到无颜见江东父老，谢绝了乌江亭长希望他返回江东，重整旗鼓的好意，自刎于乌江边。自此垓下决战画上了句号。

公元前202年，中国又一个统一的封建王朝汉王朝诞生了。垓下决战的胜利后，面对的是满目疮痍、经济凋敝的天下。正所谓"其兴也勃焉，其亡也忽焉"，刘邦吸取了秦朝速亡的教训，采取了与民休息的政策，带领子民们在战火的废墟中建立了大汉王朝。刘邦建国后定都洛阳，后来采纳娄敬、张良之策，迁都到长安。从那时候开始的二百多年，汉朝的都城一直都设在长安。历史上把这个时期称为"西汉"，也叫"前汉"。

● 智慧之窗

一个人做事碰到很大的困难，周围的情势似乎都在预言这个人的失败时，多用"四面楚歌"来形容。

垓下决战，汉军楚军都很疲惫，虽然汉军数倍于楚军，但楚军尚有十万之众，固守营垒。要想取胜也绝非易事。强攻必然遭到强烈的抵抗，攻心战术在此时发挥了巨大作用。

一般来说，双方交战呈胶着状态时，最起效果的战术恰恰是心理战。攻心为上，先声夺人。汉军抓住楚军长年离家征战，又身陷重围的沮丧悲观的心境，营造出一种楚地已被占领失去家园的氛围，给楚军本已脆弱的心理又注入了一针迷魂剂。作战失利，又无家可归，只好缴械投降，或偷偷溜走了。

张良的封王之谋

● 故事背景

汉二年（公元前205年）春，刘邦接连收降常山王张耳、河南王申阳、韩王昌、魏王豹和殷王印五个诸侯，得兵56万。同年四月，刘邦乘项羽集中力量攻打田荣之机，率兵伐楚。直捣楚都彭城。攻占彭城后，刘邦被这轻而易举得到的胜利冲昏了头脑，不但没有采取恰当的政治、经济措施，安抚此地，赢得人心。得意忘形之余大肆收集财宝、美女，整日置酒宴会，结果给项羽回军解救赢得了时机。

项羽闻知彭城失陷，立即亲率3万精兵，从小路火速赶回，急救彭城。刘邦数十万乌合之师难以协调指挥，连粮饷都筹备不齐，所以一经接战，便遭惨败，几乎全军覆没。至此，许多诸侯王又望风转舵，纷纷背汉向楚，刘邦丢下老父、妻子、儿女，只带张良等数十骑狼狈出逃，军事上再度遭受重大挫折，大好的形势复又逆转。

● 故事梗概

刘邦狼狈逃至下邑，惊魂未定，心灰意冷，万念俱灰。在此兵败危亡之际，张良匠心独运，为刘邦想出了一个利用矛盾、联兵破楚的策略。他认为，九江王英布，是楚国的猛将，与项羽有隙。彭城之战，项羽令其相助，他却按兵不动。项羽对他颇为怨恨，多次派使者责之以罪。彭越因项羽分封诸侯时，没有受封，早对项羽怀有不满，而且田荣反楚时曾联络彭越造反，为此项羽曾令肖公角攻伐。结果未成。这二人可以利用。另外，汉王手下的将领，只有韩信可以委托大事，独当一面。大王如果能用好这三个人，那么楚可破也。具体实施的话，最好的办法就是封王许愿。刘邦一听，认为这确是一个以弱制强的妙计，马上制订了拉拢三人的封赏办法，这就是著名的"下邑之谋"。

于是派舌辩名臣隋何前往九江，封王许愿，策反九江王英布。又遣使联络彭越。同时，再委派韩信率兵北击燕、赵等地，发展壮大汉军力量，迂回包抄楚军。

"下邑之谋"构成了刘邦关于楚汉战场计划的重要内容。正是在张良的谋划下，一个内外联合共击项羽的军事联盟终于形成，扭转了楚汉战争的局势，使刘邦由战略防御转为战略进攻。事实证明了张良"下邑之谋"的深谋远虑,最后兵围垓下打败项羽,主要依靠的正是这三支军事力量,是这一策略的延续。

过了一年,汉三年(公元前204年)冬,楚军兵围汉王于荥阳,双方久战不决。楚军竭力截断汉军的粮食补给和军援通道。汉军粮草匮乏,渐渐难撑危机。汉王刘邦大为焦急,询问群臣有何良策。谋士郦食其献计道:"昔日商汤伐夏桀,封其后于杞;武王伐纣,封其后于宋。秦王失德弃义,侵伐诸侯,灭其社稷,使之无立锥之地。陛下诚能复立六国之后,六国君臣、百姓必皆感戴陛下之德,莫不向风慕义,愿为臣妾。德义已行,陛下便能南向称霸,楚人只得敛衽而朝。"这其实是一种"饮鸩止渴"的夸夸其谈,当时刘邦并没有看到它的危害性,反而拍手称赞,速命人刻制印玺,使郦食其巡行各地分封。

正在此时,张良外出归来,拜见刘邦。刘邦一边吃饭,一边把实行分封的主张说与张良,并问此计得失如何。张良听罢,大吃一惊,忙问:"这是谁给陛下出的计策?"他沉痛地摇摇头接着说:"照此做法,陛下的大事就要坏了。"刘邦顿时惊慌失色道:"为什么?"张良伸手拿起酒桌上的一双筷子,连比带画地讲了起来。他说:"第一,往昔商汤、周武王伐夏桀殷纣后封其后代,是基于完全可以控制、必要时还可以置其于死地的考虑,然而如今陛下能控制项羽并于必要时致其死地吗?第二,昔日周武王克殷后,表商容之闾(巷门),封比干之墓,释箕子之囚,是意在奖掖鞭策本朝臣民。现今汉王所需的是旌忠尊贤的时候吗?第三,武王散钱发粟是用敌国之积蓄,现汉王军需无着,哪里还有能力救济饥贫呢?第四,武王翦灭殷商之后,把兵车改为乘车,倒置兵器以示不用,今陛下鏖战正急,怎能效法呢?第五,过去,马放南山阳坡,牛息桃林荫下,是因为天下已转入升平年代。现今激战不休,怎能偃武修文呢?第六,如果把土地都分封给六国后人,则将士谋臣各归其主,无人随刘邦争夺天下。第七,楚军强大,六国软弱必然屈服,怎么能向陛下称臣呢?"

张良借箸谏阻分封,使刘邦茅塞顿开,恍然大悟,下令立即销毁已经刻制完成的六国印玺,从而避免了一次重大战略错误。为尔后汉王朝的统一减少了不少麻烦和阻力。

● 智慧之窗

张良的两次封王主张,看似相同实则相反。分封韩信、彭越、英布是鼓励将士追随汉王,奖励军功,起到瓦解敌军,凝聚人心的作用。而分封六国后裔则完全不同。

张良的劝谏分封,切中要害,精妙至极。他看到古今时移势异,因而得出绝不能照抄照搬"古圣先贤"之法的结论。尤其重要的是,

116

张良认为封土赐爵是一种很有吸引力的奖掖手段，赏赐给战争中的有功之臣，用以鼓励天下将士追随汉王，使分封成为一种维系将士之心的重要措施。如果反其道而行之，还靠什么激励将士从而取得胜利呢？张良鞭辟入里的分析，较之昔日请立韩王，处心积虑地"复韩"的思想认识，显然是一个飞跃，在中国古代政治思想史上占有重要一页。从这个故事中可以看到，张良是一位洞察秋毫的谋略家和富有远见的政治家。

刘邦封雍齿稳人心

● 故事背景

张良作为刘邦的第一号谋臣，素有"千里之谋"，曾经"用计鸿门宴""假心烧栈道""阻封六国""兵围垓下""封雍齿""都关中"，无不显示出其非凡的智谋，为汉朝的建立和巩固立下了显著的功勋，深为刘邦所倚重。

当时正是汉政权刚刚建立，百废待兴，人心思稳。多年征战，胜利已定，但赏封未定之时。

刘邦，作为一个建朝不久，根基不稳的统治者，每日思考的就是安定臣心、收揽人心，以巩固其统治。

雍齿是沛县人，刘邦同乡，经常恃强窘辱刘邦，秦二世元年随刘邦起事，二世二年，刘邦攻占江苏丰县，命令雍齿镇守，雍齿却投降了魏将周市。刘邦很生气，领兵回来攻打雍齿，两次攻打不下，第三次从项梁那里借了500兵，才攻下丰县，雍齿逃往魏国。后来雍齿又跟随刘邦，虽立功不少，但刘邦宿恨在心。汉建立，刘邦一口气封了二十多个大功臣，剩下的人就比较难封了，他们白天黑夜争相说自己的功劳，让刘邦很是头疼，就想先放一放，不忙着揭开这个盖子。

"雍齿封侯"的故事就发生在当时。记载于《史记·留侯世家》：群臣罢酒，皆喜曰："雍齿尚为侯，我属无患矣"。

● 故事梗概

这天他在洛阳南宫，站在高高的复道上朝下看，瞅见一堆武将坐在沙子里说话，刘邦感到很奇怪，问张良，这些人在说什么呢？

张良说，陛下不知道吗？这些人在谋反呢！刘邦听不懂了：天下这才安定，他们谋什么反啊？张良说，陛下起自布衣，靠着大家才得到天下，您当上皇帝后，封的都是您的亲信老友，杀的则是平生有怨仇的人，现在军吏们计算功劳，认为即使把天下的土地都划作封国也不够封赏的了，他们对能否得到封赏非常怀疑，又担心因以前的过失而被猜疑乃至遭到诛杀，就聚集到一快打算造反了。

刘邦听张良说得好像有点道理，担忧起来，问，那怎么办呢？张良说，皇上平素最讨厌而且大伙都知道的人是谁啊？

刘邦咬牙切齿地说，当然是雍齿这人！他曾多次侮辱我，我早就想杀掉他，但因为他的功劳很大，所以不忍心下手。

张良说，那就赶快先封雍齿吧，这样一来，大家就确信自己都能得到封赏了，人心也就安定了。

刘邦依了他的话，大设宴席，把雍齿封为什方侯，酒宴结束后，大臣们个个欢天喜地，说，连雍齿都封侯了，我们还怕什么？

● 智慧之窗

这则故事中张良作为一位"谋臣"的形象十分突出。他善于发现问题，认识问题，并善于解决问题。张良能够从"在沙地聚众私语"这一诸将不同寻常的表现中发现了问题的症结所在，那就是"封赏未定，人心不安"。他跟刘邦说这是"谋反"的征兆，其目的在于引起刘邦的重视，有些故弄玄虚，但也绝不是信口开河，他充分地认识到了问题的紧迫性和潜在的危险性。

张良认为这是由于"赏罚未能定明，人心恐慌"所致，他不是按照常规去向刘邦建言去封赠那些将领，而是旁敲侧击，建议刘邦去封赠其所最憎恨的雍齿为侯，而且是急封，以达到消除众将疑虑的目的。抓住了问题的关键所在，可谓绝妙之致，一针见血。

在这则故事中，刘邦善于纳谏，听了张良的意见之后，马上听从实施，甘愿去封赠自己一度要杀的雍齿为什邡侯，而且对其他人进行定功论赏，及时解决问题，说明了他从善如流。

从刘雍雍齿两人的关系史来看，刘邦给雍齿封侯，可以彰显出自己气量宽宏、不计前嫌、有功必赏，这不仅可以安定那些"怀疑自己跟刘邦有隙担心遭到报复"的诸将的心，也可以更加树立起刘邦作为一位明君的光辉形象。

大智者，是要采纳善言的，且采纳善言要坚决和果断。在纳谏过程中，帝王的大智，首先要表现为对谏言的惊人的判断力，大智的帝王要对谏言做出准确而又及时判断。其次要表现为对谏言的决断能力，做出正确与否的判断后，要有快速反应能力。第三是在执行决议时，正确的要坚定不移地执行下去，如遇到问题应在执行过程中及时调整措施。急封雍齿，这件事，可以看出刘邦的大智。

陈平献计夺韩信兵权

● 故事背景

自公元前206年楚汉对决以来,历经5年,到了公元前202年的垓下决战,刘邦终于取得了最后的胜利。五年间,刘邦由弱到强,历经磨难,九死一生。最后的胜利取决于刘邦集团采取的策略得当,用人正确。其中比较关键的策略就是以王侯爵位,分封地盘拉拢内外强大的韩信、彭越、英布等军事集团。

为了团结拉拢这些代表人物,以获得战争的胜利和稳定刚刚建立的刘氏政权,在战争中和建立之初,刘邦先后册封了7个异姓王:楚王韩信、梁王彭越、淮南王黥布、赵王张耳、燕王臧荼、韩王信、衡山王吴芮。这些人物为刘邦打下江山立下了汗马功劳,也可以说没有当初的封王,楚汉战争的胜者就不会是姓刘。这一点刘邦自己非常清楚。不过,天下太平以后,刘邦要建立王朝新秩序,刘氏政权之外还存在着具有较高自主权的诸侯王,刘邦十分不甘,当然也担心日后有人犯上作乱。此时分布各地的诸侯王,对于刘邦来说,就如同是自己江山上的毒瘤,是影响帝国安危的最大隐患,必须除去。

● 故事梗概

在这些诸侯王中,实力最大地位最高的当属楚王韩信,韩信手里握着足以反天下的可怕兵权。擒贼先擒王,降伏了韩信,对付其他诸侯王易如反掌。

刘邦思忖着,如果夺了不可一世的韩信兵权及楚王爵位,也就免去了天下再度混乱的后顾之忧。

怎么去夺,这是摆在刘邦面前的大问题。要论武斗,他无法取胜。他还记得,当初追剿项羽韩信毁约,致使自己被项羽追击,险遭不测。当时也想使用权威解决韩信,是陈平提醒了他。陈平痛陈利弊:韩信重兵在握,这时激怒他会没有好下场,就算打赢楚军也会造成三足鼎立的局面,从大局着想,不就是一个字"封"吗,要什么给什么。事实证明这个决策是对的,最终韩信灭掉了楚军,打下了刘家江山。

今天的韩信力量更是非比当时,怎样不留后患的解决这一问题颇费脑筋。就在刘邦犯愁之时。韩信的不当行为,为刘邦制造了除韩的口实。

项羽的逃亡部将钟离眜素与韩信交好，韩信便将其收留藏匿。刘邦得知钟离眜逃到楚国后，要求韩信追捕，韩信则派兵保护钟离眜的出入。公元前201年，有人上书刘邦，告韩信窝藏反将意欲造反，这一消息让朝廷内十分紧张，有人主张立即派兵进剿。刘邦清楚，这些人根本不是韩信的对手，强取不是办法。

正在犯难之时，当初主张封王韩信的陈平献上一计：刘邦可以假装去云梦泽巡视，然后借召见韩信的机会，扣留韩信。刘邦的前来，也使韩信有所警觉，他曾有意发兵抵抗，以兵谏方式，自陈无罪。但又怕把事情闹大，不好收场。犹豫再三，最后还是决定把钟离眜交出，以解决危机。钟离眜知道了韩信想法后，就对他说：你今天这样做，你会自掘坟墓的，我的今天就是你的明天。说完，当着韩信割颈自杀。随后，韩信带着钟离眜人头来到刘邦的驻地陈（今河南淮阳）向刘邦说明原委。刘邦见到韩信假装气愤地说：有人告发你谋反，事情败露了，你才来自首，已经太晚了。说完就令武士将韩信捆绑起来。韩信气愤地大喊，果真像蒯通说的那样：狡兔死，良狗烹（同烹）；高鸟尽，良弓藏；敌国破，谋臣亡。天下已定，我固当烹！

刘邦将韩信押到了洛阳，由于没有韩信造反的证据，剥夺了韩信的兵权，降为淮阴侯后，释放了他。

● 历史链接

成也萧何败也萧何

韩信被削职降爵，滞留京城，他知道这是刘邦忌惮自己的才能，才陷害自己的。故每有上朝，常称病不出。在家郁闷，怨恨不满，暗地里希图报复。当好友陈豨升官至巨鹿临走前，韩信与陈豨约定，陈豨若起兵造反，韩信将助一臂之力。

汉十年（前197年），陈豨谋反。刘邦亲自率兵前去征讨，韩信称病不随高祖出征，暗地里派人到陈豨处联络，要陈豨放心起兵，自己在京城策应。

当时，韩信与家臣谋划：可以在夜里假传诏旨，释放那些在官府中的囚徒和官奴，然后率领他们去袭击吕后和太子。部署已定，只等陈豨方面的消息。这时韩信的一位门客得罪了韩信，韩信囚禁并准备杀他。那位门客的弟弟就向吕后密告韩信要谋反的情况。吕后打算把韩信召来，又恐怕韩信的党羽不肯就范，于是与相国萧何商议，假装有人从皇上那里来，说陈豨已被杀死，诸侯群臣都前来进宫朝贺。萧相国亲自来到韩府，欺骗韩信：高祖取得了如此大的胜利，虽然您有病，还是要勉强朝贺一下好。韩信不知有诈，入朝进贺。吕后派武士设下埋伏，把韩信捆缚起来，并不等高祖返京，就在长乐宫中的钟室里将韩信处死。随后将韩信的三族全部诛杀。韩信死后，其他异姓王分别被汉高祖消灭。

曹参无为而治

● 故事背景

汉惠帝二年（公元前193）七月，相国萧何病故。曹参接任相国职位。

曹参行伍出身，初为沛狱吏，刘邦在沛县起事后，跟随刘邦南北转战。曹参率军屡打胜仗，并因取得秦朝战将李由的首级而被封为建成君。魏王豹造反，曹参与韩信并肩作战，生擒魏王豹。刘邦当上皇帝以后，因曹参战功卓著，封他为平阳侯，食邑逾万户，陈豨叛乱，曹参以齐相国的身份率军参战，立有战功。黥布造反，曹参率军与刘邦会合，大获全胜。在连年不断的转战中，曹参不仅亲眼看见了天下黎民百姓遭受的战争之苦，而且深深感悟到了天下苍生对世事太平的渴望，感悟到了各级官吏、政府不再扰民的重要。

当初曹参任齐相时，知道盖公精通黄老之术，即厚礼相请，盖公以黄老学说传授其治国之道：至关重要的是清静无为，不生事端，百姓就会安居乐业，不存异心。曹参十分赞赏，腾出正房让盖公高卧，并将黄老思想实实在在，脚踏实地应用于治理齐地，遵循与民生息的治国之策，任齐相九载，辅佐齐王刘肥，齐国平安无事，被称为贤相。

这九年的成功，为他晋升汉朝相国并实施"无为而治"的基本治国之策，奠定了基础。

● 故事梗概

曹参做了相国之后，一切均按照萧何制定的成法行事。各级部门官吏各司其职，自己从不干预，很多时间在家应酬饮酒，宴请卿大夫及往来宾客，不理政事。对那些规劝他的人，即以美酒招待，直至饮醉不能规劝为止。

惠帝责怪他荒废政事，又不好当面指责。便让其子询问其父为何不问政事，每日饮酒作乐。曹参见儿子责问他，大怒，狠狠打了儿子一顿，并说：快点进宫侍奉皇上去，国家大事不是你管的。

第二天，汉惠帝就去拜访他，说国家这么大，你相国不管事，我皇帝怎么办？曹参问惠帝：你看我跟萧相国（萧何）比怎么样？惠帝说好像不如萧相国。那么陛下您和先帝比呢？惠帝赶紧说，我怎么能和先帝比呢。曹参笑着说，既然我们不如他们，而先帝和萧相国制定下来的政策制度都已经很完备、管用了，我们为何不遵照执行呢。现在陛下垂拱无为，我任宰相恭谨守职，遵循成法而不出偏差，这样不是很好吗？

惠帝听后，十分赞赏，释去了疑惑。

曹参接替萧何的相国职位后，最重要的是做了一件调整官吏的大事，就是在选派郡县和各封国官吏时，选派了一批各郡国不善言辞、忠厚老实、品行端正的人，而对那些言行不一、为人苛刻、专图虚名、善于钻营投机的官吏，则大刀阔斧地予以革职、斥退，废而不用。曹参任宰相三年，成绩显著。

汉初能够这样，与当时的社会状况有很大关系，连年征战，人心思安，社会发展，人心思稳。

● 智慧之窗

这个故事里，曹参采用的是以退为进、欲擒故纵的办法。先设个圈套承认自己的"不作为"，至于我为什么"不作为"，理由是不可辩驳的两个答案，那就是先帝和宰相政策完美无缺，我们不如他们，安定稳定才是根本。使得惠帝只有信服了。

在司马迁笔下，泱泱大汉朝的相国曹参，表面是个酒徒、醉鬼，但却深受百姓爱戴，有一首歌谣说："萧何制定法令，严明齐全；曹参接任，谨慎遵循；无为而治，庶民安宁"。

无为而治的"无为"，绝不是一无所为，不是什么都不做。无为而治的"无为"是不妄为，不随意而为，不违道而为。相反，对于那种符合正道的事情，则必须以有为为之。但所为之为，都应是出自事物之自然，无为之为发自自然，顺乎自然。是自然而为，而不是人为而为。所以这种作为不仅不会破坏事物的自然进程和自然秩序，而且有利于事物的自然发展和成长。

● 历史链接

无为而治出自《论语·卫灵公》："无为而治者，其舜也与？"意为自己不妄为而使天下得到治理。原指舜当政的时候，沿袭尧的主张，不做丝毫改变。后泛指以德化民。

"无为"作为一种政治原则，在春秋末期已经出现。使"无为而治"系统化而成为理论的是《老子》。他们认为统治者的一切作为都会破坏自然秩序，扰乱天下，祸害百姓。要求统治者无所作为，效法自然，让百姓自由发展。"无为而治"的理论根据是"道"，现实依据是变"乱"为"治"；"无为而治"的主要内容是"为无为"和"无为而无不为"，具体措施是"劝统治者少干涉"和"使民众无知无欲"。

黄老之学的无为而治不仅仅是一套观念,在战国的末年和西汉的初年它变成了一套政治实践,赋予了其实际的意义。

缇萦舍身救父

● 故事背景

"缇萦救父"是一个著名的感人故事,故事发生在西汉年间,父亲行医被问罪,缇萦面见皇上以身替罪赎父还其孝心从而感动皇帝,得以后世传美名。

这个故事见于《汉书·刑法志》,是其中一个典型的案例。

"肉刑",是古代残废肢体、残害肌肤、破坏身体机能的墨、劓、刖、宫等带有原始、野蛮色彩的刑罚。夏、商、周朝如此,秦朝更是风行,《盐铁论》中就有"劓鼻盈车、履贱踊贵"的记述。这种让人切齿痛恨的酷刑,一直延续到汉初。

然而,到了公元前167年5月,西汉文帝刘恒却突然发布了废除肉刑的诏书:"今人有过……朕甚怜之。夫刑至断肢体,刻肌肤,终身不息,何其痛楚而不德也,岂为民父母之意哉?其除肉刑,有以易之"。

汉文帝废除肉刑这一历史重大决策,就源于缇萦救父的故事。

● 故事梗概

汉文帝时有一个叫淳于意的人,曾任齐太仓令,为官清廉,后辞职研究医术,到处游历给人治病。有一次在为一个贵妇人治疗时,因贵妇病入膏肓,病重去世,他却因此遭到了诬陷。以"不以家为家,或不为人治病,病家多怨之者"为由获罪。昏庸的官吏判他有罪,而且判定肉刑。按照汉代法律,做过官吏的人,要到长安去受刑。

与家人临别之时,淳于意眼望哭成一团的五个女儿,不禁悲从中来,喟然长叹:可惜我没有男孩啊,遇到紧急事情,一个有用的也没有!

这时,淳于意最小的女儿缇萦走上前来,用无比坚定的口气对父亲说道:"父亲,孩儿虽是女流之辈,也要为父分忧。我要和父亲一起去长安,上书皇上,替您洗辩冤屈"。

从临淄城到长安千里迢迢,经过一路艰难跋涉,父女俩终于到了长安,淳于意被下狱。缇萦怀着对父亲的无比挚爱,请人代拟一份书状。

一个小孩子，怎样才能面见天子上书成了难题。为了让皇帝能够亲自看到诉状，她天天等候在皇帝行辇通过的地方。终于有一天，缇萦在汉文帝一次出巡打猎时冒死拦住了汉文帝的圣驾，持诉状送了上去。

缇萦在诉状中陈述冤情："我的父亲曾是齐地的一个小官吏，有清廉的好名声，现在不慎犯了事，按律当受肉刑。我不但为父亲难过，也为所有受肉刑的人伤心。一个人被砍去了脚，就成了残废；被割去了鼻子，就不能再安上，即使他们想改过自新也不可能了。我情愿做官府的奴婢，替父亲赎罪，好让他有个改过自新的机会。"

这封上书言辞哀婉，汉文帝觉得其情可哀。当时官府中的奴婢生活是相当凄惨的，她们日夜劳作没有丝毫人身自由，和囚徒没什么两样。缇萦为父亲免遭酷刑的这种千里迢迢冒死上书的胆识孝心，和这种甘为奴婢的自我牺牲精神，深深地感动了宽仁贤德、爱民恤民的汉文帝。同时，汉文帝也充分认识到，继续沿用秦代的肉刑，不利于经济的发展和社会的稳定，更不利于政权的稳固。于是，他下令免除了淳于意的刑罚，也没有让缇萦去当奴婢，并在第二天就下令废除汉代初年还保留的黥（刺面涂墨）、劓（割鼻）、刖（砍断脚趾）三种肉刑，责成丞相张苍、御史大夫冯敬等负责修改刑律。

● 智慧之窗

缇萦的上书行为，表现了不畏艰难勇于承担的精神以及以家为大，以父为天，以情为重的传统孝道。作为一个弱女子，缇萦的行为的确难能可贵，这也许就是缇萦被历代统治者和老百姓交口称赞的原因。当然，统治者称赞缇萦，是因为可以借助这个个案表明统治者的开明和善于倾听民意。而老百姓称赞缇萦，是因为在封建专制统治之下，缇萦的行为，为人们树立了以父为天，大行孝道的楷模。一个年方十几岁的小姑娘，作出了成人、男人们才能想到但不一定做得到的事情。这个事例，也许出于偶然，但作为最高统治者能够过问关心帮助一个小姑娘，并将法律进行了修改，这为后代统治者做出了榜样，也给老百姓们提供了一个可供推想的理想空间。

李牧以怯诱敌

● 故事背景

战国时期的中国北方秦、赵、燕各国，经常被居住草原荒漠的匈奴族侵扰，其中赵国所受的侵害尤甚。

公元前309年，赵武灵王时期，推行"胡服骑射"，国家进行一系列改革，军事力量逐渐强大，屡败匈奴等北方胡人部落。为了抵御匈奴，在赵武灵王时还修筑了长城，但匈奴仍屡犯不止，抢夺人员和财物的情况时有发生。到了惠文王、孝成王时期，匈奴各部落军事力量逐步恢复强大起来，不断骚扰赵国北部边境。李牧此时受命担当北部戍边之责。李牧以怯诱敌胜匈奴军的故事记载于《史记·廉颇蔺相如列传》。

● 故事梗概

李牧到了边陲，长年驻扎在代地，雁门郡，防御匈奴。采取了一系列的军事经济措施。先将烽火台加以完善，派精兵严加守卫，同时增加情报侦察人员，完善情报网，及早预警。为了提高部队战斗力，李牧让士卒精练骑马射箭战术，每日操练的同时，为了增强士兵的体质，每日操练完毕，都屠牛宰羊犒赏士兵，经过长期的训练修养，全军士气高昂，人人奋勇争先，愿为国家出力效劳。

针对剽悍的匈奴骑兵机动灵活、战斗力强及以掠夺为主要作战目的，军需全靠抢掠的特点，为使窜扰的敌骑兵徒劳无功，他采取了坚壁清野，示弱于敌，麻痹强敌，伺机歼敌的策略。为此，李牧严明军纪：凡遇匈奴入境抢掠，必须快速进入堡垒自保，不得出击，有敢于出击捕虏匈奴的违令士兵，一律斩首。这样过了几年，李牧没有人员伤亡也没有损失物资。

然而，时间一长，匈奴兵将以为李牧胆小怯战，根本不把他放在心上。赵王也派使者责备李牧，要李牧出击迎敌。

李牧对此，既不反对，也不执行，我行我素，依然如故。赵王对此十分生气，立即将李牧召回，派别的将领来镇守。在此后的一年多时间里，每逢匈奴入侵，新将领即下令军队出战，结果每次都失利，人员伤亡很大，物资也被大量掠夺。

赵王见此，认可了李牧的策略，再次请出李牧。李牧来到雁门，坚持按既定方针办。几年内匈奴多次入侵，虽一无所获，但更不把李牧放在眼里。李牧见时机成熟，定下诱敌深入，设伏包歼的作战方针。他挑选战车1300辆，又筛选出精壮的战马13000匹，勇敢善战的士兵5万人，优秀射手10万人，然后把挑选出来的车、马、战士统统严格编队，进行多兵种联合作战演习训练。

公元前244年的春天，一切准备就绪之后，李牧让百姓满山遍野去放牧，引诱匈奴入侵。

不久，情报员来报告，有小股匈奴到了离边境不远的地方。李牧派了一支小部队出战，佯败于匈奴兵，丢弃下数千名百姓和牛羊作诱饵让匈奴俘虏去。

匈奴单于王听到前方战报，十分高兴，因久无缴获，于是率领大军侵入赵境，准备大肆掳掠。

李牧针对敌情，在匈奴来路埋伏下奇兵，等待匈奴大部队的到来。为消耗敌军，先采取守势的协同作战，战车阵从正面迎战，限制、阻碍和迟滞敌骑行动，步兵集团居中阻击，弓弩兵轮番远程射杀，而将骑兵及精锐步兵埋伏于军阵侧后。当匈奴军冲击受挫时，李牧乘势将埋伏的机动精锐部队由两翼加入战斗，发动钳形攻势，包围匈奴军，经过几年养精蓄锐训练有素的赵军将士们，个个生龙活虎。两翼包抄的13000名赵军骑兵仿佛两把锋利砍刀，击破敌阵，扼住10万匈奴骑兵命运的咽喉。一整天的会战很快演变成一场对匈奴的追歼屠杀。10万匈奴骑兵全军覆没，匈奴单于仅带了少量亲随仓皇逃窜。

● 智慧之窗

在敌强我弱的条件下，如何战胜敌人，是摆在统帅面前的难题。要想战胜敌人，必须先削弱敌人。削弱敌人的方法固然很多，耗费敌力、分散敌力、靡费敌财、挑起敌方内部冲突、使敌信息不通、断敌交通运输、诱敌作出错误决策、调虎离山等皆是削弱敌人的有效措施，运用起来这些措施常会因客观条件的限制而力不从心。但麻痹敌人，使其放松警惕，则受客观条件的限制较少，较易实行。李牧在长期的与敌周旋中，以弱示敌，韬光养晦，将麻痹敌人诱敌深入的战法发挥得淋漓尽致，蒙蔽了敌人，造成对手错误地判断，轻视自己，违背了知己知彼的基本条件。

周亚夫守静制敌

● 故事背景

汉初经过长期的休养生息政策的推行，其经济形势，经吕后、文帝、景帝时期，逐步恢复起来，尤其是文景帝时期推行了一系列轻徭薄赋、奖励生产的政策，使整个社会经济走向繁荣。期间，汉政府中涌现了文臣贾谊、晁错、陈平，武将周亚夫等。

周亚夫，西汉时期的著名将军。周亚夫因治军有方，得到文帝的赏识，由地方边将调到京城，成为文景两帝时期的得力军事统帅。

晁错，颍川人，文帝为选拔良才，亲自策问考试，晁错以优异的答卷被文帝提升为中大夫。随后，晁错上书文帝，谈论应该削减诸侯王的实力问题，以及如何来改变这一现实的法令，上书共有三十篇。景帝时提升晁错为御史大夫。

汉高祖刘邦刚刚平定天下，兄弟少，儿子们年幼，大量的领地都分封给同姓诸侯王，仅封给齐国就七十多座城，封给楚国四十多座城，封给吴国五十多座城，这三个领地占去了全国二分之一的面积，而得封的这三个领地的并非嫡亲的诸侯王。随着各诸侯王领地的不断发展和强大，一部分非嫡亲的诸侯王对朝廷越来越骄横，又加上文帝在世总是以宽厚待人，不忍心对他们加以惩罚，所以，到了景帝称帝，这部分诸侯王们则更加骄横了。故此，晁错劝景帝说："如今，削减他的封地，他会叛乱，不削减他的封地，他也会叛乱，如果削减他的封地，他反得快，祸害会小一些；如果不削减他的封地他反得慢，将来有备而发，祸害更大。"景帝让朝廷百官及宗室共同讨论晁错的建议，没有人敢与晁错辩驳。朝廷便根据晁错的建议决定对吴王等诸侯王的封地逐步地削减。晁错的父亲得知这个消息，从颍川赶来京师，以死相劝。临死前父亲说："我不忍心见到大祸临头！"果然，此后过了十多天，吴、楚等七国就以诛除晁错为名举兵叛乱。

"周亚夫守静制敌"说的就是西汉景帝前元三年（公元前154年），周亚夫大败吴楚七国叛军的故事。

● 故事梗概

当时，吴王刘濞联合楚王刘戊、胶东王刘印等七国发动叛乱，打出"诛晁错、清君侧"的旗号。景帝于是升周亚夫为太尉，领兵平叛。

这时的叛乱军正在猛攻梁国，但周亚夫并不直接救援梁国，他向景帝提出了自己的战略计划："楚军素来剽悍，战斗力很强，如果正面决战，难以取胜。我打算先暂时放弃梁国，从背后断其粮道，然后伺机再击溃叛军。"景帝同意了周亚夫的计划。

于是周亚夫绕道进军。到了灞上时，遇到一位名叫赵涉的士人，赵涉建议周亚夫再往右绕道进军，以免半路受到叛军的袭击。周亚夫听从了赵涉的建议，走蓝田、出武关，迅速到达了荥阳，周亚夫在荥阳设置深沟高垒。

此时的梁国被吴楚叛军轮番急攻，梁王向周亚夫求援。周亚夫根据所确定的战略，不去直接援助梁国军队，而是派军队向东到达昌邑城（在今山东巨野西南），坚守不出。梁王再次派人求援，周亚夫还是不发救兵。最后梁王写信给景帝，景帝又下诏要周亚夫进兵增援，周亚夫还是不为所动。按照既定方针，他悄悄地暗中派军绕道淮泗口截断了吴楚叛军的粮道，并劫去了叛军的粮食。

叛军粮食被劫，梁国一时又打不下来，只好先来攻打周亚夫。当时，叛军在昌邑的东南集结重兵，向周亚夫挑战。但几次挑战，周亚夫都不出战，以消耗对方的锐气。几天后，叛军大举进攻军营的东南，声势浩大，周亚夫判断，这是叛军的声东击西之计。他让部下到西北去重点防御。结果在西北叛军主力发起了猛烈的进攻，由于有了准备，很快击退了叛军。

吴军面对坚固的防守无计可施，加之粮食紧缺，只好退兵。周亚夫趁势派出重兵追击，吴军大败。吴王刘濞只率领数千人马逃脱，退守丹徒。周亚夫也不追赶，只发布了一个千金捉拿刘濞的悬赏公告，不到一个月，叛军头领刘濞的人头便被越国人割下送了来。

吴军一败，其他各国的军队不堪一击。这次叛乱经三个月就很快平定了，战争结束后，大家这才纷纷称赞周亚夫以静制动，声东击西的用兵之道。

● 智慧之窗

周亚夫在援梁击吴楚叛军的战役中，运用了避敌锋芒，以静制动，声东击西和偷袭的用兵策略。先以不与强敌正面冲突，不出兵援梁，示弱，来迷惑敌人的判断力、注意力。接着，趁敌人不备，绕道偷袭其粮草，截断粮草通道，陷敌人至绝境，逼得敌人与己决战。而在敌人急于决战急于取胜之时，又坚守营垒，以拖垮敌人。一环扣一环，招招见血。

公孙弘的处世智慧

● 故事背景

大汉帝国到了武帝时期，治国思想上摒弃了黄老学说，"罢黜百家，独尊儒术"。使得儒家成为中国正统国家学说。政治上强化中央集权，进一步削弱地方诸侯势力，实行以皇帝为代表的高度的中央集权，力行严刑峻法，打击一切与皇帝权威相对立的势力。正是在这样的社会状态下，"伴君如虎"，武帝一朝2位丞相自杀，2位丞相赐死。但武帝独独厚爱一位布衣宰相公孙弘，这不能不说公孙弘具有高超的处世智慧。

● 故事梗概

公孙弘，年轻时家庭非常贫穷，曾为富人在海边放猪维持生活。年轻时，他曾任过薛县的狱史，因无学识，常发生过失，故犯罪免职。为此，他立志读书，苦读到四十岁，又随老师胡母子研修《春秋公羊传》。建元元年（公元前140年），汉武帝即位，便下诏访求"为人贤良通文学之"人。当时，公孙弘年已六十，他以贤良的名分去应征，被任命为博士。

公孙弘首要的成功就在于"察言观色，投其所好"，巧用心计。在朝议事，公孙弘善于体察武帝心意，从来不与汉武帝正面冲突。每遇一件难定之事，总是提出多种意见以供皇帝选择。如果不合皇帝旨意，从不坚持己见，因此颇受武帝赏识。为了避免冲撞"虎君龙威"，他在群臣中扮演着老狐狸一样的角色，他常为遵从皇帝而改变原来商定的议案，因而遭到一些王公大臣的非议，但武帝反倒"益厚遇之"。

有一次，他和主爵都尉汲黯商议，为一事二人分别上奏，面见帝君。届时他等汲黯上奏完后，窥伺上意，据上意再取决自己的立场态度，然后才上奏章。因此，他奏对之事，深合帝意。凡奏陈条，也都采纳。他这种表里不一，前后矛盾的做法，遭到一些王公大臣的非议。主爵都尉汲黯，尤其反感。

一次，汲黯当庭诘责公孙弘：齐地的人大多奸诈狡猾，看来果然如此。你开始同我们一起提议，现在却背信弃义，这是不忠的行为。汉武帝随即问公孙弘，弘回答说：了解我的人，认为我是忠诚的，不了解我的人，便认为我是不忠诚的。武帝听后，认为公孙弘说得有理，以后身边的大臣越是非议公孙弘，他就越发信任公孙弘。元朔三年（公元前126年），张欧免官，皇帝任命公孙弘为御史大夫。

公孙弘虽然贵为丞相，但生活依然十分俭朴。公孙弘常说：人主的毛病，一般在于器量不够宏大。而人臣的毛病，一般在于生活不够节俭。于是，他在家中，身体力行，睡觉只盖普通棉被"夜寝为布被"，吃饭只有一个荤菜。后母去世，他视为亲生，服丧三年。

就因为这样，大臣汲黯向汉武帝参了一本，批评公孙弘位列三公，有相当可观的俸禄，却只盖普通棉被，实质上是巧饰欺诈，以沽名钓誉，目的是为了骗取俭朴清廉的美名。

汉武帝便问公孙弘：汲黯所说的都是事实吗？公孙弘回答道：汲黯说得一点没错。满朝大臣中，他与我交情最好，也最了解我。昔日晏婴相景公，食不重肉，妾不衣丝，齐国亦治。我是在学习晏婴的做法。不过，今天他当着众人的面指责我，也是切中了我的要害。我位列三公而只盖棉被，生活水准和普通百姓一样，确实是有故意装得清廉以沽名钓誉的嫌疑。如果不是汲黯忠心耿耿，陛下怎么会听到对我的这种批评呢？汉武帝听了公孙弘的这一番话，反倒觉得他为人谦让、坦诚，就愈加尊重他了。

公孙弘每遇不同意见，从不固执己见。当时，朝廷方通西南夷，又东置沧海郡（在今朝鲜），北筑朔方城（在今内蒙古杭锦旗北）。公孙弘认为，设朔方城是"敝中国以奉无用之地"。劳民伤财，得不偿失，屡次谏言停办，皇帝不采纳，并领朱买臣等人去贬责公孙弘，当面陈说设朔方郡的好处，一一摆明十条理由。公孙弘无理反驳，心亏词穷，无一言相济，忙低首悔过，改言谢罪说："我是山东的乡鄙之人，见识短浅，实在不知道设朔方郡的好处，经众位陈明其利害关系，我已明白了"。

● 智慧之窗

忠诚与谦让，是人们在交往中最为欣赏的两种品质。公孙弘正是有了这两种品质，才博得了武帝的欣赏。因为在封建王朝，最大的忠诚对象是皇帝。而谦虚的态度足以在同僚中博得美誉。

面对误解和谣言，最明智的选择是一句也不辩解，勇于承认错误并对指责自己的人大加赞扬，这样一来，给大家的印象确实是"宰相肚里能撑船"。以退为进，是一种大智慧。公孙弘针对汲黯的指责，便运用了这一方法。

从许多实例来观察，处世之道，妥协往往能够造就成功，一味追求完美、最好，拒绝次好，反而会导致失败。

公孙弘以七十岁高龄坐上宰相的位子，可谓大器晚成；在铁面无私的汉武帝面前，能够游刃有余，在他八十岁那年，殉职在宰相的位置上，称得上善始善终。平民出身的宰相，能够有这样高的行走官场的艺术，不同凡响。其实，建元三年（公元前137年），皇帝派他出使匈奴，归来后陈述的情况不合帝意，武帝认为他无能，曾被免职。也许是总结这次惨痛教训，才有了后来奉上的如鱼得水。公孙弘的官场经验，概括起来也就是：学习，奉上，位卑，敬场，通变。公孙弘算得上是武帝时最为切合皇帝的臣子了。

李广智退敌兵

● 故事背景

大汉王朝由于实行休养生息政策，经过了汉初的经济恢复，特别是经过文景之治，社会政治稳定，经济文化得到了极大的繁荣。到了汉武帝时期开始实行对内文治，对外武攻的政策。对内规划制度，招揽人才，改革内政，建立币制与财政。对外决战匈奴，拓展外交。对待匈奴的骚扰进攻，改变了汉高祖时期的和亲政策，实行武力对抗的方针。自公元前133年，汉武帝策划了"马邑之谋"，开始了对匈奴长达数十年的武力征战。期间涌现了令人敬佩的抗匈将领卫青与霍去病，李广则是其中一位富有传奇色彩的人物。

"秦时明月汉时关，万里长征人未还。但使龙城飞将在，不教胡马度阴山。"王昌龄诗中所言"龙城飞将"指的就是李广。

李广，陇西成纪人（今甘肃平凉市静宁县人）。西汉著名军事家。做过骑郎将、骁骑都尉、未央卫尉、郡太守，镇守边郡使匈奴多年不敢犯，被称为"飞将军"。

● 故事梗概

李广是一位有勇有谋的将军。一次，飞将军李广带着一百多名骑兵单独行动，突然路上望见不远处出现了几千人的匈奴骑兵。此时匈奴骑兵也看见了李广一行，并发现了汉军只有一百多名骑兵，十分惊疑。最初，匈奴兵十分不解地踌躇不前，随后急速奔马到山地摆好了阵势。李广的部下毫无准备。遇见多于自己几十倍的敌人都很恐惧，想要驰马逃回。李广从匈奴兵的前后表现判断，匈奴兵把自己当成了汉军的前哨兵，以为汉军是在使用诱兵之计。于是李广对部下说："不要撤，我们离开自己的大队人马已有数十里，如果现在逃走，匈奴人必然追射我们，那样就会被他们消灭。如果我们留在此地，装作无事的样子，匈奴人就会以为我们是大军的诱饵，不敢出击。"说完，他命令所有骑兵："向前进！"一下行进到离匈奴阵地只有二里的地方才停下来。李广又命令说："都解下马鞍，原地休息。"手下的骑兵焦虑地问："敌人众多，而且离得很近，万一有事，我们怎么办？"李广回答："那些匈奴人是预计我们要往回走，然后好来追杀，现在我们偏要解下马鞍表示不走。"果然匈奴骑兵未敢出击。这时，匈奴军队方面走出一个骑白马的将领，试图监视他的士兵，李广立即上马，与十几个骑兵，驰马奔射，杀死了白马将，然后又回到原处解下马鞍，命令士兵都下马而卧，等到天快黑了，胡人始终感到很奇怪，不敢出击。半夜时分，匈奴人担心埋伏的军队要夜袭他们，于是全部撤离。就这样，第二天清早，李广带领百余人，平安返回大军。李广巧布疑云惑敌兵的故事很快在汉军中传播开来。

● 智慧之窗

这个故事中所表现的李广不仅仅是勇敢和大无畏，更主要的是运用了高超的智慧。面对突然出现的比自己强大的敌人，作为统帅的李广，没有惊慌失措，更没有仓皇逃跑。而是沉着冷静，抓住敌人也处在战时紧张不定的心里状态下，采取了在危急处境下，掩饰空虚，骗过对方空城计的高明策略，成功地改变了自己所处的不利地位，脱离了险境。

● 历史链接

李广诈死脱险境

西汉武帝元光六年（公元前129年），匈奴大举进犯上谷，汉军在反击匈奴的作战中，一路军马失利，汉骁骑将军李广成了匈奴的阶下囚。李广在战斗中身负重伤了，左右肩给各砍了一刀，左臂还给深深地中了一箭。匈奴骑兵拖来了一个绳子编织的大网兜，把受伤的李广放进兜里，架在两匹马中间，边拖边走。匈奴骑兵耀武扬威地走了十多里路。一路之上，唠唠叨叨地嘲笑着李广。李广不言不语，一直紧闭着双眼装死，思考着如何找准机会，快速逃脱。匈奴骑兵斜睨着李广，发现他早已眼皮合上，便渐渐麻痹了。又行进了一段路，李广偷眼斜视，见路旁有一名匈奴骑兵胯下坐一匹好马。李广突然趁颠簸的劲儿直直跳起身子，飞身扑到旁边那敌兵身上。说时迟，那时快，李广顺手夺过马背上那个匈奴兵手中的弓箭。电闪雷鸣般的一刹那间，匈奴兵尚未反应过来，已被李广重拳击落下马。李广一夹马背，那马腾地窜出大老远，笔直地向南逃跑，一口气跑出好几十里。几百匈奴骑兵醒过神来，紧追不舍。李广一边猛夹马背狂奔，一边抽出那骑兵留下的弓箭，弓似满月，箭似流星，弯弓射出，打头的匈奴兵给击中眉心，当场倒毙于马下。匈奴兵迟迟疑疑，放慢了速度：李广有了弓箭，他可是有名的神箭飞将军啊。小心点，别送掉了命！就这样，李广慢慢甩掉了他们，死里逃生。

冯异谦恭退让

● 故事背景

王莽新朝末年，推行改天换地的"崇古"措施四处碰壁。又遭遇连年不断的自然灾害，大部分田地荒芜，民怨沸腾。群雄并起，天下大乱。饥饿逼得农民起义风起云涌，盗贼遍地横行，各地豪强也纷纷拥兵自立，神州又跌进了一个大混战的浩劫。在这场雄杰逐鹿的大拼杀中，只有二十八岁的南阳布衣刘秀拼杀了十五年，终于当上了中兴光武帝。

刘秀之所以能够成功，除了自己具有善于韬光养晦、广揽贤俊的雄才谋略和适时地举起复兴汉室的旗帜外，主要是靠云台上的二十八位"战神"率无数将士南杀北拼换来的。

冯异素好读书，精通《左氏春秋》《孙子兵法》，为东汉中兴名将，"云台二十八将"之一。东汉创业，其功至巨。但他为人谦退，从不居功自傲。冯异谦恭不退的典故出自南朝·宋·范晔《后汉书·冯异传》。

● 故事梗概

冯异原系王莽政府的一名郡掾，在家乡河南颍川郡任职。一次他去属县巡查视察，被刘秀的汉兵抓去了。幸亏他的从兄冯孝及乡友丁綝、吕安等均参加了刘秀的起义军。经他们的推荐，刘秀认为冯异确系人才，故赦而录用他。冯异认为刘秀气度非常，可以与之共图大业，故决心归附。

不久，刘秀率部再次经过父城，冯异打开城门迎接刘秀。刘秀非常高兴，当即任命冯异为主簿，苗萌为从事。冯异又推荐了一群小同乡，如铫期、叔寿、段建、左隆等人，刘秀一律任命为掾吏。从此，冯异成为刘秀的重要谋士和得力战将。

此后，冯异追随刘秀左右，为刘秀创立东汉王朝立下汗马功劳。在刘秀南征北战的过程中，冯异成为最为关键的人物之一。包括与刘秀韬光养晦，镇抚河北，发展自己的势力，支持刘秀与更始帝决裂，打击更始帝的军事力量，拥戴刘秀为帝，经略关中以及在北平击破铁胫军，击降匈奴于林闾顿王，战功卓著。

公元23年10月，经过冯异疏通关系，刘玄派刘秀镇抚河北，刘秀终于有了出头的机会。一天，冯异独自拜见刘秀，诚恳地规劝献策说："天下的老百姓都被王莽坑害得痛苦不堪，再也无法忍受暴政了。人们无不思念昔日大汉朝的恩德，希望他们子弟中有人挺身而出，拯救百姓于水火之中。现今，刘玄政府中诸多将领纵横不法，残忍暴虐，每当攻陷一地都要大肆抢劫、奸淫，使得老百姓雪上加霜，倍加痛苦。人们虽说对他十分失望，但由于刘室宗亲中没有人能取代他，老百姓不知道应该依靠和拥戴谁，这就是王莽虽死，而天下却迟迟不能安定的根本原因。如今您担负宣慰招抚重任，作为一方大员独当一面。我们只有向老百姓施行恩德，才能收取民心。眼下的当务之急，是应当向各地派遣官员，到各个郡县去宣传政策，赈济灾民，清理冤狱，向老百姓布惠施泽。只有这样干，我们才能较快地打开局面啊！"

冯异这番话，可谓高瞻远瞩，痛切时弊，又对症下药。刘秀每到一州郡，就派冯异、姚期等人带着宣慰榜文到各县，对监狱中的囚徒登记造册，审理平反冤假错案，释放蒙冤入狱的囚犯，废除王莽时的苛政。

并四处筹集钱粮来抚恤穷苦的人。

刘秀一行按照冯异的策略，经千难，历万苦，甚至是出生入死的搏斗，最终把广阔的河北变成了刘秀扫平天下的根据地。镇抚河北的刘秀，先灭王朗，又连续围剿铜马等起义军后，终于在河北站稳了脚跟。

冯异功劳虽大，但待人处事谦逊退让，从不自我夸耀功劳。他常告诫手下的官兵，除了打仗冲锋或被敌进攻，要身先士卒外，平时要走在队伍的后面。每当走在路上与别的将军对面相逢的时候，冯异总是带开马车让路。他带领的部队行止进退都有标志性的旗帜，军中都称颂他纪律严明。每每在军队驻扎的时候，众将领都聚在一起谈论战功，而冯异往往独自躲在树下不去参与，所以军中称他为"大树将军"。刘秀因此对他更为欣赏重视。

● 智慧之窗

冯异能屡立战功，名垂青史，原因固然很多，但他"为人谦退不伐"，应该说是一个重要的方面。一个人如果妄自尊大，好大喜功，甚至揽功邀赏，居功自傲，以至声色犬马，作威作福，飞扬跋扈，必然导致众叛亲离，更谈不上建功立业。只有不居功自傲，不追名逐利，才有可能胸怀全局，摆脱尔虞我诈的干扰，加强凝聚力和战斗力，团结一切可以团结的力量，最终取得大成。诚然，"不想当元帅的士兵不是好士兵"，没有人甘愿做一名默默无闻的小卒。但是，人的欲望是无止境的，如果为了钱财、荣誉、地位而不择手段，知其不可为而为之，虽然能得一时之利，最终必落个多行不义必自毙，死无葬身之地的下场。

傅介子智杀楼兰王

● 故事背景

西汉初期，当时西域的一些小国，经济十分落后，国力不大外交政策也没有稳定性。西域地区大多被匈奴控制，楼兰等地则被其作为存粮的重要据点。后经武帝经略西域，击败匈奴，汉朝再次控制了楼兰等西域各国。此后一段时间，西域各国成为汉朝的附属国，与大汉朝互相往来，和平共处，楼兰成为丝绸之路上的重镇。昭帝时期的西域，形势异常混乱。面对匈奴、汉朝两个强国，经常采取骑墙策略。匈奴在重整旗鼓后，又卷土重来，不断扩张自己的势力，而龟兹、楼兰等西域小国，倒向匈奴，在古驿道上经常劫杀汉朝的使节和过往商人。特别是楼兰，由于地处咽喉之地，其劫掠行为为害更甚。给汉朝通往西方的丝绸之路造成了很大危害。

楼兰王是一个既贪婪财货，又反复无常的小人，已有多名汉使死于其屠刀之下。于是汉昭帝命令傅介子，在前往大宛国时，顺道问罪龟兹、楼兰。

傅介子是西汉著名外交家、军事家。少年时代的傅介子，聪颖过人，博学多识，但在崇尚武功的社会风气影响下，他的文才不为时人看重，傅介子决心效法张骞，以武报国。

傅介子的文武全才，终于为汉昭帝所知，光凤年间，时为青年军官的他，被汉昭帝任命为骏马监，并作为特使被遣往大宛国求取汗血宝马。

傅介子智杀楼兰王的故事便在此时发生了，见于《汉书·傅介子传》。

● 故事梗概

傅介子到达西域后，与副使分头访问西域诸国，宣示汉朝天威，并赏赐那些与汉友好的国家。在龟兹和楼兰，傅介子晓以大义，陈说利害，以罪责问，其凛然正气慑服了两国王，俱表示认罪归服。在一个月黑风高之夜，傅介子率随从吏士突然袭杀了正在龟兹的匈奴使者数十人，有力地震慑了龟兹国的亲匈奴派。

傅介子出使返国后，以军功拜中郎，升为平乐监。

不久，西域传来消息，楼兰、龟兹在傅介子离去后，又反叛汉朝，勾结匈奴。傅介子通过大将军霍光，再次请求出使。

傅介子在请求获准后，率领士卒，带领大量金帛财物从长安出发前往西域。到达楼兰国都以后，他声言代表汉朝廷前来赏赐，但在面见楼兰王时，他并未拿出任何财物，楼兰王安归见此，对他十分冷淡。

第二天，傅介子佯装要离开楼兰，在楼兰西部边界，他对楼兰驿长说："请你转告国王，汉朝使臣带来许多黄金锦缎赏赐诸国，因为你们的国王对我们很无礼，我只好把这些财物赏赐给其他国家了。"楼兰王闻报，十分后悔，急匆匆赶来向傅介子赔礼。介子在驿馆把带来的珍宝财物展示给他，安归看得眼花缭乱，完全放弃了对介子的戒心。接着介子又置酒款待，待楼兰王酒酣时，对他耳语："国王陛下，我此次奉大汉天子之命，有话对你单独讲。"于是楼兰王屏退左右。这时，介子一声令下，幕帐后早已埋伏的两名壮士冲出，刺死了楼兰王。楼兰王随从听到动静想冲进去，傅介子厉声喝道："汉军方至，谁敢动，就祸灭九族。你们听着，我是奉大汉天子之命前来问罪，安归被杀是罪有应得，你们应该立王子为王，协力扶助他，今后如有叛逆，一律同安归王一样治罪问斩。"楼兰士卒睹其威严，纷纷抛剑在地，表示臣服。傅介子手提安归头颅来到楼兰王宫，鸣钟召集楼兰群臣，宣布安归叛逆罪状，并赏赐顺从汉朝的王子和诸臣。一时间，楼兰臣民尽皆归服。接着，汉朝将居住在汉朝的安归的弟弟，亲汉的尉屠耆立为国王，更改楼兰国为鄯善国，派汉朝司马及吏士协助安定楼兰国。

楼兰归服的消息传回长安，汉昭帝兴奋异常，朝廷中的文武大臣都纷纷称赞傅介子立下了大功。

汉昭帝下诏表彰了傅介子的功绩，封傅介子为义阳侯，食邑七百户。

傅介子的传奇经历为后人所欣赏，唐代大诗人李白作诗赞颂他："愿做腰下剑，直为斩楼兰"。

● 智慧之窗

傅介子惩恶楼兰王，采取了姜太公钓鱼，愿者上钩的计谋。将楼兰国的驿长变成了自己的通讯员，使楼兰国王放弃警觉，钻进了预设的口袋中，一命归天。随后傅介子以大汉的威势，泰山压顶的气概，大无畏的精神，必胜的信念，返回楼兰城，慑服了楼兰国上下。没费一枪一弹，顺利地降伏了楼兰，完成了使命。

龚遂带牛佩犊

● 故事背景

汉宣帝即位后，渤海郡及其相邻地区连年闹饥荒，百姓饥寒交迫，盗贼四起，当地的官员无法平息制止骚乱，皇室多次派兵镇压也不能奏效。宣帝决定另选一个能人，以解心头之忧。丞相、御史推荐了龚遂。

龚遂，字少卿，曾以明经为昌邑王刘贺郎中令，汉昭帝驾崩，因无子，立昌邑王刘贺为天子。刘贺即位二十七日，终因荒淫无道而被废，另立刘询为帝，即天子位，是为宣帝。刘贺被废后，原有昌邑王府群臣二百余人受诛，唯龚遂与中尉王阳因屡谏未堕其流而免死，被罚为城旦，白天筑城，夜里守城。

带牛佩犊的故事就发生在当时，记载于《汉书·龚遂传》："民有带持刀剑者，使卖剑买牛，卖刀买犊，曰：'何为带牛佩犊'。"

● 故事梗概

当时龚遂已有七十多岁了。皇帝召见时见他身材矮小，势不压人，

136

相貌平庸。认为丞相所言非实，不免有轻视之感。

宣帝问龚遂："你准备用什么方法平息那里的盗贼呢？当地的官员可是想了很多办法也没效果。"龚遂回答："渤海郡地处偏远，没有沾沐圣上的恩惠教化，那里的百姓为饥寒所迫，地方官不知加以救济，致使陛下的子民偷盗陛下的兵器，在池塘岸边弄耍弄耍罢了。您打算让我去剿灭他们，还是去安抚他们"？

宣帝一听龚遂的回答，不同凡响。他很高兴地说："选贤良之臣前去，本来就是想对他们进行安抚的"。

龚遂又说："治理不守秩序的百姓，如同理顺乱绳一样，不能着急，只能慢慢来，才会达到目的。我希望到任后，丞相御史们不要对我有太多的限制，给我以做主的权限，相信我一定不会让圣上失望"。

宣帝见龚遂说的在理又充满信心，心想此人也许正是合适人选，不妨一试。便答应了龚遂的要求，并赐黄金，增派驿车送其上任。

龚遂带着皇帝的重托启程奔赴渤海郡，郡府的官吏们听说新上任的太守就要到任了，便十分隆重地派兵迎接。但龚遂却悄悄地直接去了衙门，当天就招集属下议事。他首先革去了所属各县专管追捕盗贼官吏的职位。他明确指出，要划分清楚哪些人是盗贼哪些人是农民。明确宣布：那些手拿农具的人都是良民，官吏不得问罪，携带兵器的人，才是我们该抓的盗贼。

这一招还真见效，好多拿兵器的结伙抢劫的人，听到龚遂的教令后，便自动解散，放下了手里的兵器改拿锄头和镰刀了。这样偷盗抢劫之事便很快平息了。

龚遂又打开粮仓，把粮食借给贫民，选任了一些公正廉洁的官吏对百姓实施安抚管理。

由于多年荒于农事，齐地的百姓好追求奢侈的生活，喜欢从事工商之类的末技，不重视赖以生存的田地。于是龚遂便鼓励老百姓家家务农，命令每人都种一棵榆树、一百棵薤、五十棵葱、一畦韭菜，每家养两头母猪、五只鸡。老百姓有持刀带剑的，龚遂就让他们卖掉，购买耕牛，并说："为什么不带牛佩犊呢！"

于是，老百姓春夏之季下地劳作，秋冬之季有收获。从此渤海郡内，家家有积蓄，户户都富裕。龚遂把渤海郡治理得井井有条，一时声名远播。

汉宣帝召他还朝，要了解他是如何治理渤海郡的。龚遂有一属吏姓王，请求跟随他一同前去长安。龚遂问为何呀？

属吏说："我能给你一个好的建议"！

其他属吏不以为然，说："你一天到晚喝得醉醺醺的，说大话的时候多，不靠谱"！

137

龚遂说："那你能给我什么建议呢?"。

属吏说："要去了长安才能说"。

到了长安之后，这位属吏终日把酒狂欢，连龚遂都看不见他人影。

这一日，皇帝召见龚遂，属吏求见龚遂。

属吏问龚遂："天子如果问大人如何治理渤海，大人当如何回答"?

龚遂说："我就说任用贤材，使人各尽其能，严格执法，赏罚分明"。

属吏摇头道："不好! 不好! 这么说岂不是自夸其功吗? 请大人这么回答："这不是微臣的功劳，而是天子的神灵威武所感化"!

龚遂接受了他的建议，按他的意思回答了汉宣帝，宣帝果然十分高兴，便将龚遂留在身边，担任更重要的职务。就这样，龚遂治乱的任务至此完满地结束了。

● 智慧之窗

举重若轻，这是处理疑难问题有效的手段。化有事为无事，化大事为小事。遇到事情不去人为地强化矛盾，而是化解矛盾，这才是处理问题的高超本领。龚遂处理渤海盗乱便是如此，安抚教化。由于处理得当，社会秩序很快稳定了，社会生产也获得发展。同时，龚遂能够居功不自傲，将成绩归功于汉宣帝，这样的臣下，自然会得到皇帝的赏识。

有人总结说：做下属的，最忌讳自表其功，自矜其能，凡是这种人，十有八九要遭到猜忌而没有好下场。当年刘邦与韩信对话时就说道："大音稀声"和"无成有终"的道理。

穆生洞察世情

● 故事背景

刘邦的同父异母弟弟刘交跟随刘邦起事反秦，建立西汉政权。汉高祖六年，楚王韩信被废以后刘邦封刘交做了楚元王。刘交在此之前喜欢《诗经》，曾经和鲁申公、白生、穆生一块儿在荀子的门生浮丘伯处学习。后来，因为秦始皇焚书坑儒，学习中断了。

刘交当了楚王之后，不忘旧情，就把申公、白生、穆生三位同学请来做中大夫。

"穆生洞察世情"的典故含有一个成语—醴酒不设，意为置酒宴请宾客时不再为不嗜酒者准备甜酒。比喻待人礼貌渐衰。出自《汉书·楚元王传》。说的是鲁穆生从楚王戊不再设甜酒失礼的小事上，预感到日后危机四伏而离去。

穆生，汉代鲁人。熟读诗经，精通礼仪之学。

● 故事梗概

汉高祖之弟刘交被封为楚元王后，对穆生、申公等人十分恭敬。

穆生不喝酒，元王每次设酒宴，都会专门为穆生准备好甜米酒。刘交的次子刘郢承继了楚王王位以后，谨遵父命，恭谨待人，对待穆生等人一如从前。刘郢在位四年去世，等到其子第三代楚王刘戊继位，开始时还特意备上甜米酒，到后来就不准备了。

穆生感到了这种变化，一次参加完宴会后回到了家里就对家人说："看来我该隐退了，楚王不设甜酒，说明对我已不在意，开始怠慢了，我若还不离去，说不定有一天楚兵会把我抓住，戴上刑具腰斩于市呢！"从此，穆生就自称有病，闭门不出，也不再参加楚王举行的宴会。

一次，楚王设宴。申公与白生强拉他去参加，并劝他说："你难道忘记先王待我们的恩情了吗？如今楚王偶失小礼，你怎么能这样计较呢？"

穆生说：君子见到了细微的变化，就应立即采取行动，一天也不能拖延。他告诉二人：先王礼遇我们三人是为了弘扬道义。如今楚王忽视我们，是因为他忘记了道义，忘记了道义的人，怎能与他长处呢？我并不是为了一点点的小礼节才不去的呀！不久，穆生就以生病为借口离开了楚国。

申公、白生并没有听穆生的，他们留了下来。

后来，楚王刘戊逐渐野心膨胀，骄横残暴。二十年后，因同薄太后私下勾结，被削去东海薛郡一部分封地，由于不满加深。在景帝时期又图谋反叛，申公、白生二人苦苦进谏，楚王根本不听，二人失望地离开楚王，也隐逸他地去了。

最后，胶西王刘昂、吴王刘濞、楚王刘戊、胶东王刘雄渠、淄川王刘贤、济南王刘辟光、赵王刘遂等，打着"清君测"的旗号，举兵叛乱。不过，在周亚夫率领的汉军打击下，联军很快就一败涂地，仅三个月时间，叛军就被平息，刘戊因兵败自杀身亡。

● 智慧之窗

细微的小事，在一般人眼里往往不被重视，甚至满不在乎。但对于智者来说，一杯酒，一根发，一个眼神，也许就可以预知未来，感知祸福。所谓一叶知秋，一花感春，管中窥豹，无非如此！重大问题，往往就发生于细微之间。穆生哪里是什么神机妙算，在于知人心通事理，具有较丰富的人生感悟和经验罢了。

　　一杯甜酒，洞察世情。听起来有些夸张，实际细细品来，也不无道理。人世间从来喝酒，都不是简单的喝酒，喝的是酒，又不仅仅是酒。一杯甜酒，往往品的是人心。酒杯虽小，可见乾坤，这样的实例不少。当年太祖的一杯美酒，使兵权尽收，赵氏天下太平，喝酒之用大矣。我们时常看到酒桌上有人因为被怠慢了，或者拂袖而去，或者大打出手，其实，往往并不是因为酒，酒，不过是做了一个引子而已。

张衡与地动仪

● 故事背景

　　我国古代是一个多地震的国家，史书记载，早在夏商周时期，就有了关于地震的记录。到了东汉时期，地震频发。面对大自然的地震现象，以及地震给人们带来的灾难影响，人们彷徨、迷茫。当时，普通人多半把地震当作一件神秘而又可怕的事，它的破坏力极大，事先又难以预测和解释。士大夫们则认为，地震代表着某种可悲或可喜的预兆，如"冤气之应""善盈而后福，恶盈而后祸"等等。

　　张衡，是我国东汉时期伟大的天文学家，是东汉中期浑天说的代表人物之一。张衡具有朴素的唯物主义思想，他不相信地震等自然灾害是所谓的上天的感应，是所谓的"冤气之应""善盈而后福，恶盈而后祸"灾异说。他从自然运动规律的角度探索和研究地震，试图掌握地震的方位和分布动态。

　　张衡的故事记载于《后汉书·张衡传》。

● 故事梗概

　　候风地动仪，又称地动仪，制成于阳嘉元年（公元132年），是世界上第一台观测和报告地震的仪器。

　　一次，汉顺帝正在接受文武百官朝拜之时，张衡行色匆匆地上前禀奏：说他今早已观测到洛阳正西发生了地震，请皇上尽快派人前往抚慰。众大臣闻言皆惊，不相信张衡所说的事情，因为当天的长安城风和日丽，没有一丝震感。

　　顺帝也怀疑此事的真假，忙问张衡，根据何来。张衡便一五一十地告诉了他的发明，并告诉顺帝，三天之内必有信使来报。随后他带领众位大臣来到他的家中。只见在张衡的后院花园中放着一个类似酒具的铜铸器具外观像一个卵形的酒樽，直径有8尺。仪体外铸有"山龟鸟兽"，象征地上的山峦和天上的青龙、白虎、朱雀、玄武等二十八宿。体外八方刻有八卦篆文，表示八方之气。还附有八条龙，龙首各朝八方，象征阳。八只蟾蜍抬首张口居龙首之下，象征阴。由此构成了阴阳、上下、动静的辩证关系。

龙首对应的方向分别是：东、南、西、北、东南、西南、西北、东北八个方向。龙嘴是活动的，都含有一颗铜球，只要大地一动，动的那个方向的龙口中的球就会落入下面张着口的蟾蜍口中。

仪体内有一根高且细的铜柱，称为"都柱"。都柱在仪体内居于顶天立地的位置，是按古代天柱之说设计的。都柱旁有八组滑道，滑道通过杠杆连接龙头，联动着龙头嘴内含着的铜球。

张衡告诉大臣们，地震时，倾斜的都柱倒向地震方向的滑道，倒到尽头推动杠杆，通过杠杆作用引发一个像擎机一样的牙机，龙首打开，铜球落入下面的蟾蜍口中，发出"当"的一声响。司仪之人根据落球的方位，便可报告地震发生的方向。这台仪器构思巧妙，制作精密。据史书记载"验之以事，合契若神"。不仅可以测出近距离的、人们可以感觉得到的地震，还可测出发生的数千里之外的地震！

现在西边这条龙已经将铜球吐了出来，说明西方一定发生地震了。果然，第三天顺帝将张衡招入皇宫，告诉他快马来报，陇西地区发生了大地震。

● 历史链接

张衡创制的"浑天仪"是用来演示天体运行的"浑象"和"浑仪"的总称，由支架和一个表面遍布星座、直径四尺多的中空铜球组成，类似近代的天球仪。

张衡完成设计后，先用竹篾做成小仪。他挑选出一些竹片，向外的一面刻上度数，编成圆环，再将多个竹环穿联成仪器模型，经试验确定无误后，放大翻制范模，然后用铜浇制而成。如上所述，浑天仪的主体是一个空心的铜球，直径四尺六寸五分，周长一丈四尺六寸一分。球内有铁轴支持，按天轴方向贯穿球心，与球面的两个交点表示天球的南北极，因而这根铁轴称为极轴，可转动。天球外围正中，有一条表示地平的水平环，还有一对夹着南、北极轴而又与水平环相垂直的子午双环，极轴使支架在子午环上。子午双环正中就是观测地的子午线。

球的外表面刻有二十八宿与中外星官。天球转动时，球上星体有的露出地平环之上，意指星出；有的正过子午线，意指星中；而有的没于地平环之下，意指星没。铜球上还刻有黄道圈和赤道圈，相交成二十四度角。其上各有二十四节气刻度，且从冬至点起，列有三百六十五又四分之一度，每度长四分，分为四格，表示太阳每天在黄道上移动一度。

蔡邕迎王粲

● 故事背景

东汉末年，群雄并起，诸侯割地，打破了汉王朝大一统的局面，为了争夺江山，各地诸侯及当权人物纷纷广纳人才，为当时文人施展抱负提供了更多机遇。社会的动乱，也改变了文人的人生追求、生活方式和价值理念。中国文学进入了建安时期。三曹、七子和蔡琰等人，便是这一时期的代表。蔡邕、王粲是其中之一。

故事中的蔡邕是汉代大学士，文学家和书法家，同时还精于天文数理，妙解音律，是曹操的少年时期的老师。东汉末年陈留（今河南开封杞县）人。蔡邕博学多才，文章独步天下，而且生性随和，儒雅大方，慷慨好施，礼贤下士，是一个人心归向的大名士。当时大军阀董卓将汉献帝与文武百官一起劫持到长安，时局动荡，大臣们惶惶不安，人人自危。但蔡邕的府邸依然门庭若市，从早到晚上门求见。拜访的人络绎不绝，以至门前的道路，常常被来访客人的车马所堵塞。

王粲是东汉末年山阳高平人，少时饱读诗书，才思出众，小时便有名声。更有过目不忘的本领。王粲祖上三代位居汉朝三公之职。汉献帝刘协西迁以后，随家人来到长安，认识了蔡邕。当时王粲还只是建安文坛上的一颗新星，蔡邕已是冠盖京华得文学泰斗了。

蔡邕跋拉鞋迎王粲的故事发生在这一时期，见于《三国志·魏志·王粲传》。

● 故事梗概

一天，王粲去求见蔡邕。当时蔡邕的府上宾客盈门，高朋满座，蔡邕正与来宾们席地而坐，谈笑风生。这时，只见一个家人凑上去对蔡邕轻轻说了几句话。蔡邕对家人连声说："快请，快请！"说着站起身来，慌忙之中也来不及穿好鞋，便跋拉着鞋出门去了。满座的宾客，从未见过蔡邕如此兴奋的神情，心里纷纷猜测起来：来人是谁呢？此公的来头可不小啊！

当蔡邕把王粲带进来与大家见面时，宾客们无不流露出惊讶的目光来，有几个人还下意识地用手背揉了揉眼睛，唯恐是看花了眼。原来13岁的王粲瘦弱矮小，皮肤黝黑、体格不壮，相貌不扬，非常不起眼。而此时的蔡邕已年近60，又是当时文坛的泰斗，大名士居然如此礼遇一个小孩，简直太令人难以置信了。

蔡邕明显地感觉到了大家疑惑的眼神，于是，拉起王粲的一双手对大家说："这位嘉宾王粲可是个举世无双的神童哩！他虽只有13岁，诗赋文章却无一不精。他才华出众，悟性极高，不用说，将来一定会超过我十倍。就是现在，在很多方面我也大不如他呀！"蔡邕环顾在座的宾客，继续说道："我可以告诉你们，我将把一生珍视、收藏的图书典籍，全部赠送给王粲，这些藏书给王粲，比放在我这里，更能发挥作用哩！诸位先生，我的话是不会错的，你们等着看吧！"后来王粲果然成为"建安七子"中文学成就最高的一个人，有"七子之冠冕"的美誉。

● 智慧之窗

蔡邕和王粲，当时在年龄、阅历、学识、造诣、身份、名望等方面都不能相提并论。蔡邕不以长者自居，不以学识傲物，不以声名凌人，实为可敬可佩。

一个人常常被名声所累，娇纵自负者天下不少。然蔡邕能以饱读诗书却又名冠天下之身份，对一个十三岁的孩子热情礼待，足见其谦虚宽厚之德，爱才惜才的高洁品质。

谦和是种美德，一个能平等待人的人，必然会得到尊敬。一个娇纵傲慢的人，必然会招致怨言和疏远。自古成大事者必是礼贤下士的心胸开阔之人。所谓谦受益、满招损、骄必败就是此理。谦和对人，才能无往而不胜。

刘睦明哲保身

● 故事背景

东汉创建者刘秀有三个兄弟，大哥刘縯，二哥刘仲。刘仲当年在起兵反对王莽时被杀，无后。刘縯虽被更始帝冤杀，但留有后代长子刘章、次子刘兴。刘章立为齐王，刘兴居北海，形成北海刘姓王族。刘睦后来继承王位，被封为北海敬王。

明哲保身的原意出自《诗·大雅·烝民》，既明且哲，可以保身。原为褒义，今天词性发生改变，变为贬义。

● 故事梗概

刘睦自幼好学上进，博览群书。光武帝十分喜欢他，经常把他带到宫里。汉明帝还是太子的时候，也十分喜欢刘睦的学问和为人。刘睦经常陪伴太子左右，出则为其执辔驾车，入则侍奉伴读。

光武中兴初期，政治清明，法制还比较宽松。刘睦性情谦恭和善，喜好结交有学问、有道德的名儒宿士，在儒者学士中很有人脉。

汉明帝永平年间，法度严苛。在这种形势下，刘睦谢绝一切来往应酬，闭门谢客读书，研究音乐。长大后忠孝慈仁，礼贤下士，深受百姓的爱戴。

明帝听说他很贤能，非常想见他，他却屡屡借故推辞。而且每次到了年底，按照惯例给皇帝进贡时，他都要给使者叮嘱几句。

有一次临行前，他诏来使者，特意问道："皇帝如果问起我的情况，你准备怎样回答呢？"使者说："您勤奋好学，礼贤下士，忠孝仁慈，敬重贤良，喜爱结交名士，在地方上德高望重，百姓都一心归附于你，大王是百姓的再生父母。下官虽然不才，怎敢不把这些如实禀告。"？

刘睦听后，却连连摇头说："唉，你这不是在夸我，这是在害我呀！你说的这些都是我小时候积极上进的行为。现在可大不一样了。你应该回答说，我自从继承爵位以来，志气衰退，意态庸惰，专在音乐和女人中寻欢作乐，爱好养狗跑马，对正业一点都不用心，你这样说才是爱护我呢！"使者听后，连忙说，一定按照大王的教诲来说，放心吧。使者回来向刘睦汇报了进京觐见皇上的情况，告诉刘睦，按照他的嘱咐向皇帝禀报时，明帝听了一直在微笑，并捎来谕旨，要大王保重身体呢。

● 智慧之窗

刘睦不想让皇帝知道他是一个精明的人。因为他深知，他所处的时代伴君如伴虎，与君可同苦不可同富贵，有志向的人难免受到朝廷和同僚的猜忌，弄不好就招来杀身之祸。刘睦故作糊涂人，实在是明哲保身的妙计。

在中国古代封建专制的年代，政治生活和社会生活，一切以皇帝的意愿为中心，所有现实的、潜在的威胁皇权的人和事，都是事关身家性命生死攸关的。

故在政通人和相对宽松的社会时期与社会生活险恶的时代，应该采取不同的生存策略，故事中的刘睦深谙此道，善于通权达变，因时而动。他十分清楚自己已经不是那个在皇帝身边的亲信随从了，已是一个为皇帝所防备的诸侯王了。当时的精明完全服务于皇帝，现在的精明奋斗就会被皇帝猜忌。个人的言行是否合时宜，要看世道当下的情形来判断。如果和世道不相投合，就是再好的主见，再高的学问，也会变得一无用处。想当年，深谙此道的刘备为防止曹操谋害自己，终日在后园种菜，装作胸无大志的样子，瞒过了曹操，躲过了劫难。颇自负的杨修在曹操面前一再表现自己的聪明，被曹操找个借口杀掉了。假糊涂是真聪明，遗憾的是，有人偏偏不懂得糊涂艺术，常常是聪明反被聪明误。

● 历史链接

被李渊冤杀的刘文静

刘文静是李世民起兵反隋时的主要谋臣，在后来的数次战役中屡立大功，说他是唐朝的开国元勋并不为过。建国以后，刘文静在朝堂上经常反对李渊，使李渊感到难堪。而每当此时，裴寂就同他针锋相对。

有一次，刘文静在上朝时，受到裴寂的一番奚落，回到家中仍余气未消，以刀击柱，发誓说："我一定要杀掉裴寂这个王八蛋。"岂料家贼难防，刘文静这些话被他的一个失宠的小妾听到了，告上了朝廷。朝廷审问时，刘文静将自己的想法和盘托出："当初起兵时，我的地位在裴寂之上，如今裴寂依靠阿谀逢迎被授予高官，而我的官职比他小了许多，所以心怀不满。还自认为酒醉之后说些过头的话也是人之常情。"李渊认为他有谋反之心，意欲将他处死。朝中多数大臣都为刘文静说好话，据理力争。裴寂看出了李渊的心思，火上浇油地说："刘文静的确立过大功，无奈他已经有了反心，如今天下还不太平，若是赦免了他，肯定会成为后患。"这话正中李渊的下怀，李渊立即宣布将刘文静处死。

华佗拜师成鼻祖

● 故事背景

华佗，东汉末医学家，与董奉、张仲景被并称为建安三神医。他的典故记载于《后汉书·华佗传》："年且百岁，而犹有壮容，时人以为仙"。《三国志》中也有记述。

华佗是东汉末年安徽省亳县城北小华庄人，全家人仅靠父亲教书，母亲养蚕织布为生。

● 故事梗概

一天，华佗的父亲带他到城里"斗武营"看比武，"斗武营"是当地富豪斗拳比武的地方。回家后得了肚子疼的急病，医治不及，死了！

那年华佗才七岁，母子俩也没有别的出路，华佗就到城内药铺蔡医生那去当学徒，既能给人治病，又能养活娘，不挺好吗？

行过拜师见面礼后，前来拜师的人都坐在那里，静听老师的吩咐。蔡医生医术高明，在当地享有盛名，来拜师的人也很多。蔡医生决定还是先考考拜师的孩子们，以便收那些悟性高、善于动脑的孩子为徒。

老中医一连考察了几个孩子，都不太满意。随后，他把华佗召到面前，指着家门口的一棵桑树发问：你瞧，这棵桑树最高枝条上的叶子多好，人却够不着，怎么才能采到桑叶呢？

华佗说：可以用梯子来采。老中医说：我家没有梯子。那我可以爬上去采啊！华佗又说。不行，那样太危险。你能想出别的方法吗？

华佗思考后，找来一根绳子，在绳子的一头系上一块小石头，然后用力往那最高的树枝上抛，拴着石子的绳子，打到那个树枝后，一下子旋转了几圈，缠住了树枝。华佗一用力，那根树枝被绳子拉下来了，华佗一伸手就采到了桑树叶子。老中医一看，高兴地点点头：很好很好！

接着，老中医又带着华佗来到后院，庭院旁边有两只山羊正在顶架。有两个孩子在试图拉开两只羊，怎么也拉不开。老中医对华佗说：你去想办法把两只羊拉开吧！

华佗跑到旁边的草地上，拔起一大把鲜嫩的绿草，在一只羊的面前晃动。很快，这只羊的注意力被引到了草上来了。华佗又把草分了一半，给另外一只羊。两只羊开始大口地吃起草来。老中医眼见华佗机敏聪明，善动脑筋，很是高兴，便留下了华佗。

华佗拜了师傅，跟蔡医生学徒，先干杂活，一年后学抓药。

师兄们欺负华佗年小，铺子里只有一杆戥秤，你用过后我用，从不让他沾手。

华佗想：若把这事告诉师傅，责怪起师兄，必然会闹得师兄弟之间不和，但不说又怎么学抓药呢？俗话说："天下无难事，只怕有心人。"华佗看着师傅开单的数量，将师兄称好的药逐样都用手掂了掂，心里默默记着分量，等闲下时再偷偷将自己掂量过的药草用戥秤称称，对证一下。这样天长日久，手练得竟比师兄们还有准头。

有一回，师傅来看华佗抓药，见华佗竟不用戥秤，抓了就包，心里很生气，责备华佗说："你这个小捣蛋，我诚心教你，你却不长进，你知道药的分量拿错了会死人的吗"？

华佗笑笑说："师傅，错不了，不信你称称看"。

蔡医生拿过华佗包的药，逐一称了分量，跟自己开的分量分毫不差。再称几剂，依然如此，心里暗暗称奇。

后来一查问，才知道是华佗刻苦练习的结果，便激动地说："能继承我的医学者，必华佗也！"此后，老中医更加专心地教华佗望、闻、问、切。

一次，丁家坑李寡妇的儿子在涡河里洗澡被淹坏了，李氏飞奔来找蔡医生，蔡医生见孩子双眼紧闭，肚子胀得像鼓，便叹气说："孩子难救了。"李氏听了哭得死去活来。华佗过去摸了摸脉，低声对师傅说："孩子可能还有救！"蔡医生不信。华佗叫人牵头牛来，先把孩子伏在牛身上控出水，然后再放平孩子，用双腿压住孩子的腹部，提起孩子的双手，慢慢一起一落地活动着，一刻钟工夫，孩子渐渐喘气，睁开了眼。华佗又给开了剂汤药，把孩子治好了。华佗起死回生的消息像风一样的传开了。蔡医生高兴地对华佗说："你已青出于蓝而胜于蓝，我没本事教你了，你可以出师开业了"！

华佗性情刚直，淡泊名利。数度婉拒为官的荐举，一生行走于民间，以自己的医术来解除病人的痛苦。后世有许多关于他的传说。

华佗在总结前人经验的同时还有创新，他首创用全身麻醉法施行外科手术，被后世尊之为"外科鼻祖"。麻醉术—酒服麻沸散的发明和体育疗法"五禽之戏"是他对医学最大的贡献。

● 智慧之窗

善于动脑思考，不断总结经验，又能刻苦钻研，遍访民间采药集方，成为华佗成功的法宝。不仅如此，从这个故事中华佗处理与师兄们矛盾的方式方法，面对强者，不做正面冲突，另想办法的做法，也令人称道。

曹操应急佯献刀

● 故事背景

东汉末年，汉室衰微，奸臣做大。董卓收服猛将吕布后，威势更盛。并于当年（公元189年）九月废汉少帝刘辨为弘农王，而改立陈留王刘协为帝，是为汉献帝。然后，董卓自任相国，赞拜不名，入朝不趋，剑履上殿，飞扬跋扈，不可一世。第二年，董卓又派部下鸩杀少帝（弘农王），绞死唐妃，甚至夜宿御床，篡位之心毕露无遗，他的行为激起了朝臣的普遍愤恨。

应急，即随机应变，这个智谋见于《三国演义》第四回"废汉帝陈留践位谋董贼孟德献刀"。

● 故事梗概

眼见董卓横行霸道，渤海太守袁绍与司徒王允秘密联络，要他设法除掉董卓。但文弱书生出身的王允面对骄横的董卓无计可施。思来想去，实在想不出什么办法，他便以庆祝生日为名，邀请群臣到自己家中赴宴，商讨计策。

席间，酒行数巡，王允突然掩面大哭。众官惊问："司徒贵诞，为何悲伤？"王允说："今日其实并非我的生日，因想与诸位一叙，恐怕董卓疑心，所以托言生日。董卓欺君专权，国将不国。想当初高皇帝刘邦诛秦灭楚，统一天下，谁想传至今日，大汉江山即将亡于董卓之手"！

王允边说边哭，众官也皆相对而泣。唯骁骑校尉曹操于座中一边大笑，一边高声说："满朝公卿，夜哭到明，明哭到夜，还能哭死董卓吗？"王允闻言大怒，对曹操说："你怎么不思报国，反而如此大笑呢？"曹操回答说："我不笑别的，只笑满朝公卿无一计杀董卓！我虽不才，愿即断董卓之头悬于国门，以谢天下。"王允肃然起敬说："愿闻孟德高见"曹操说："我近来一直在奉承、交好董卓，就是为了找机会除掉他。听说司徒您有宝刀一口，愿借给我前去相府刺杀董卓，虽死无憾！"王允闻言即亲自斟酒敬曹操，并将宝刀交付曹操。曹操洒酒宣誓，然后辞别众官而去。

次日，曹操佩着宝刀来到相府，见董卓在小阁坐于床上，吕布侍立于侧。董卓一见曹操，便问他为何来得晚。曹操回答说："乘马羸弱，行动迟缓。"于是，董卓即让吕布去重新到的西凉好马中选一匹送给曹操。吕布领命而出。曹操觉得机会来了，即想动手，但又怕董卓力大，难以制服。正犹豫间，董卓因身体庞大，不耐久坐而倒身卧于床上并转面向内。曹操见状急忙抽出宝刀，就要行刺。不料董卓从衣镜中看到曹操在背后拔刀，急回身问道："曹操干什么？"此时吕布已牵马来到阁外。曹操心中不免暗暗发慌，他灵机一动，便表情镇静的双手举刀跪下说："今有宝刀一口，献给恩相。"董卓接过一看，果然是一把宝刀：七宝嵌饰，锋利无比。董卓便将宝刀递给吕布收起，曹操也将刀鞘解下交给吕布。然后，董卓带曹操出阁看马，曹操趁机要求试骑一下。董卓不加思索便命备好鞍辔，把马交给曹操。曹操牵马出相府，加鞭往东南而去。

　　吕布见曹操乘马远去，便对董卓说："刚才曹操似乎有行刺的迹象，及被发现，便佯装献刀。"在吕布的提醒下，董卓也觉得曹操刚才的举动值得怀疑。正说间，董卓的女婿李儒来到。李儒是董卓的谋士，是个很有心计的人。他一听董卓介绍曹操刚才的所作所为，便说："曹操妻小不在京城，只独居寓所。今差人请他来，他若无疑而来，便是献刀；若推托不来，必是行刺，便可逮捕审问。"董卓即依照李儒的主意，派遣四个狱卒前去传唤曹操。良久，狱卒回报说："曹操根本不曾回寓所。他对门吏声称丞相差他有紧急公事，已纵马飞奔出东门去了。"李儒说：."曹操心虚逃窜，行刺无疑。"董卓大怒，便下令遍行文告，画影绘形，悬赏通缉曹操。

　　● 智慧之窗

　　做任何大事，须做周详通盘的考虑，尤其是事关性命攸关、前途转折的大事。从曹操献刀的故事来看，曹操绝不是一个鲁莽的不顾死活的刺客。在行动前，他不仅想到了成功，而且也想到失败后怎样保全自身。因为宝刀既可以作为凶器，也可以作为礼物。最关键一点是见机行事，随机应变，灵活处置。往往事情的成败，都有主客观许多因素在起作用，只有把握住最有利的条件和机会，选择最恰当的方式，才能成功。"相机而行""见机行事"这一谋略的实质还在于，事物在不断的变化之中，主客观条件也是不断变换着的，只有能够随着时间、地点和机会的变化而灵活地作出不同选择的人，才能把握住成功的主线。

王允巧用连环计

　　● 故事背景

　　曹操刺杀董卓行动的失败，并没有止住朝中大臣们除掉董卓的决心，尤其是大司徒王允一直在想着为国除害，搞掉董卓。

　　王允，字子师，东汉太原祁（今山西祁县）人。他出身于名门望族的官僚家庭，饱受封建教育，从小好大节，习经传，练骑射，立志报国，被同郡人介休、郭泰誉之为"王佐才也"

王允巧用连环计的故事见于《三国演义》第八回"王司徒巧使连环计，董太师大闹凤仪亭"。

● 故事梗概

一天晚间，王允执杖信步来到后园，正为无计可除董卓而仰天垂泪，忽听有人在牡丹亭旁长吁短叹。

王允过去一看，原来是府中歌伎貂蝉。后经询问，方知她是蒙王允养育之恩，常思报效。王允见状，计上心来，便把貂蝉请到画阁中，向她流泪跪拜说："汉家天下全寄托在您的身上了！奸臣董卓，阴谋篡位，朝中文武，束手无策。董卓有一义儿，姓吕，名布，骁勇无比。董、吕二人都是好色之徒。我打算用连环计先将你许嫁吕布，然后献给董卓。你便从中找机会离间他二人反目成仇，让吕布杀掉董卓，为国家除掉大患。不知您同意否？"貂蝉当即表示甘愿献身实施"连环计"。

次日，王允便请良匠以家藏宝珠数颗嵌饰金冠一顶，使人密送吕布。吕布受冠大喜，即亲到王允宅致谢。酒至半酣，王允叫貂蝉盛妆而出，与吕布相见。吕布仗着几分酒意，与貂蝉眉来眼去。

王允趁机指着貂蝉对吕布说："我想将小女送给将军为妾，不知将军同意否？"吕布大喜过望，拜谢而回，只盼王允早送貂蝉来。

几天后，王允趁吕布不在，请董卓来家中赴宴。王允又唤貂蝉出来以歌舞助兴。董卓很为貂蝉绝妙的舞姿和娇美的容颜所倾倒，称赏不已。

王允趁机答应将貂蝉送与董卓。席散后，王允即命先将貂蝉送到相府，然后亲送董卓回府。

等到吕布回来打探，王允又骗吕布说：太师已经带貂蝉回去与你完婚。

次日晨，吕布到相府打探消息。董卓侍妾告诉吕布："昨夜太师与新人共眠，至今未起"吕布闻言大怒。

董卓一日入朝议事，吕布执戟相随。吕布趁董卓与献帝交谈的机会，策马径到相府来见貂蝉。貂蝉请吕布至后园凤仪亭互诉衷肠。

貂蝉泪汪汪地对吕布说："自初见将军，我即暗暗以身相许。谁想太师起不良之心，将我占有。自入相府，我即痛不欲生，只因未与将军一诀，故忍辱偷生至今日。今日既已与您相见，我当死于君前，以明我志！"说罢，即手攀曲栏，往荷花池便跳。

吕布慌忙抱住貂蝉。

董卓在殿上，回头不见了吕布，心中怀疑，忙辞了献帝，登车回府。寻入后园，见吕布正与貂蝉在凤仪亭下共话。画戟倚在一边。董卓勃然大怒。

董卓回后堂问貂蝉说："你为何与吕布私通？"貂蝉流泪说："我在后园看花，吕布突然而至，我见其居心不良、动手动脚，便欲投荷池自尽，却被这厮抱住。正在生死之间，幸亏太师赶到救了性命"。

董卓沉吟一会儿说："我想将你赐给吕布，何如？"貂蝉闻言大惊，哭道："妾宁死不辱！"边说边抽下壁上的宝剑就要自杀。董卓连忙劝住。

董卓即日带貂蝉还坞，百官俱拜送。车已去远，吕布凝望车尘，叹息痛恨。王允装作惊讶地问道："这么长时间，还未送给您"？

吕布恨恨地说："已被老贼占为己有了！"王允佯装不信，吕布便将前事一一说给王允听。王允又激吕布说："太师淫我之女，夺将军之妻，诚为天下耻笑。然而我是老朽无能之辈，无所谓；可惜将军盖世英雄，亦受此污辱！"吕布怒气冲天，拍案大叫："誓杀董贼，以雪我耻"！

随即，二人又请仆射士孙瑞、司隶校尉黄琬共商诛董卓之策。最后决定请当初为董卓劝降吕布的李肃奉献帝诏书前往坞请董卓入朝议事。同时让吕布奉献帝密诏，带领甲兵伏于朝门之内，待董卓入朝时诛杀之。

李肃因怨董卓不迁其官，因而慨然依计至坞，奉诏宣董卓入朝。董卓车到北掖门，所带军兵尽被挡在门外，只让董卓及其车夫进入宫内。吕布率伏兵一拥而上，将董卓刺死于殿门之前。随后：王允、吕布等，又派人擒杀董卓死党李儒等人，并派军前去查抄董卓家产人口。

● 智慧之窗

连环计是指将数个计略，好像环与环一个接一个的相连起来施行。假如连环计中其中一计不成功，对于整套策略的影响很是深远，甚至会是以失败为告终。王允的成功也在于将以貂蝉为核心与吕布、董卓做成的这两个环运用得丝丝入扣。

刘备三顾茅庐

● 故事背景

汉末，黄巾事起，天下大乱，曹操坐据朝廷，挟天子以令诸侯，孙权拥兵东吴，倚江守国。当时的刘备在得到诸葛亮之前，手下谋臣很少，有政治远见的谋士更不多。结果东征西讨，屡败屡战，寄人篱下，始终不能得到施展抱负的根基。他迫切地需要一个能人来辅佐自己。

他通过自己宽广的胸怀和汉室子孙的背景，开始四处寻访人才，准备自己有朝一日可以实现自己的壮志。

"三顾茅庐"见于三国蜀·诸葛亮《出师表》："先帝不以臣卑鄙，猥自枉屈，三顾臣于草庐之中。"

● 故事梗概

官渡一战，曹军以少胜多，大败袁军，原先投奔袁绍的刘备，又投奔了荆州刺史刘表，得到了兵力上的补充，在新野（今河南新野）驻扎了下来。

刘备从不甘心寄人篱下，现在有了落脚之地便开始图谋更大的发展，他四处寻访能辅佐自己建功立业的贤才。

为此，他虚心请教名士司马徽，司马徽告诉他："知晓天下大势的人，并非是普通的读书人，而是才能出众的俊杰之士。本地倒有两名俊杰，一位是卧龙，一位是凤雏。卧龙名叫诸葛亮，凤雏名叫庞统"。

这是刘备第一次听说诸葛亮。不久，深受刘备器重的谋士徐庶也向刘备推荐诸葛亮："我有个朋友名叫诸葛亮，人称卧龙先生，他是个杰出的英才，将军难道不愿见见他吗"？

刘备一听卧龙二字，眼睛一亮，忙不迭地说："好啊！好啊！你赶快把他请来吧"！

徐庶却说："不行啊。他这样的人是不肯自己来的，将军您只能委屈自己，亲自跑一趟了"。

刘备见司马徽和徐庶都如此推崇诸葛亮，真是思贤若渴，就带上关羽、张飞，亲自去请诸葛亮。

却说诸葛亮从小就没了父母，跟着叔父来到了荆州。叔父死后，他就定居在隆中（今湖北襄阳西）卧龙岗，盖了座茅屋，边读书边种地，常常把自己比作春秋战国时的著名人物——管仲和乐毅。这引起不少人的嘲讽讥笑，认为他是痴人说梦，但是司马徽和徐庶对他的才能和志向确信不疑，因此主动向刘备推荐。

刘备带着关羽、张飞两人，风尘仆仆地赶到卧龙岗，不料诸葛亮听说后故意躲开了，他们扑了个空。刘备并不灰心，过了些时候再次前去造访。这时正值隆冬时节，天气异常寒冷，半路上忽然风雪交加。张飞打起了退堂鼓，刘备却非常坚定，顶着风雪艰难地跋涉着，没想到千辛万苦地赶到后，却被告知诸葛亮和朋友一起出门去了。一连碰了两次壁，关羽和张飞不乐意了。关羽说："主公您两次亲自前去拜访，这样讲礼节也太过分了吧！只怕那诸葛亮徒有虚名没有真才实学，才故意避开，不敢见您呢！"刘备摇摇头，耐心地劝导关羽和张飞，终于说服了他俩。

过了一段时间，刘备第三次登门拜访诸葛亮。这回诸葛亮倒是在家，但不巧的是正在睡觉。刘备见此情形，没有叫醒诸葛亮，而是静静地站在门口，耐心等着诸葛亮醒来。

谁知，刘备这一站足足站了两个时辰，张飞气得暴跳如雷，大叫道："这个诸葛亮也太傲慢了，竟敢让主公等这么长时间，我去放把火烧了屋子，看他起不起来！"幸好关羽再三劝阻，才把张飞拦住。

刘备直站得双膝发软，浑身无力，诸葛亮方才醒来。

听书童说刘备已等候多时，诸葛亮连忙穿戴整齐，将刘备迎进屋中。一见面，刘备就开诚布公地说："如今汉室衰败，奸臣当道，我决心复兴汉室，无奈才学短浅，因此特地来请先生指教。"刘备三顾茅庐所显示出的诚意，令诸葛亮非常感动，于是诚恳地帮助刘备分析了天下的形势，指出目前应当以荆州为基地，与孙权联合共同对付曹操，到时以汉朝皇室后代的名望，必能得到天下百姓的拥护。到那时，霸业必成，汉室可兴。接着，诸葛亮让书童拿出一张挂图，说："这是我绘制的西川五十四州地图，可为您成就大业提供参考。"这一番促膝长谈，两人都有相见恨晚的感觉。

刘备打心眼里佩服诸葛亮的远见卓识，恭恭敬敬地请诸葛亮出山共谋大业。诸葛亮也为刘备的诚意所感动，答应结束隐居生活，出山相助。

刘备拜诸葛亮为军师，并对关羽、张飞说："我有了孔明先生，就像鱼儿得到水一样。"从此，诸葛亮一心一意辅佐刘备，使刘备的势力一天天壮大起来，最终成为三国时三分天下的一方霸主。

● 智慧之窗

成就大事，人才是第一要素。有了人才，什么人间奇迹都能够创造出来。刘备深知其中的道理，关键是怎样才能获得人才呢？在得到准确的信息后，就是要靠行动来实现了。获取人才的行动能否成功，则十分关键的是诚意。刘备以其三顾茅庐的真诚，终于打动了诸葛亮。

诸葛亮在中国的历史上和小说中，都是智慧的化身，他有才，但他需要刘备的三顾，他要考验一下将来的主子任用自己的决心和重视程度，同时他也在考量自己能有多大的驰骋天地。结果他们一拍即合，创造了一段千古传奇。

三分天下隆中对策

● 故事背景

刘备，字玄德，三国时期的政治家。涿郡涿县（今河北省涿州）人，汉中山靖王刘胜的后代。东汉灵帝末年，因起兵讨伐黄巾军有功而登上汉末政治舞台。

刘备心怀大志，起兵扶汉。然南征北战，东奔西走，到头来却如丧家之犬，连一处属于自己的栖息之地都没有。

公元200年官渡大战以后，刘备被曹操打得大败，逃到荆州，投奔刘表。刘表拨给他一些人马，让他驻在新野（今河南新野县）。新败之后寄人篱下的刘备，思考着失败的原因，寻找着摆脱困境的办法。隆中对就发生在刘备依附刘表，屯守新野的时期。故事记载于《三国志·诸葛亮传》。

● 故事梗概

刘备是一个雄心勃勃的人，自己的抱负没有能够实现，心里总是闷闷不乐。到了新野之后，决心广招贤士，帮助自己成就大业。他先拜访襄阳名士司马徽，请他出山。司马徽告诉刘备：这一带有卧龙、凤雏两位高人，您能请到其中一位，就可以平定天下了。卧龙名叫诸葛亮，字孔明。凤雏名叫庞统，字士元。

徐庶也是当地一位名士，因为听到刘备正在招请人才，特地来投奔他。徐庶也告诉刘备：诸葛孔明是一位了不起的人才。

刘备先后听到司马徽、徐庶这样推重诸葛亮，知道诸葛亮一定是个了不起的人才，就带着关羽、张飞，一起到隆中去找诸葛亮。三顾茅庐后，诸葛亮终于被刘备的诚意感动了，就在自己的草屋里接待了刘备。

诸葛亮与刘备分析天下大事并谈了自己的主张。他说：现在曹操已经战胜袁绍，拥有几百万兵力，而且他又挟持天子发号施令。这就不能光凭武力和他争胜负了。孙权占据江东一带，已经三代。江东地势险要，现在百姓归附他，还有一批有才能的人为他效力。看来，暂时也只能和他联合，不能打他的主意。

接着，诸葛亮分析了荆州和益州（今四川、云南和陕西、甘肃、湖北、贵州的一部）的形势，认为荆州是一个军事要地，刘表是守不住这块地方的庸人。益州土地肥沃广阔，向来称为"天府之国"，可是那里的主人刘璋也是个懦弱无能的人，大家都对他不满意。

最后，他说："将军是皇室的后代，天下闻名，如果您能占领荆、益两州的地方，西和诸戎，南抚夷越，对外联合孙权，对内整顿内政，一旦有机会，就可以从荆州、益州两路进军，攻击曹操。到那时，有谁不欢迎将军呢。能够这样，功业就可以成就，汉室也可以恢复了"。

刘备听了诸葛亮这一番精辟透彻的分析，思想豁然开朗。他觉得诸葛亮真是难得人才，于是恳切地请诸葛亮出山，帮助他完成兴复汉室的大业。诸葛亮见刘备诚心诚意，便答应了出山，辅佐刘备。后来，人们把这件事称作"三顾茅庐"，把诸葛亮这番谈话称作"隆中对"或"草庐对"。

三顾茅庐得诸葛亮辅佐以后。按照既定方针，公元208年刘备与孙权合作大胜曹操于赤壁，其后占据了荆州五郡，后又夺取益州和汉中。在击退曹操以后，刘备于公元219年7月自立为汉中王。公元221年，刘备于成都武担之南即皇帝位，年号章武。

● 智慧之窗

隆中对策从天下大势，到发展策略、指导方针都做了详细具体的阐述。站得高看得远，条分缕析，入情入理，成了刘备实现其政治抱负的指导思想。

诸葛亮在辅佐刘备、刘禅父子中取得的业绩和忠于蜀汉的"鞠躬尽瘁，死而后已"的精神，受到历代人们的称颂。而诸葛亮这一切成就的取得，都与其著名的"隆中对策"的战略决策有着十分紧密的联系。"隆中对策"是诸葛亮对汉末时代风云观察的杰作、蜀汉政权立国的建国方略，同时也是诸葛亮善于审时度势，决策北伐的战略方针。

曹操望梅止渴

● 故事背景

张绣是骠骑将军张济的侄子，张济死后，张绣接管了张济的部队，并且和刘表结盟。后来曹操攻打刘表，张绣投降了曹操。这时曹操看上了张济的妻子邹氏，娶了邹氏，也就是张绣的叔嫂，张绣觉得受到奇耻大辱，怀恨曹操，扬言要报仇雪耻。曹操听说后，就准备秘密杀掉张绣，结果计划泄漏，张绣偷袭曹操。曹操战败，侄子曹昂被杀，

155

猛将典韦战死，自已也被张绣射伤，仓皇出走。张绣引兵追击，被曹操击退。公元198年，曹操为报前仇征讨张绣，望梅止渴的故事就发生在这次进攻张绣的行军作战中。

● 故事梗概

198年夏天，曹操为报张绣杀侄射已失爱将典韦的旧恨，亲自率领部队去讨伐张绣，这一年的夏天，天气热得出奇，骄阳似火，天上一丝云彩也没有。部队行走在弯弯曲曲的山道上，这是一条缺少水源的道路，两边密密的树木和光秃秃的山道被阳光晒得滚烫，让人透不过气来。到了中午时分，士兵们的衣服都湿透了，部队行军的速度也慢了下来，几个体弱的士兵由于体力不支，竟晕倒在路边。按照预定时间，这样的速度显然不能按时到达。

曹操看到行军的速度越来越慢，担心贻误战机，心里很是着急。可是，眼下几万人马连水都喝不上，又怎么能加快速度呢？他立刻叫来向导，悄悄问他："这附近可有水源？"向导摇摇头说："泉水离这儿还很远，在山谷的那一边，要绕过这个山包过去，还有很远的路程。"曹操想了一下说，"不行，时间来不及。"他看了看远方的树林，沉思了一会儿，对向导说："你什么也别说，我来想办法。"他知道此刻即使下命令要求部队加快速度也无济于事。脑筋一转，办法来了，他一夹马肚子，快速赶到队伍前面，用马鞭指着前方树林高声呼喊说："士兵们，我知道前面有一大片梅林，那里的梅子又大又好吃，甘酸解渴，我们快点赶路，绕过这个山丘就到梅林了"！

士兵们一听，前面有甘酸解渴的大片酸梅林，焦渴的嘴里仿佛已经吃到了酸梅一般，立刻精神大振，大家的步伐不由得加快了许多。很快就到达了阴凉有水的树林。

● 智慧之窗

曹操是一个机智聪明，善于思考，懂得变通的人。在行军缓慢，将要贻误战机的不利情况下，他抓住了问题的关键——无水，士兵口渴这一使行军缓慢的原因。在解决的手段上摒弃了常人所通常使用的命令、催促、甚至杀人的非人性的方法。运用激励方法，结合当地盛产杨梅特点，巧用心理暗示鼓舞了士气，调动了士兵的最原始的动力。既赢得了时间，也赢得了军心。

望梅止渴这个典故道出了一个非常有趣而又十分常见的心理现象——联觉。联觉是指由一种感觉引起另一种感觉的心理活动。具体到望梅止渴这个典故，就是由听觉引起了味觉。除味听联觉外，在日常生活中，我们也有这样的体验：看到红的、橙的、黄的颜色会产生温暖的感觉，而看到蓝的、青的、绿的颜色会产生寒冷、凉快或清爽的感觉，因而前者称为暖色，后者称为冷色。这是由视觉引起温度觉的结果。

● 历史链接

敲窗透气

某人出门旅行，途中投宿于一个旅馆。睡至半夜，哮喘的老毛病又发作了。他靠坐在床上，依然感到呼吸困难、胸部憋闷。黑暗中，他摸索了好一阵子，才找到窗户。可是，任凭他怎么使劲，也无法将它打开。情急之下，他只得挥拳把窗子的玻璃击碎。顿时，一股凉爽的新鲜空气迎面扑来。他探身对着被击碎的窗口深深地吸了几口，哮喘明显地减轻，于是又摸索着回床躺下，不一会儿就安然入眠。次日清晨醒来后，他想起夜间发生的事情，赶忙查看到底是哪一扇窗子被他打破。奇怪，所有的窗户均完好无损。原来，被他打破的竟是墙上那面挂钟的玻璃。

这个人的哮喘发作是事实，打破挂钟玻璃后，哮喘发作被控制了也是事实。而"治"好他哮喘发作的那"一股凉爽的新鲜空气"却并不存在。这种"想当然"就是心理上的暗示。

杨修解字

● 故事背景

杨修，字德祖，弘农华阴（今陕西华阴东）人，出生于公元175年，好学，有俊才。因为家学渊源而人又聪慧，所以当时颇有声名。东汉建安年间举为孝廉，任郎中，后为汉相曹操主簿。

● 故事梗概

曹操修建相府花园，尚未建成，手下请丞相去看看还有什么要修改的。

曹操看完园内的景物，比较满意。可是，当他走到大门口时，停住了脚步，并微微地皱了一下眉头。同行不知为什么，只见他从侍从手中拿过笔，在门上写了一个"活"字，什么话也没说就走了。在场的人都不知道丞相是什么意思，就去问主簿杨修，杨修想了一下，说道"门中加'活'字是一个'阔'字，丞相说门太宽阔了，应做窄一点。"于是，工匠们按杨修说的把门改得窄了一些。花园修好后，曹操见了改造后的园门，非常满意，问工匠们如何知道自己的心意的，工匠们说多亏了杨主簿的指点。曹操口中再三称赞杨修的机敏。

一次，群臣正在相府议事，塞北有人送给曹操乳酪一盒，曹操吃了一口后，在盒上写了一个"合"字，放在桌子上，让大家看，自己却走进内室。别人都看不懂什么意思，只有杨修看了以后，把乳酪盒打开，将乳酪分给大家吃了。有人担心这样做会得罪丞相，恰巧，曹操从室内出来，见杨修分乳酪给大家吃，就说："为什么把我的乳酪吃光了。"大家都为杨修捏了一把汗，只见杨修不慌不忙地说："丞相亲笔写了一个'合'字，拆开就是一人一口的意思，我正在执行您的命令呀。"曹操听了，就没再说什么，只是哈哈一笑。

还有一次，曹操与杨修同行，正好从曹娥碑旁经过，曹娥是传说中的孝女，因为父亲被淹死而投江自尽，后人为她立碑，可是在碑后面却写了八字令人费解的字，那八个字是：黄绢幼妇，外孙齑臼。曹操看后，不解其意，问杨修："你知道这是什么意思吗？"杨修说"知道"。曹操止住他："你先别说出来，让我想想。"他们策马而行，一直走了三十多里路，曹操终于想出来了。他和杨修约定，同时写出来，只见他们各伸出左手，四个相同的字"绝妙好辞"映入眼帘。

原来八个字的意思是：黄绢指有色的丝，色加丝是一个"绝"字，幼妇是少女，少加女是个"妙"字，外孙，是女之子的意思，合起来是个"好"字，齑臼就是用来接"受""辛"料的器物，字为辤，即辞的意思。把四个字加起来正好是"绝妙好辞"。曹操感慨自己不如杨修机敏，说："尔之才思，敏吾三十里也。"也就是说你的才思敏捷，超过我三十里啊。

后来，曹操平定汉中后，打算继续讨伐刘备，但却连吃败仗，滞留汉中。想要进兵，又担心马超拒守，久攻不下。想要收兵，又恐被蜀国将士耻笑，正在犹豫不决之时。恰好厨师送进一碗鸡汤，曹操望见碗中有鸡肋，沉思不语。这时有人入账，禀请夜间口令，操随口答"鸡肋！"杨修见令传鸡肋，便让随行军士收拾行装，准备归程。将士们问何以得知魏王要回师，杨修说："从今夜口令，便知魏王退兵之心已决。鸡肋，食之无味，弃之可惜。今进不能胜，退恐人笑，在此无益，不如早归。魏王班师就在这几日，故早准备行装，以免临行慌乱。"不久，曹操果然下达了班师回朝的命令。

杨修的博学多才、机敏聪慧、心思细密、善于分析以及巧言善辩，在这些故事中得到了充分的表现。也因此受到了曹操的高度赞许。也正是由于杨修机敏过人，曹操才让他担任相府的总管之职。其实，有这种善于揣测上意的属下，恰恰是用人者之福。

至于罗贯中的三国演义，将杨修之死说成是杨修恃才放旷，聪明反被聪明误，是曹操的嫉妒所致，只能当做演义小说来看。其实，杨修的死，无论是时间、场合，还是原因都不是因为他的聪明，更不是因为曹操的嫉贤妒能。历史地看曹操绝不是因私废公的人，他十分看重才学，也十分倚重谋士。杨修被杀的真正原因是由于杨修已深深卷入曹丕和曹植争夺接班的斗争之中，在曹丕已经得势的情况下，他必将成为这场斗争的牺牲品。杨修是犯了古代皇室权利之争中的大忌，参与了夺嫡之争。这才是主要原因。从政治角度出发，曹操考虑到了曹植和曹丕争嗣的后果不能小看，因为两人周围都有一群谋士，而曹操是深知谋士力量的，所以终于在建安二十四年秋，在救曹仁的军中将杨修处死。

诸葛恪机智应对

● 故事背景

诸葛恪，字元逊，是诸葛亮的哥哥诸葛瑾的长子。诸葛恪，从小就以才思敏捷、以善于应对著称。平日辩难析疑，少有人及。

二十多岁，被拜为骑都尉，与顾谭、张休等人随侍太子孙登讲论道艺，成了太子的宾友。后来，从中庶子转任左辅都尉。诸葛恪机智应对的故事在其很小的时候就发生了。

● 故事梗概

一次，诸葛恪6岁的时候随父赴国宴，因父亲诸葛瑾面孔狭长像驴的面孔，孙权就和他开玩笑。孙权差人牵进一头驴。众人一看，大笑。因为驴的脸上有一标签，上曰："诸葛子瑜。""子瑜"是诸葛瑾的表字。见此，诸葛恪跪到孙权面前，说："乞求给我一支笔增加两个字吧"，孙权同意。诸葛恪便在标签下方接着写了"的驴"二字。在座的人见此又欢笑起来，孙权也很高兴，就把这头驴赐给了诸葛恪。

过了几天，群臣聚会，孙权又走到诸葛恪面前，问他："你的父亲和你的叔父（指诸葛亮）谁更优秀呢？"诸葛恪应声回答："我的父亲更优秀。"孙权问他原因，诸葛恪说："我的父亲知道应该服侍谁，而叔父不知道，所以我的父亲更优秀。"孙权听罢开心大笑，便命诸葛恪依次给大家斟酒，斟到张昭面前，张昭先已有了几分酒意，不肯再喝，对诸葛恪说："这样的劝酒恐怕不符合尊敬老人的礼节。"孙权说："你能否让张公理屈词穷，喝下这杯酒？"于是诸葛恪反驳张昭："吕尚年九十，依然高举白旄，手持兵器，指挥部队作战，还没有告老退休。如今军队上的事，将军您跟在后边；聚会饮宴的事，将军您总被请到前面，这还不够尊敬老人？"张昭无话可说，只好饮酒。

后来蜀国有使者到来，群臣集会。孙权对蜀国使者说："这个诸葛恪很喜欢骑马，回去告诉诸葛丞相，为他的侄子选一匹好马送来。"诸葛恪当即跪在孙权面前拜谢，孙权感到奇怪，问他："马还没有到为何就当面称谢呢？"诸葛恪说："蜀国就好像陛下在外面的马厩，如今有了旨意，好马就一定能送到，我如何敢不谢呢？"

孙权设宴招待蜀使费祎，提前命令群臣："蜀使到来，只管低头吃饭喝酒，不要理他。"于是，费祎进来时，只有孙权一人放下杯筷接待他，群臣仍旧低头用餐，对他视而不见。费祎见状，嘲弄他们说："天上凤凰来翔，麒麟为之吐哺，一群驴骡无知，低头饮食如故。"说完，便走到酒桌跟前，坐下自斟自饮起来。众人面面相觑，不知如何应答。诸葛恪这时起身回敬道："我们栽植梧桐，本为接待凤凰，何处飞来燕雀，也称什么'来翔'，何不用弹射之，打发他返回故乡呢？"费祎无言以答。在场众人无不钦佩诸葛恪的机智、幽默。

在孙吴中后期的军政舞台上，诸葛恪是一位关键性的人物，他的荣辱成败不仅关系其个人或家族之兴亡，而且影响着孙吴政权的盛衰。不过，对诸葛恪历来评价分歧颇大，誉之者将他与乃叔诸葛亮相提并论，抑之者则贬斥为乱臣贼子。

● 历史链接

诸葛恪平定和治理丹阳山贼

孙权十分欣赏诸葛恪的应变能力，任命他为代理节度，掌管部队的粮食供应，这个工作往来文书烦琐，发挥不了更多的才能。为此，主动要求去管理少数民族聚居的丹杨地区，为国家征调更多的兵员，以补充军需。

丹杨山势险峻，居住着山越族，民风果敢刚劲，以前虽也在那里征发过兵众，但征的不过是边缘县的平民，很少有深远腹地的人。

于是，他屡次请求出任丹杨地区的长官，想去把那里的兵员全部调发出来，并说，只要三年，就可征得甲士四万人。朝中官员议论纷纷，都认为丹杨地势险阻，地形四通八达，那里的百姓自制兵器，崇尚习武，出山就为强盗，朝廷出兵征讨就躲回山中不见踪影，自汉朝以来就无法管制，所以诸葛恪的计划难以成功。其父诸葛瑾听说后，也认为此事难做。他叹息说："诸葛恪不会使我家兴旺，反而会使我家遭受灾祸啊！"只有诸葛恪信心百倍，极力陈述必胜的道理。

诸葛恪到任后，采用武力围困与招抚并用的方针，发放公文给四郡所辖属县的长官，命令各郡严守疆界，严肃法纪，已归顺的山民，一律设屯聚居。随后，调集各路将领，派兵据守险要峪口，修筑围困工事，不与山越交兵，又令士兵全部抢收田野成熟的稻谷。山越人新谷无收，旧谷食尽，因饥馑而被迫出山归降。诸葛恪下令："山民扬弃恶习，接受教化，应当安抚。迁到外县的山民，官府不得随便怀疑，加以拘禁。"山民周遗，过去横暴为恶，如今困迫无路，只好出山，心仍存异志，准备伺机为乱，臼阳县长胡伉知他心思，把他绑送到郡府。诸葛恪认为胡伉违反了"不得拘禁山民"的教令，将其斩首。山民听说胡伉被杀经过，知道官府只是想让大家出山，没有别的意思，于是大批山民扶老携幼，纷纷归降。三年后，诸葛恪先后收服山民达10万余人，他将其中壮丁4万余人编入军队，自己统领1万人，其余的分给了其他各位将领。

诸葛亮七擒孟获

● 故事背景

七擒孟获的故事发生在东汉末年，魏、蜀、吴三分天下之时。蜀丞相诸葛亮受昭烈帝刘备托孤遗诏，立志北伐，以重兴汉室。就在这时，蜀南方之南蛮又来犯蜀，面对南蛮来犯蜀境，诸葛亮决定先将其征服，以保证北伐时无后顾之忧。师到之处，所向披靡，进展十分顺利，只剩下最后一个堡垒，就是逃到建宁的孟获。

孟获是大姓首领，掌握家族势力，为人豪迈慷慨而多智，颇受当地土人拥戴，是个不怕死、敢出头而十分倔强的人物，非常不好付对。不过，经过七番交手，终使孟获真心降伏。

● 故事梗概

　　蜀汉建兴三年（公元225年），蛮王孟获起兵十万犯川。蜀国建宁太守雍闿结连孟获造反，另有两郡太守也投降了孟获。诸葛亮闻报，亲率大军南征。他先用反间计，平定了建宁等三郡。随即以奇兵智取孟获部下的三元帅。孟获闻知大怒，亲率蛮兵来战。诸葛亮事先在山间小路设下伏兵，然后派部将出战，且战且走，诱孟获到伏兵地点，将孟获生擒。诸葛亮问孟获："你今被擒，是否心服？"孟获说："山僻路狭，误遭你手，当然不服。若放我回去，整顿军马，与你决战，再能擒我，我才心服。"诸葛亮令人去其缚，赐以酒食，给予鞍马，放他走了。所俘之蛮将、蛮兵，也都放了。

　　放走孟获后，孔明找来他的副将，故意说孟获将此次叛乱的罪名都推到了他的头上。副将回营后，心里一直愤愤不平。

　　孟获被放回后，凭借泸水之天险，将船筏尽集于南岸，深沟高垒，多设弓弩炮石，以抗蜀军。诸葛亮探明敌情后，决定先断其粮道。他派马岱领二千壮军，于半夜渡过泸水，占据了蛮兵运粮总路口夹山峪，夺粮百余车。孟获派副将忙牙长迎战，被马岱斩于马下。上次被蜀军擒获后放回的蛮将董荼那和许多酋长，乘孟获酒醉之机，将他绑了，押解到蜀营。诸葛亮对孟获说："你上次说了，若再被擒，便肯降服。今日如何？"孟获说："此次被擒，非你之能：而是我手下人自相残害所致，如何肯服！"诸葛亮为服其心，再次把他放了。

　　孔明却自有道理：只有以德服人才能真的让人心服；以力服人将必有后患。

　　孟获再次回到洞中，他的弟弟孟优给他献了个计谋。半夜时分，孟优带人来到汉营诈降，孔明一眼就识破了他，于是下令赏了大量的美酒给南蛮之兵，使孟优带来的人喝得酩酊大醉。这时孟获按计划前来劫营，却不料自投罗网，被再次擒获。诸葛亮问孟获："今又被我擒，是否心服？"孟获说："只因我弟贪吃，误中你毒，方有此败。丞相若放我回去，再和丞相大战一场，那时擒得，方死心塌地而降。"诸葛亮令将孟获兄弟及所俘蛮将蛮兵一齐放了。

　　此时诸葛亮已引军渡过泸水，于西洱河南北两岸扎寨。蛮兵来到南岸蜀营挑战，诸葛亮令将士坚守不出。数日后，见蛮兵多已懈怠，亮命将南岸三寨人马都撤回北岸。孟获引蛮兵来到，见南岸三寨人马已退，就占了三寨，屯兵于其中，准备渡河追击蜀军。不料诸葛亮已调兵从下游渡河至南岸，袭击蛮兵之后，孟获大惊，急往旧寨奔去，又遭赵云、马岱两军截杀。孟获带领数十名残兵，往山谷而逃。在一大林中，见数十人推一小车，诸葛亮坐在车上对孟获说："我已等候你多时了。"获大怒，率兵向亮杀去。只听咔嚓一声，孟获及所率蛮兵一齐跌入陷坑，尽被蜀军擒获。亮怒问获："今又被我擒获，有何理说！"获说："我今误中诡计，死不瞑目！若敢再放我回去，必然报四番之恨！"诸葛亮又把他放了。

孟获带兵回到营中。他营中一员大将带来洞主杨峰，因跟随孟获亦数次被擒数次被放，心里十分感激诸葛亮。为了报恩，他与夫人一起将孟获灌醉后押到汉营。孟获五次被擒仍是不服，大呼是内贼陷害。孔明便第五次放了他，命他再来战。

第六次诸葛亮打下三江城，占了银坑洞，识破了孟获的诈降，将前来诈降的孟获及其部将擒获。诸葛亮问孟获是否心服，孟获说："此次是我自来送死，非你之能，我心不服。若再能擒我，誓不再反。"诸葛亮又把他们放了。

到第七次时，孟获又请来乌戈国的藤甲军，与孔明决战。孔明用油车火药烧死了无数蛮兵，孟获第七次被擒，最终发誓真心投降，永不反悔。

● 智慧之窗

七擒七纵体现了诸葛亮对待少数民族的怀柔策略，贯彻了其隆中对的思想意图，集中体现了一个和字。和是士兵非好战的愿望，和是诸葛亮七擒孟获的基础，和是诸葛亮稳定蜀国南夷的目的，和也是实现北伐条件。不论孟获有多狡猾，诸葛亮均不厌其烦地与其斗智斗勇，最终，孟获不得不心服口服，放弃战争，以和求安，从而真心诚意归顺蜀国，安心治理南蛮之地。由此可见，收心为上是七擒七纵要达到的境界。

孙权劝吕蒙读书

● 故事背景

孙权，三国时期吴国的开国皇帝，卓越的政治家。

吕蒙少年时依附姊夫邓当，随孙策为将。英勇无畏，极具胆气，累封别部司马、孙权统事，后来竟一直做到了大将军、吴军统帅。史学家陈寿在《三国志·吴书·吕蒙传》中，对吕蒙作了如下的评论：吕蒙勇而有谋，断识军计。

不过，最初的吕蒙却是一位目不识丁的大老粗。史书记载，吕蒙虽英勇善战。但学识浅薄，见识不广。因小时候依靠姐夫生活，十五六岁即从军打仗，没读过什么书，也没什么学问。为此，鲁肃很看不起他。当时的吕蒙也自认自己不懂谋略，低人一等。以至一度不爱读书，不思进取。

● 故事梗概

孙权欣赏吕蒙的英勇无畏和忠诚，但对他过低的文化水平很是不放心。有一次，孙权对吕蒙说：你现在身当要职掌握重权，不能不学习！你现在很年轻，应该多读些史书、兵书，懂的知识多了，才能不断进步。

吕蒙一听，忙说：我带兵打仗忙得很，没有时间学习呀！"孙权听了就批评他："你这样就不对了。我主持军国大事，难道你比我还忙吗？我现在每天还要抽出时间来读过去没有读过的书，从中获取了很多东西。当年，汉光武帝带兵打仗，在紧张艰苦的环境中，依然手不释卷，你为什么就不能刻苦读书呢？多读些书，才能为国家多做些事情啊！

吕蒙听了孙权的话感到十分惭愧，从此以后开始发愤读书，利用军旅闲暇时间，遍读书、诗、史及兵法战策，如饥似渴。功夫不负苦心人，时间一长，渐渐的，吕蒙的知识积累得越来越多，能力也不断提高。相应他的官职不断升高，当上了偏将军，还做了浔阳令。

周瑜死后，鲁肃去驻防陆口。大军路过吕蒙驻地时，鲁肃前去拜会。席间谈到陆口驻防策略，吕蒙给鲁肃献上五条计策，见解独到精妙，全面深刻。鲁肃听罢又惊又喜，立即起身走到吕蒙身旁，抚拍其背，赞叹道："真没想到，你的才智进步得如此之快，我以前只知道你一介武夫，现在看来，你的学识也十分广博啊，远非从前的'吴下阿蒙'了！"吕蒙笑道："士别三日，即当刮目相待。"

鲁肃听了非常佩服，他非常重视吕蒙的这些对策，从不泄露出去。后来鲁肃还到吕蒙的家里与他结拜为兄弟，并认他的母亲为母，二人成了好朋友，亲如兄弟。吕蒙通过努力学习和实战，终成一代名将而享誉天下。

后来，孙权赞扬吕蒙等人说："人到了老年还能像吕蒙那样自强不息，一般人是做不到的。一个人有了富贵荣华之后，更要放下架子，认真学习，轻视财富，看重节义。这种行为可以成为别人的榜样。

士别三日，刮目相看"后来成了一句成语，吕蒙读书的故事被人广泛传颂，而吕蒙德学习态度也成为后人学习的榜样。

毛泽东1958年视察安徽，与同行的民主人士张治中和当时任公安部长的罗瑞卿特意谈起了吕蒙，他认为，吕蒙是孙权鼎足江东过程中一个很重要的人物。他的主要贡献就是策划和主持了袭取荆州的战役，使孙权的势力从局促的江南向长江上游伸展，获得了一片宝贵的战略缓冲地带，同时也解除了来自荆州上游的威胁，为孙权政权的稳定奠定了基础。可以说，正是由于孙权掌握了荆州，使刘备继续扩张的趋势骤然停顿，孙、刘的长期稳定的联盟才成为可能，三国鼎立的局面才基本确定，吕蒙对孙权的最大贡献就在于此，所以孙权对吕蒙的早逝十分惋惜并深感沉痛。

在闲谈中，毛泽东说起吕蒙发奋读书的故事。讲完故事后，毛泽东说：吕蒙是行伍出身，没有文化，很感不便。后来孙权劝他读书，他接受了劝告，勤学苦读，以后当了东吴的统帅。现在我们的高级军官中，百分之八、九十都是行伍出身，参加革命后才学文化的，他们不可不读《三国志》的《吕蒙传》。他还对罗瑞卿说：公安干警应成为有文有武的人，才能适应社会主义建设的需要。罗瑞卿回京后，挤出时间熟读了《吕蒙传》，又请人将它译成白话文，印发公安部门各级干部学习，用以激发大家学习文化的热情。这对公安系统干部队伍的建设起了一定的作用。

毛泽东作为一位卓越的政治家、思想家、军事家，其眼光深邃高远，这与他饱读史书有直接关系。而且，毛泽东读史书有吸收有鉴别，他的很多思想即来源于此。毛泽东在二十世纪五十年代，在探索社会主义建设规律的时期，联系军队干部的实际情况，通过讲吕蒙的故事号召我军百分之八、九十行伍出身的高级干部向吕蒙学习，提高素质、有勇有谋，这对改善我军文化结构，提高干部的军事素质及自身的文化素养，不能不说是高瞻远瞩之举。

木牛流马驱不还

● 故事背景

蜀汉政权在刘备病故以后，由诸葛亮辅政，国力日强，对外实现了新的共同抗曹的吴蜀联盟。自建兴五年（公元227年）起，诸葛亮趁魏帝曹丕病亡不久，决心夺取关中，再图中原。诸葛亮亲率10万大军多次北出祁山。建兴九年春，诸葛亮在第五次复出祁山之时，因粮草不济而采用了木牛流马驱之计。

有关木牛流马的记载最早可追溯到春秋末期。据王充在《论衡》中记载：鲁国木匠名师鲁班就为其老母巧工制作过一台木车马，且"机关具备，一驱不还"。

关于诸葛亮的木牛流马，在史书中多有记载。而《三国演义》中对木牛流马的记载更几乎到了神乎其神的地步。木牛流马造出之后，"宛然如活者一般，上山下岭，各尽其便"。

● 故事梗概

当时诸葛亮派右将军高翔，引一千兵丁驾着木牛流马，从川内直抵祁山大寨，往来搬运粮草，解决了出川作战的十万大军的粮草供应问题的典故。

司马懿得到报告：蜀军造出的木牛流马，运送粮草十分便利，既不费人工也不用吃草。司马懿十分惊奇，命令五百精兵偷袭蜀军的运粮队伍，抢得了几匹木牛流马。回到军营中魏军加以仿造，不到半个月，也造出二千余匹木牛流马，形状与蜀军所造几无二致，奔走进退如活的一般。于是魏军也开始用它去陕西搬运粮草，"往来不绝"。

哪知这恰恰中了诸葛亮的诱敌之计。原来，这木牛流马表面看来都差不多，但在口舌之中却有相当重要的机关。诸葛亮看到魏军开始用仿造的木牛流马搬运粮草，便派大将王平带领一千军兵，假扮魏人，袭击魏军的运粮队伍，驱散魏军押送粮草的兵士，将木牛流马赶向蜀营。当魏军追来时，王平命蜀兵扭转木牛流马内的舌头，皆弃于道上，然后且战且走。

魏军重新夺回了木牛流马，但他们万万没有想到，此时的木牛流马再也不听使唤了，任凭军士们怎么驱赶，牛马纹丝不动。正当魏军无可奈何之际，四周杀声四起，魏延、姜维带两路蜀军杀来，与此同时，王平又杀了个回马枪。三路夹攻，魏军大败。得胜后的蜀军将木牛流马的舌头重新反向扭转，它们又能行走自如。这样，魏军不仅丢了大批粮草，还帮助蜀军造了二千多匹木牛流马。

● 智慧之窗

诸葛亮的多谋善断，在这个故事中再一次活灵活现地展现出来。四川北部有号称难于上青天的蜀道，长年的战争，军需粮草的解决是一个非常重要大问题。诸葛亮巧用木牛流马，不仅解决了粮草运输的难题，而且再利用新的运输工具，吸引诱惑敌人，巧计夺得魏军粮草，解决了自己大军的粮草供给，掐断了敌人的供给，给对手以致命的一击。

● 历史链接

史书中所载的关于木牛流马的详细尺寸等资料来看，木牛流马应该确有其物。但问题在于，尽管史书对其有详尽的尺寸描绘，但却没有任何实物或图形流传下来，后人难以复制，也就无法窥测其中的奥妙与机窍。

目前大多数教科书都笼统地说，木牛流马是诸葛亮发明的一种运输工具。到底是一种什么样的运输工具呢？有学者认为，诸葛亮的木牛流马实际上就是如今在四川地区仍大量存在的四轮车与独轮车。所谓的木牛，就是四轮车；所谓流马，就是独轮车，它在四川又叫鸡公车。这两种运输工具的尺寸虽然与史书记载中的木牛流马不尽相符，但从其工作原理上来看，有它成立的理由：木牛的载重量比较大，行进缓慢，比较适宜在平缓的道路上运行；流马则是专门用于山区运输的工具。诸葛亮北伐曹魏，所需粮草需从遥远的川西平原运到秦陇地区，沿途既有平原，也有山地。尤其是出川的"蜀道"，艰险崎岖，沿江的许多栈道开凿于峭壁之上，又窄又险，有的只有一米多宽，也只能容纳流马这种独轮车通过。另外，蜀汉偏处西南一隅，土地人力都有限，马匹也有限。为了与北方曹魏的骑兵抗衡，大多数马匹都被用于作战。运输粮草大多要靠人力，而以人工为主的木牛流马恰恰弥补了这一缺陷，故而被蜀军大规模地使用。

由于没有实物流传下来，诸葛亮的木牛流马究竟是什么样子的，至今仍然是一个谜。

软磨硬泡的司马懿

● 故事背景

诸葛亮为了实施其在隆中对中的光复汉室实施北伐的策略，在稳定了南方少数民族的叛乱以后，一直在努力地实现自己恢复中原，匡扶汉室的理想。他誓竭力尽心，剿灭汉贼，恢复中原，鞠躬尽瘁，六出祁山。北伐中诸葛亮一直在打胜仗，把司马懿打得焦头烂额。但诸葛亮几次兵出祁山，最后都是无功而返。最终是司马懿的持久战、拉锯战的战术将诸葛亮理想的实现变成了泡影。

诸葛亮"五出祁山"，"未得寸土"，耗费资源、消磨光阴。虽然明知前景黯淡，而且有人反对，但他还是要继续"六出祁山"，不甘心过去的努力付诸东流。当他准备第六次北伐时，谯周以天现不祥之兆反对，但诸葛亮仍坚持"复统全师，再出祁山"。

在魏蜀两国长期对峙中，司马懿一次又一次地挫败了诸葛亮恢复中原的雄心大志，从而成为诸葛亮战略上和战术上的真正对手。

司马懿，字仲达。三国时期魏国杰出的政治家、军事家，西晋王朝的奠基人。是辅佐了魏国三代的托孤辅政之重臣，后期成为全权掌控魏国朝政的权臣。平生最显著的功绩是多次亲率大军成功对抗诸葛亮的北伐。

● 故事梗概

作为对手，司马懿虽然在战争过程当中一次又一次地输。但他就是守着你来硬的我就来软的，你进攻我就守，你撤退我就追，反正我粘着你的原则。六出祁山时，诸葛亮在上方谷取得胜利，差点儿把司马懿父子烧死。司马懿逃此大劫以后，更加清楚，与诸葛亮的军队正面对抗是错误的战法。于是他躲进营寨，坚守不出。

诸葛亮明白自己的身体状况无法打持久战，加之粮草不足，求胜心切。他多次让人在魏军营寨前骂阵叫战，激怒魏军。但司马懿却置之不理，坚决不出战。

这时诸葛亮使了一招激将法，他派遣了一位使者，送了一套妇女守丧时穿的衣服给司马懿，还写信激怒他，说他就像寡妇一样，"甘分窟守土巢而畏刀避箭"。司马懿一看到孝服，脸色就变了，但他马上沉住气。他心中大怒，表面上却不动声色，装着一脸笑，说："视我为妇人耶？吾且受之。"妇人就妇人，有什么大不了的？

他热情地款待使者，当着使者的面，一字不问蜀军的虚实，只是打听诸葛亮每天睡几个小时，吃几碗饭，平时忙不忙。使者如实相告，回答说："丞相夙兴夜寐"，一大早就起来了，晚上很晚才睡觉。打20板子以上的人，他都要亲自过问，就是事无巨细，全部都要亲自过问。每天就吃几升粮食。

司马懿听了这段话以后，感叹说：吃得这么少，工作又那么繁重，这能坚持多久呀！使者回到五丈原，把这话如实说给诸葛亮听，诸葛亮不由得叹息道：司马懿真的很了解我啊！

司马懿采用了心理暗示法，他让使者把他的话转告孔明："食少事烦，其能久乎？"实际上他是在暗示孔明，你吃得这么少，却这么操劳忙碌，你还能活多久呢？

这种"攻心为上"的心理战术果然很奏效，诸葛亮自从听了司马懿的话以后，"自觉神思不宁"。司马懿很有耐心地在等待着，他一点也不着急，因为他知道，诸葛亮这么操劳，吃不饱，睡不安，肯定没有几天活头了。

果然，诸葛亮像油灯似的耗尽了最后一滴油，不久就发病死在了五丈原。司马懿不费一兵一卒，就达到了以柔克刚"不战而胜"的目的。

诸葛亮死的时候是54岁，而司马懿比他大两岁，56岁。当然诸葛亮临死还使了一个奇招，就是"死诸葛惊生仲达"。

司马懿深通天文，当天晚上他算天象，认定诸葛亮肯定死了，于是第二天蜀兵撤退时，他就派兵追击。不过，他早就被诸葛亮吓坏了，从来不敢追击蜀军，这次好不容易壮着胆去追击。没想到诸葛亮早就让人把他自己塑成一个木雕的形象，当司马懿大军追上的时候，蜀军把这尊雕像放在车上一推出来，吓得司马懿立刻退了兵。

● 智慧之窗

这个故事令人心酸，让人心碎。一代智谋大师，屡战屡胜，所向无敌的诸葛亮，心力交瘁地死在了自己企望实现的北伐征程上。笑到最后的对手却是不敢与自己交锋的司马懿。这不能不让人想起了一句名言，以柔克刚。是胶皮战术、持久战术成就了司马懿。

尽管处境艰难难，司马懿还是能够笑到了最后，让人佩服。司马懿能笑到最后，是有一定的道理的。从深层次看，司马懿背后站的是一个非常强大的魏国，而诸葛亮背后站着的是一个比较弱小的蜀国，无论从政治上还是军事都形成了一种不平等的对比。所以，在他们两个人博弈的过程当中，诸葛亮越来越紧张，司马懿却越来越松弛。因为诸葛亮根本就输不起，司马懿他能够输，他经得起输。客观上说，诸葛亮的身体已经无法支撑持久的战争了，由于孔明清楚这一点，他才心急、焦躁，这便加速了他的死亡之旅。

顾荣醉酒自保

● 故事背景

顾荣是中国西晋末年拥护南渡的司马氏政权的江南士族首脑。字彦先。吴郡吴县（今江苏苏州）人。在吴历任黄门侍郎，太子辅义都尉。晋灭吴后，晋王室征召吴国名士，顾荣与陆机、陆云兄弟至洛阳任职，时人号称三俊，历仕尚书郎、太子中舍人、廷尉正。在八王之乱中，常醉酒不问事以避祸。顾荣的故事在《晋书·顾荣传》有记载。

● 故事梗概

晋永宁元年（公元301年）四月，齐王司马冏杀了废帝自立的赵王司马伦，迎接晋惠帝还朝归位。惠帝恢复王位后，任命齐王为大司马，执掌朝政。齐王在大司马府设置掾属四十人，委派心腹担任要职，朝廷的大小政令都由齐王决断，天子形同虚设。

齐王久闻顾荣有良好声誉，便征调任命顾荣做大司马主簿，成为齐王的重要幕僚。

齐王既得志，骄横暴虐，宠幸嬖佞，忠谋者远，直谏者诛。

为此顾荣曾劝谏齐王："古人说，谦受益，满招损。今殿下的举动骄恣，势压群下，这可不是君子的处世风范啊！希望殿下您为了长远利益要居谦有终，永远保持住美好的声誉啊！"

接着，顾荣苦口婆心地劝道："凡是执掌大权的人，有得势的时候，一定也有失势的时候。记得杨雄说过：旦握兵权为卿相，夕失势则为匹夫者。宠辱皆在转眼之间，荣枯就如反掌之易。愿殿下有一颗平常心，妥善处理国家政务。臣既为幕僚，不避斧钺之诛，献逆耳之言，请殿下三思"。

齐王闻听顾荣的一番劝导，不仅不虚心采纳，还十分生气。顾荣见此，整天酣醉，借酒消愁。

顾荣的挚友冯熊听说他朝夕饮酒，不理政事，便劝道："酒这种东西，能给人欢乐，也能丧志，故古人称酒为狂药。古今以嗜酒致祸者，往往可鉴。你沉湎于酒，日夜举杯痛饮，此非贤者所为。愿你察古今之善恶，厉行戒酒，勤于政事，休败三俊之名"。

顾荣答道："我幼读史书，略知古代好酒误国的遗事，难道不知道酒是为祸败德的东西吗？但你是只知其一，不知其二啊。现在的齐王骄恣擅权，不久之后必然祸败。我在他的府中任主事，实在是担心会'城门失火，殃及池鱼'，正是为此我才放性酣醉，以求得逃避忧患哪"。

冯熊给他出主意说："既然是这样，我有一个可以使你脱身的计策。"几天以后，冯熊对齐王长史葛某说："顾荣好酒，不足成事，你为何不劝齐王将他迁出府外，以免误了政务。"葛某道："你言之有理，我正想就此事禀告齐王。"于是葛某入齐王府，把顾荣好酒贪杯之事说与齐王，齐王道："我重其名，以故用之。今既如此，立即迁之。"于是改授顾荣为中书侍郎（中书省长官之副）。

顾荣依靠冯熊的计策，出大司马府担任了中书侍郎。他在职廉明，不再饮酒。葛某惊异，问顾荣道："君任中书侍郎后，为什么没见你再醉酒？"顾荣害怕诈酒之事被发觉，又开始饮酒，每日大醉不醒。不久，顾荣借故辞职南归。

到了永嘉元年（公元307年），司马睿（即后来的东晋元帝）出镇建邺（今南京），顾荣作为江南士族领袖出仕，支持司马睿政权。

顾荣离开以后，齐王再也听不到下属忠诚的建议了，他变得更加骄横，朝野一片声讨之声。

当年腊月，河间王司马颙、长沙王司马乂以李含、张方为大将，兵临洛阳，讨伐齐王。齐王举兵迎战，双方在洛阳大战三日，死伤甚众，齐王战败身死。李含、张方攻占齐王府，收其党羽并皆夷三族。

● 智慧之窗

顾荣醉酒自保的故事，表现了一位有见地有智慧下臣的无奈之举。顾荣的可贵之处在于其不与权恶势力同流合污，面对无道的上司他不避威势，一再进言相劝，尽到了属下的应尽之责。同时，在无法达到劝诫目的后，采取了不去助纣为虐，以醉酒自保的办法。最后通过朋友的配合，终于逃出了危险境地。

由此看来酒能坏事，酒也能成事。祸国殃民的纣王酒池肉林是一例坏事，顾荣醉酒自保就是一件好事。喝酒的人很多，醉的时候也很多，有的人是真醉，有的人是佯醉，有的人醉的无城府，有的人醉里有乾坤。醉酒也许是官场男人的一种智慧。

谢安举重若轻

● 故事背景

公元4世纪初，中国当时的中央集权政府瓦解，产生了一南一北两个政权。南方的汉族政权东晋，控制着长江流域，国都为建康（今南京）。北方黄河流域则被氐族政权前秦控制，国都为长安（今西安）。

前秦皇帝苻坚是一个非常有能力的人，他重用汉族谋士，整顿吏治，打击不法贵族势力，加强中央集权，开发水利，实行发展农业的经济政策，同时大力发展军事力量，希望消灭东晋，重新统一中国。

公元383年8月，苻坚征调各族人民，组成87万人的军队，号称百万大军，南下淝水一带，进攻东晋，淝水之战拉开序幕。东晋只有十多万兵力，苻坚很狂妄地说："我的大军只要把马鞭扔进河里，就能让河断流，还灭不了晋吗"？

谢安举重若轻的故事，就发生在这一时刻。

举重若轻的意思是举起沉重的东西像是在摆弄轻的东西。比喻能力强，能够轻松地驾驭繁重的工作或处理困难的问题。典故记载于《晋书·谢安传》。

● 故事梗概

东晋闻讯，举国震惊。面对强敌，由谢安统帅，东晋派出了谢石、谢玄迎敌。

谢安建议孝武帝命他的弟弟谢石从尚书仆射转任征讨大都督，谢玄为前锋都督，谢琰（谢安之子）为辅国将军，统兵8万，马上北上御敌。其主力就是谢玄指挥操练的北府兵。即将出发的时候，谢玄向叔父请示军机，谢安却像平时一样轻松自如地说："我会另行下达命令的，你先去吧。"接着便不动声色了。

谢玄虽然不敢多问，但心中确实没底，退出后又让部将张玄再次请示计策。谢安不仅没有回答，反而吩咐他俩下去准备车马，邀请一些朋友随他到山间别墅去下棋。平日下棋，谢玄总是胜叔父一筹，但这次他却因牵挂战事、忧心忡忡，总是不能取胜。对弈完毕，谢安又登山漫游，就像又回到会稽东山一样流连忘返，直到夜幕降临才回府。

在荆州驻守的桓冲，也很担心朝廷的安危。他特地派了一支3000人的精锐部队前来支援京师。不料，这支部队又被谢安给遣了回去。他带信给桓冲说："朝廷已经有妥善的安排，武器和军队都不缺少，长江中游是战略重地，派来的部队应回去加强防备。"桓冲看完信，不禁对他的参谋官摇头叹息："谢安固然有宰相的度量，但是却不熟悉军事。如今大敌当前，他还去游山玩水，高谈阔论，只派一些没有经验的小孩子去抗敌。况且敌人来势凶猛，我们兵力又不足，天下的大局可想而知，我们要沦为外族的臣民了"。

其实，谢安采取的是内紧外松的方法，他一边安定人心，一边从容不迫地应付战局。等大家的紧张情绪趋于平静后，他才授意各路将帅，对整个战略进行了周密的布置安排。

东晋军与前秦军隔淝水遥相对峙。秦军先锋虽然新败受挫，但兵力仍是晋军的几倍，而且主力正不断到达，形势对晋军来说依然很严峻。东晋将帅经过精密策划，想出了一条妙计。谢玄先派了一些密探混入前秦军中，又派了使臣告诉苻融说："你们孤军深入，却在这淝水岸边扎营布寨，这虽可使我们长相对峙，但却不利于速战速决。如果你们稍微向后退一退，在岸边腾出一块空地作战场，让我们渡过淝水，与你们一决胜负，岂不是更好的策略？"

符坚也有自己的想法，他觉得答应对手的要求也未尝不可，等晋军渡河到一半时，便可以发动铁骑冲杀，杀他个措手不及。于是下令后撤。没想到，秦军一退就乱了阵脚，密探们又夹在秦兵中大声呼喊："秦军败了！秦军败了！"前秦大部分士兵是被强迫征来的各族俘虏，无心与东晋作战，他们早已力竭身疲，此时更是乱作一团，不可收拾。

东晋军队借机大举进攻，于乱军中杀死前秦前锋主帅苻融，苻坚也被乱箭射中。秦军溃不成军，争相逃命，自相践踏，死伤遍地。不少士兵听到风声鹤唳，都认为是东晋的追兵赶到，更加慌不择路，日夜狂奔。苻坚后在慕容垂的护卫下回到了洛阳，淝水之战就这样以前秦的惨败画上了句号。

淝水之战的捷报送到京城时，谢安正在府中与客人下棋。他拿过捷报阅过，便随手放在一边，继续下棋，就好像什么也没有看到一般。他这不紧不慢，可客人早就忍不住了，问道："前方战事怎么样啊?""孩子们已打败了敌人"他依旧从容安详地回答。

然而，下完棋送客人走后，谢安再也抑制不住自己兴奋的心情，疾步返回自己内室的时候，竟忘了迈门槛、把拖鞋底部的木齿都撞断了。

● 智慧之窗

作为最高统帅，谢安的临危不乱，稳如泰山，气定神闲令常人钦佩，自然也会起到稳定军心鼓舞将士气的精神作用。

大战中谢安的从容不迫，处变不惊，举重若轻的处事态度确实起到了稳定军心民心的作用。

易中天说：一旦进入官场，谢安的老庄之学就化为极其高明圆滑以静制动的政治手腕，而且终其一生在"出"与"处"两方面都"极尽辉煌"。

王导辅佐晋主

● 故事背景

王导（276-339年），字茂弘，琅琊临沂（今山东临沂）人，东晋初年的大臣，在东晋历仕晋元帝、晋明帝和晋成帝三代，是东晋政权的奠基者之一。

史书记载，王导素与司马懿的曾孙、琅玡王司马睿友善。永嘉元年（公元307年），晋怀帝任命睿为安东将军，出镇建邺（后改建康，今南京），王导相随南渡，任安东司马。他主动出谋划策，联合南北士族，拥立司马睿为帝（晋元帝），建立东晋政权。

在东晋建立后相当长的时间里，王导都始终不渝地追随维护司马睿，在为提高其声望、缓和南北大族之间的矛盾、开发江南和稳定东晋统治等方面做出了杰出的贡献。可以说：没有王导就没有东晋的建立，因此在当时有"王与马，共天下"之说。而司马睿在登基大典时也邀与王导平分宝座。

● 故事梗概

当时南方战乱较少，社会相对安定，荆扬二州，户口殷实。但形势异常复杂，政局不稳，流民问题严重，王导每每规劝司马睿要"克己励节，匡主宁邦"。司马睿初镇建业时，嗜酒废事，王导劝他不要喝了，司马睿请求再喝一次，喝完后，把酒杯翻过来往桌上一扣，从此戒了酒，以示励精图治。王导又提出四条重要建议，以图兴邦。司马睿把这四条作为施政方针，从而逐渐赢得了南北士族的共同拥戴。

政权建立后，司马睿移师建业，初时，大家族们都不肯依附，士大夫们也是人影不见，不单司马睿着急，王导也急。怎么办？王导首先利用自己的威望来为司马睿扬名。王导利用司马睿要去水边观禊的机会，精心准备了一副肩舆，让司马睿高高坐在上面，派人抬着，两旁排列仪仗，自己与王敦等名流骑着骏马紧紧跟随，前呼后拥，好不威风。史载，三吴大族中的代表人物纪瞻、顾荣等人目睹此状，又惊又惧，一齐拜倒道旁。

王导趁机向司马睿献计："顾荣、贺循在本地最有名望，应该引荐他们出来做官，以结纳人心。这俩人来了，其他人就没有不来的了。"司马睿立即派王导亲自拜访顾荣、贺循，二人皆应命而至。于是，以贺循为吴国内史，以顾荣为军司马、加散骑常侍，凡军府中的大事，都与他们商量。果不出王导所料，顾荣、贺循出仕后，三吴的大族豪强纷纷投靠司马睿。

王导在政治上的主要措施，首先是"绥抚新旧"，也就是善于调剂新来的北方（中原）士族和旧居的南方（江东）士族之间的矛盾。

另一项措施是"维系伦纪，义固君臣"，也就是调剂王氏势力和司马氏势力的矛盾。

晋元帝登帝位以后，不满意王氏的骄横，想削弱王氏势力。王导因此被疏远，但他仍能保持常态，不做计较。王敦本来是个野心家，乘机以反对刘隗、刁协，替王导诉冤为借口，于永昌元年（公元322年）自武昌举兵，攻入建康，杀了戴渊、周顗、刁协，刘隗逃奔石勒，

174

史称"王敦之乱"。王导认为佞臣扰乱朝纲，同意王敦来"清君侧"，但当这些人被杀逐以后，帝室势力退缩回去，王敦还想进一步篡夺政权，王导便表示坚决的反对，出面来维护帝室。

此前西都覆没、四方劝进的时候，王敦欲专国政，恐怕元帝年长难制，想更议新君，王导不从，王敦攻入建康以后，对王导说："那时不听我言，几乎全族被灭。"但王导始终不为所动。王敦无法实现他的野心，只好退回武昌。

太宁元年（公元323年），晋元帝病死，晋明帝（司马绍）继位，王导辅政。王敦以为有机可乘，又加紧图谋篡夺，王导站在维护帝室立场坚决反击。王敦因谋反而死，但王导却以保卫帝室有功，以司徒进位太保，从弟王彬为度支尚书，王彬之子王彪官至尚书令，位任不衰，琅玡王氏仍然是当时最大的望族。

对于王导在辅佐晋帝，维护东晋的稳定繁荣中所起的作用，陈寅恪以坚实的资料，精辟的论证，给予了高度的评价，他认为九州惨遭摧残的情况下，是王导以一己之力保护了江南百姓的幸福安康，是难得的无愧于中华民族的大功臣，他认为晋墓铭文对这位大政治家的评价很恰当：永嘉世，天下灾，但江南，皆康平；永嘉世，九州空，余吴土，盛且丰；永嘉世，九州荒，余广州，平且康。

刘娥义保陈元达

● 故事背景

刘聪是匈奴汉国开创者刘渊的第四子，十六国时期汉国国君。执政时期在政治、军事等方面实施了一系列措施，创建了一套胡、汉分治的政治体制。这种体制就实质上说是在基本上沿袭匈奴旧制的基础上发展和完善的，在当时条件下对匈奴各部有巨大的凝聚力。但因排斥汉族士人参政，故这种体制是少数民族统治中原的一个不成功的先例，加上刘聪后期的昏暴，汉国政权迅速走向衰败。

刘聪在位仅八年，却创造了封后之最。曾同时创三位皇后并立局面。到了晚年有皇后封号的甚至多达七人，其中有四个皇后（靳月华、樊上皇后、王左皇后、宣中皇后）活到了汉昌元年（公元318年）刘聪的儿子刘粲统治时期，野史称刘粲和这四个年龄不到二十岁的皇太后有染，乱了纲常。刘娥是刘聪的第三位皇后。姐刘英，父亲刘殷，容貌美丽，性情贤惠。

175

嘉平二年（公元312年）正月，刘聪提议召同姓太保刘殷的两个女儿进宫，引起大臣们的反对。刘聪请太宰刘延年、太傅刘景谈谈他们的想法。两人深知这是昭武帝想让他俩帮着说说话，于是说道："刘殷自称是刘康公的后代，与陛下的刘姓毫不相干。陛下本是匈奴的后裔，只是因为冒顿单于娶西汉公主当阏氏，她的后代才改姓刘氏。既然如此，陛下娶刘殷的女儿就是天经地义的事。"经他俩这样一说，刘聪于是就有了充分的理由。于是，当天就传出诏令，封刘殷的大女儿刘英为左贵嫔、小女儿刘娥为右贵嫔。刘娥义保陈元达的故事说的是汉赵刘聪武德皇后刘娥。

● 故事梗概

嘉平三年（公元313年）三月，刘娥被立为皇后。刘聪非常宠爱刘娥，命令有关人员专门为她建造鹤仪殿。廷尉陈元达得知后马上跑到刘聪宫内的后花园，向刘聪切谏："先帝刘渊以朴素爱民起家，而陛下自从即位以来，却大兴土木，已经建造了四十多座宫殿楼阁，人民又遭受各种灾难，怨声载道。更何况关中和江南还是晋朝的土地；李雄据守巴蜀；晋将王浚和刘琨还守在幽州、并州等地；石勒等人更是心怀异志。汉国真正所拥有的实力也并不强，所有之地，不过二郡，如今岂可再在后宫问题上如此奢侈呢"？

刘聪大怒道："朕身为天子，造一个宫殿，还要问你这样的鼠辈吗？不杀此奴，朕的宫殿怎能造成！推出去斩了，连同妻子儿女一同枭首东市，让你们这些鼠辈同处一穴"！

陈元达大叫："我所说的，乃是为国家，而陛下杀我。若死者有知，我要上诉陛下到天庭，下诉陛下到先帝面前。'臣得与龙逢、比干同游于地下，足矣！'只是还不知道陛下是什么样的帝王啊！"他之前是用一把锁锁着自己的腰进来的，此时便把锁绕在花园的大树上，将自己的身体与树锁在一起，左右一时间竟然拉不动他。此时一旁的大臣劝说刘聪宽恕，刘聪默然不答。后花园内一片喧哗，惊动了正在后堂的刘皇后。刘皇后听说了事情原委，立刻手写一疏，密令手下人交给刘聪：

"伏闻将为妾营殿，今昭德足居，皇仪非急。（昭德殿是刘娥原先居住的宫殿，而刘聪准备为她修建的宫殿就取名为皇仪殿。）四海未一，祸难犹繁，动须人力资财，尤宜慎之。廷尉之言，国家大政。夫忠臣之谏，岂为身哉？帝王距之，亦非顾身也。妾仰谓陛下上寻明君纳谏之昌，下忿主拒谏之祸，宜赏廷尉以美爵，酬廷尉以列土，如何不惟不纳，而反欲诛之？陛下此怒由妾而起，廷尉之祸由妾而招，人怨国疲咎归于妾，拒谏害忠亦妾之由。自古败国丧家，未始不由妇人者也。妾每览古事，忿之忘食，何意今日妾自为之！后人之观妾，亦犹妾之视前人也，复何面目仰侍巾栉，请归死此堂，以塞陛下误惑之过"。

刘聪看过皇后的手疏，脸色立变，缓缓说道："我最近身体不佳，有些喜怒无常。元达是忠臣啊，我自感惭愧！"他将皇后的手疏交给陈元达看，并说："在外我有你这样的人辅佐，在内我有皇后这样的人辅佐，朕复何忧！"转而笑着对陈元达说："本应是你害怕朕，为什么现在反倒是朕害怕你呢？"他下令将后花园改名叫纳贤园，后堂改名愧贤堂。一出直谏纳谏的好戏就此收场。

● 智慧之窗

自古就有"家有贤妻，男人不做横事"的说法，这从历史中能够找出不少的实例，刘娥的故事便是其中流传很广的一个。帝王给心爱的皇后建造宫殿，其实并不稀奇，也属正常。但在国力尚不很强大的状态下，缓建抑或不建，也是明智之举。为爱冲昏了头脑的刘聪，为此要杀阻谏大臣，无疑是昏聩之举。关键时刻，申明大义的刘娥引古论今义保大臣，劝谏刘聪不可诛杀忠臣，可谓是贤德敏慧，令人钦佩。

唐太宗以人为镜

● 故事背景

唐太宗李世民是唐朝第二位皇帝，他名字的意思是"济世安民"。太宗是他死后的庙号。他的前半生是立下赫赫武功的军事家。平窦建德、王世充之后，开始大量接触文学与书法，有墨宝传世。在皇帝位上，虚心倾听群臣的意见、文治天下，成为中国史上最出名的政治家与明君之一。唐太宗开创了历史上的"贞观之治"，使百姓休养生息，社会出现了国泰民安的局面。为后来的开元盛世奠定了重要的基础，将中国传统农业社会推向了一个高峰。

魏征，唐初杰出的政治家、思想家、史学家。辅佐唐太宗，忠心直谏，敢于触犯皇颜，开明的唐太宗对他多有敬畏之心。以人为镜，此典故记载于《资治通鉴》中。

● 故事梗概

有一次，唐太宗与魏征探讨君臣问题，太宗问："什么样的君主是

177

明君、什么样的君主是昏君呢？"魏征回答说："君主之所以是明君，是因为他能够兼听大家意见，君主之所以是昏君，是因为他偏听偏信。以前秦二世住在深宫大院，不见大臣，只是偏信宦官赵高，直到天下大乱以后，自己还被蒙在鼓里。隋炀帝偏信虞世基，天下郡县大多已经失守，自己也不知道。"太宗对这番话深表赞同。

那么君臣之间该怎样，作为臣子又该是怎样的呢，太宗又问。魏征认为："君臣之间，应相互协助，义同一体。如果不讲秉公办事，只讲远避嫌疑，那么国家兴亡，或未可知。"他请求太宗允许自己做良臣而不要作忠臣。太宗见说，又询问忠臣和良臣有何区别，魏征答道："使自己身获美名，使君主成为明君，子孙相继，福禄无疆，是为良臣；使自己身受杀戮，使君主沦为暴君，家国并丧，空有其名，是为忠臣。以此而言，二者相去甚远。"魏征得回答让太宗十分欣赏。

贞观二年（公元628年），魏征被授秘书监，并参掌朝政。不久，长孙皇后听说一位姓郑的官员有一位年仅十六七岁的女儿，才貌出众，京城之内，绝无仅有。便告诉了太宗，请求将其纳入宫中，备为嫔妃。太宗便下诏将这一女子聘为妃子。

魏征听说这位女子已经许配陆家，便立即入宫进谏："陛下为人父母，抚爱百姓，当忧其所忧，乐其所乐。居住在宫室台榭之中，要想到百姓都有屋宇之安；吃着山珍海味，要想到百姓无饥寒之患；嫔妃满院，要想到百姓有室家之欢。现在郑民之女，早已许配陆家，陛下未加详细查问，便将她纳入宫中，如果传闻出去，难道是为民父母的道理吗？"太宗听后大惊，当即深表内疚，并决定收回成命。

贞观十二年（公元638年），魏征看到唐太宗逐渐怠惰，懒于政事，追求奢靡。便奏上著名的《十渐不克终疏》，列举了唐太宗执政初到当前为政态度的十个变化。他还向太宗上了《十思》，即《见可欲则思知足，将兴缮则思知止，处高危则思谦降，临满盈则思挹损，遇逸乐则思撙节，在宴安则思后患，防拥蔽则思延纳，疾谗邪则思正己，行爵赏则思因喜而僭，施刑罚则思因怒而滥》，督其勤政。

贞观七年（公元633年），魏征代王珪为侍中。同年底，中牟县丞皇甫德参向太宗上书说："修建洛阳宫，劳弊百姓；收取地租，数量太多；妇女喜梳高髻，宫中所化。"太宗接书大怒，对宰相们说："德参想让国家不役一人，不收地租，富人无发，才符合他的心意。"想治皇甫德参诽谤之罪。魏征谏道："自古上书不偏激，不能触动人主之心。所谓狂夫之言，圣人择善而从。请陛下想想这个道理。"最后还强调说："陛下最近不爱听直言，虽勉强包涵，已不像从前那样豁达自然。"唐太宗觉得魏征说得入情入理，便转怒为喜，不但没有对皇甫德参治罪，还把他提升为监察御史。

贞观十六年（公元642年），魏征染病卧床，唐太宗所遣探视的中使道路相望。魏征一生节俭，家无正寝，唐太宗立即下令把为自己修建小殿的材料，为魏征营构大屋。不久，魏征病逝家中。太宗亲临吊唁，痛哭失声，并说："夫以铜为镜，可以正衣冠；以古为镜，可以知兴替；以人为镜，可以明得失。我常保此三镜，以防己过。今魏征殂逝，遂亡一镜矣。"

魏征在贞观年间先后上疏二百余条，强调"兼听则明，偏听则暗"，这于唐太宗开创的千古称颂的"贞观之治"功不可没。

● 智慧之窗

兼听则明，偏听则暗。这个道理知道的人多，但能做得到的人少。李世民之所以能够成为一代明君，彪炳史册，某种意义上说，就是他做到了从谏如流从善如流。作为臣子的魏征，察微知著，刚正不阿，光明磊落，智谋过人。又能知无不言，言无不尽，这同样需要勇气和智慧。

禄东赞为松赞干布和亲

● 故事背景

唐太宗时期，唐朝进入了鼎盛，太宗消灭了东突厥，又派李靖打通了西域的通道。西域各国开始与唐朝相互交往和亲。

吐蕃人是藏族的祖先，生活在青藏高原一带，从事农业和畜牧业。七世纪初，松赞干布即位，统一了西藏高原，并创制文字、建立官制、制定法律，定都逻些（今拉萨），吐蕃逐渐强大。当时唐朝经济繁荣、文化发达，周围各少数民族纷纷遣使来唐，称臣纳贡，并以与唐宗室联姻为荣。唐太宗为了社会稳定，各族友好，也大力推行和亲政策，他把自己的妹妹衡阳公主嫁到突厥，又把弘化公主嫁给吐谷浑可汗，从而建立了唐朝与突厥、吐谷浑之间的友好关系。

贞观八年（公元634年），吐蕃也派使者来唐朝，这是唐吐之间发生政治交往的开端。松赞干布羡慕唐朝的礼乐文化，又闻听突厥、吐谷浑都娶了唐公主为妻，于是在贞观十二年遣使携带珍宝向唐朝求婚。太宗没有应允，吐蕃使者谎称吐谷浑挑拨婚事才不成。松赞干布便发兵攻吐谷浑，然后派使入唐献贡，扬言婚事不成就率兵攻唐，随后便派兵进攻，太宗马上派兵反击。松赞干布见唐军来势凶猛，便引兵撤退，并派使者到长安谢罪，再次恳请娶唐公主，太宗应允。

禄东赞辅佐松赞干布治理朝政，他主张与唐朝以及邻国尼婆罗和亲，并几次亲自出使长安通好。唐贞观十四年（640年）从松赞干布之命，到唐朝迎请文成公主。禄东赞携带众多的黄金、珠宝等前往唐都长安请婚。不料，天竺、大食、仲格萨尔以及霍尔王等同时也派了使者求婚，他们均希望能迎回贤惠的文成公主做自己国王的妃子。为了公平合理，唐太宗李世民决定让婚使们比赛智慧，谁胜利了，便可把公主迎去，这便是历史上的"六试婚使"。

"禄东赞为松赞干布和亲"的故事就发生在当时，拉萨大昭寺和布达拉宫内至今完好地保存着描绘这一故事的壁画。

● 故事梗概

第一试：绫缎穿九曲明珠，即将一根柔软的绫缎穿过明珠（有说汉玉）的九曲孔眼。聪慧的禄东赞找来一根丝线，将丝线的一头系在蚂蚁的腰上，另一头则缝在绫缎上。在九曲孔眼的端头抹上蜂蜜，把蚂蚁放在另一边，蚂蚁闻到蜂蜜的香味，再借助禄东赞吹气的力量，便带着丝线，顺着弯曲的小孔，缓缓地从另一边爬了出来，绫缎也就随着丝线从九曲明珠中穿过。

第二试：辨认一百匹骡马和一百匹马驹的母子关系。各位婚使有的按毛色区分，有的照老幼搭配，有的则以高矮相比，然而都弄错了。最后轮到禄东赞了，这回他又赢了。原来是禄东赞得到马夫的指教，他把所有的母马和马驹分开关着，一天之中，只给马驹投料，不给水喝。次日，当众马驹被放回马群之中，它们口渴难忍，很快均找到了各自的母亲吃奶，由此便轻而易举地辨认出它们的母子关系。

第三试：规定百名求婚使者一日内喝完一百坛酒，吃完一百只羊，还要把羊皮揉好。禄东赞则让跟从的一百名骑士排成队杀了羊，并按顺序地一面小口小口地咂酒，小块小块地吃肉，一面揉皮子，边吃边喝边干边消化，不到一天的工夫，吐蕃的使臣们就把酒喝完了，肉吃净了，皮子也搓揉好了。

第四试：唐皇交给使臣们松木一百段，让禄东赞分辨其根和梢。禄东赞令人将木头全部运到河边，投入水中。木头根部略重沉入水中，而树梢那边较轻却浮在水面，木头根梢显而易见。

第五试：夜晚出入皇宫不迷路。一天晚上，宫中突然擂响大鼓，皇帝传召各路使者赴宫中商量事情。禄东赞想到初来乍到长安，路途不熟，为不致迷路，就在关键路段做了"田"字记号。到了皇宫以后，皇帝又叫他们立即回去，看谁不走错路回到自己的住处。结果，禄东赞凭着自己事先做好的记号，再次地取得了胜利。

第六试：辨认公主。但见衣着华丽、相貌仿佛的300名宫女在殿前列队排开，使者们都看花了眼，唯独禄东赞因为事先得到了曾经服侍过公主的汉族老大娘的指教，见其中有一人，体态娟丽窈窕，肤色白皙，双眸炯炯有神，性格坚毅而温柔，右颊有骰子点纹，左颊有一莲花纹，额间有黄丹圆圈，牙齿洁白细密，口生青莲馨味，颈部有一个痣。禄东赞认出了公主。

婚试完毕，唐太宗非常高兴，将美丽多才的文成公主许婚于吐蕃首领松赞干布，禄东赞终于完成了迎亲使命，成为传颂千年藏汉联姻的佳话。

安金藏大义保李旦

● 故事背景

安金藏，为武则天时太常寺乐师。原是唐代中亚的安国胡人，善乐器。由于其父安菩归附了唐朝，他随从入宫，成为负责宫廷祭祀乐舞的太常寺的乐工。

武则天，中国历史上唯一的女皇帝，也是继位年龄最大的皇帝（67岁继位），寿命最长的皇帝之一（终年82岁）。唐高宗永徽六年立武氏为皇后，上元元年（公元674年），与高宗并称"天皇""天后"。唐中宗和唐睿宗时为皇太后，临朝称制后改名曌。嗣圣元年（公元684年），废中宗为庐陵王，立睿宗李旦，继续临朝称制。载初元年，废睿宗，自称圣神皇帝，改国号为周，定东都洛阳为神都，史称"武周"（公元690年—公元705年）。武则天也是一位女诗人和政治家。安金藏大义保李旦就发生在中宗武则天临朝称制时期。

● 故事梗概

武则天临朝称制后，她极力扩大自己的势力，贬逐老臣，任用酷吏，以巩固武氏政权。此时武则天对李姓宗室怀有戒心，为了提防李嗣弟子复政，她幽禁了皇嗣东宫太子李旦，还规定任何人不得私自接触李旦，为此诛杀了违反此令的少府裴匪躬、中官范云仙等人。安金藏等乐舞艺人由于职业的原因，才能在李旦左右侍奉。

后来，有人告发太子李旦意欲谋反。武则天下诏命让酷吏来俊臣查处此事，来俊臣把李旦宫中身边的侍从抓来，欲刑讯逼供。作为太子身边的太常寺乐师，安金藏也在被审查之内，由于畏惧来俊臣的酷虐，有的人想承认罪名，以免受罪。只有安金藏毫不畏惧，据理力争。

一天，轮到讯问安金藏，他极力为太子证明清白，面对酷吏的逼供，为了给太子洗脱罪名，安金藏大声高喊："你不相信我的话，我只有用剖心来证明太子没有谋反了。"说完，即拔出佩刀刺入自己的腹中。

来俊臣见此，急忙告知武后，武则天闻听，大为感动，立刻命人将安金藏抬到宫中，请御医仔细诊治。太医把肠子放回其腹中，以桑白皮为线缝合，敷之以药。也许是安金藏命不该绝，过了一宿，他竟然奇迹般苏醒过来。

武后亲临探视，感叹地说："我的儿子我自己都不如你了解，太子有冤，自己却不能辩白，反而由你为他洗脱罪名，太子比不上你呀！"随即下诏终止案件的审理。由于安金藏剖腹相保，以死相争，太子李旦幸免于难，后来还登上了皇位，是为睿宗。

唐睿宗即位后，感怀他的忠义，拜其为右骁卫将军，后赠兵部尚书。唐玄宗为表彰右骁卫将军安金藏剖胸鸣冤之功，于是年三月，下诏分别在泰山、华山立碑，称颂安金藏的盖世忠烈。命史官将他的事迹编入史书，因此新旧《唐书》都有他的传记。

安金藏为人不仅忠肝义胆，而且非常孝敬父母。他母亲去世后安葬在龙门东山，他在坟前守孝，并精心安排后事。史书记载：东山上涌出了泉水，连山上的李树也在冬天开了花。安金藏的孝行也受到了朝廷的表彰。

史书中记载，安金藏父安菩死于公元664年，最初被安葬在长安。公元709年，安金藏把安菩的尸骨迁到洛阳与母亲合葬，建造了安菩夫妇墓。安金藏在建造安菩墓时，还特意在墓旁盖了间草房，亲自造石坟石塔，日夜不停。

建好的安菩墓坐南朝北，规模宏大。整座墓葬平面呈凸字形，由墓道、墓门、甬道和墓室四部分构成。其中，安菩墓的墓门为青石结构，上面布满精美的线刻图案，两扇石门能启闭自如。

● 智慧之窗

人生常遇不平事，甚至是危及生命的大难题。危难之时拔刀相助，困难之时伸出援助之手，不仅体现了人类的高尚、忠勇，也表现了大智慧的义举。如何破解难事、危事，确需勇气和智慧。面对十分凶残的酷吏，懦夫才是他们的目的，勇士，也只有勇士才能获得尊重和承认。安金藏为了保护李旦，为了使李旦的侍臣们免于苦难，以死明志，以死相争，便是破解这一难题的最好方法，因为他知道，英明的君王最需要也最尊重誓死捍卫主人的忠臣，这便是安金藏敢于剖腹的超人智慧所在。安金藏危急时刻大义凛然的作为，以生命作赌注，虽有些铤而走险的意味，但人生的转折往往就在这生死之间会发生逆转，这则故事便不失为是一种最好的证明。可见。为了正义，为了证明，慷慨赴死不仅是一种精神，也是一种智慧。

张巡草人制敌

● 故事背景

大唐王朝随着唐太宗、唐高宗等在位期间屡次开疆拓土、先后讨平了东、西突厥、吐谷浑等，使盛唐建立了一个极为辽阔的边境。为了加强中央对边疆的控制、巩固边防和统理异族，唐玄宗于开元十年便于边地设立了十个兵镇，由九个节度使和一个经略使管理。一镇的节度使统领数州，不单管理军事，而且因兼领按察使、安抚使、支度使等职而兼管辖区内的行政、财政、人民户口、土地等大权，原为地方长官之州刺史变为其部属。节度使因而雄踞一方，尾大不掉，成为唐室隐忧。

节度使，率兵镇守边地，军力日渐强大，渐有凌驾中央之势。天宝年间，边镇兵力达50万，而安禄山一人更兼任平卢、范阳、河东三镇节度使。这三地之间地域相连，拥兵20万，实力强大。相反，中央兵力则不逾8万，形成外重内轻的军事局面，渐渐形成地方威胁中央的危机。安禄山随着实力的增强，野心膨胀，与史思明发动了意在颠覆唐王朝统治的战争，史称安史之乱。

张巡，唐代河南南阳邓州人，真源县县令，成名于安史之乱。战死于睢阳。殉国时，身首支离，后百姓为其招魂，被追封为"通真三太子"。张巡草人制敌的故事载于《新唐书·张巡传》。

● 故事梗概

唐玄宗逃出长安后，安禄山叛军攻进长安。郭子仪、李光弼得知长安失守，不得不放弃河北。李光弼退守太原，郭子仪回到灵武。原来已经收复的河北郡县又重新陷落在叛军手里。

叛军进潼关之前，安禄山派唐朝的降将令狐潮进攻雍丘（今河南杞县）。雍丘附近有个真源县，县令张巡不愿投降，招募了一千来个壮士，占领了雍丘。令狐潮带了四万叛军来进攻。张巡和雍丘将士坚守六十多天，将士们穿戴着盔甲吃饭，包扎好创口再战，打退了叛军三百多次进攻，杀伤大批叛军，使令狐潮不得不退兵。

长安失守的消息在唐军将士中传开后，雍丘城里有六名将领，看看这个形势，都动摇了。他们一起找张巡说："现在双方力量相差太大，再说，皇上是死是活也不知道，还不如投降吧"。

张巡一听，肺都气炸了。但是表面上装作若无其事，答应明天跟大伙一起商量。到了第二天，他召集了全县将士到厅堂，把六名将领喊到跟前，宣布他们犯了背叛国家、动摇军心的罪，当场把他们斩首。将士们看了，都很激动，表示坚决抵抗到底。

叛军不断攻城，张巡组织兵士在城头上射箭把叛军逼回去。但是，日子一长，城里的箭用完了。为了这件事，张巡怎么不心焦呢！

一天深夜，雍丘城头上黑魆魆一片，隐隐约约有成百上千个穿着黑衣服的兵士，沿着绳索爬下墙来。这件事被令狐潮的兵士发现了，赶快报告主将。令狐潮断定是张巡派兵偷袭，就命令兵士向城头放箭，一直放到天色发白，叛军再仔细一看，才看清楚城墙上挂的全是草人。

那边雍丘城头，张巡的兵士们高高兴兴地拉起草人。那千把个草人上，密密麻麻插满了箭。兵士们粗粗一点，竟有几十万支。这样一来，城里的箭就不用愁啦！

又过了几天，还是像那天夜里一样，城墙上又出现了"草人"。令狐潮的兵士见了又好气，又好笑，认为张巡又来骗他们的箭了。大家谁也不去理它。

哪知道这一次城上吊下来的并不是草人，而是张巡派出的五百名勇士。这五百名勇士乘叛军不防备，向令狐潮的大营发起突然袭击。令狐潮要想组织抵抗已经来不及了。几万叛军失去指挥，四下里乱奔，一直逃到十几里外，才喘了口气停下来。

令狐潮一连中计，气得咬牙切齿，回去后又增加了兵力攻城。张巡派他的部将雷万春在城头上指挥守城。叛军看到城头出现了一个将领，就放起箭来。雷万春没防备，一下子脸上中了数箭。他为了安定军心，忍住了疼痛，一动不动地站立着。叛军将士认为张巡诡计多端，这一次一定又放了个什么木头人来骗他们。

后来，令狐潮从间谍那里得知，那个中箭后屹立不动的"木人"就是将军雷万春，不禁心生敬佩。

● 智慧之窗

张巡草人制敌的故事，与三国时期的草船借箭故事有异曲同工之妙，张巡的过人之处还在于他不仅利用草人借来了箭，还利用草人疑兵，打败了数倍于己的强大对手。这个故事既表现了张巡的忠诚坚定，还表现了张巡的大智大勇。可谓是草人解危难，以一城而撼天下。出其不意，攻其不备，胜败有时只在一线间。

赵匡胤黄袍加身

● 故事背景

周恭帝即位的时候，年纪太小，由宰相范质、王溥辅政。后周的政局不稳。北部还有北汉和辽兵的侵扰。

赵匡胤本来是周世宗手下得力大将，跟随周世宗南征北战，立下不少战功。周世宗在世的时候，十分信任赵匡胤，派他做禁军统帅，官名叫殿前都点检。禁军是后周一支最精锐的部队。世宗一死，军权落在赵匡胤手里。五代时期，武将夺取皇位的事情多得很，所以，京城里人心浮动，谣言纷纷，说赵匡胤就要夺取皇位了。

赵匡胤黄袍加身的故事出自《宋史·太祖本纪》，说的是宋太祖赵匡胤陈桥事变，兵不血刃就登上皇帝之位的故事。

● 故事梗概

公元960年春节，后周朝廷正在举行朝见大礼的时候，忽然接到边境送来的紧急战报，说北汉国主和辽朝联合，出兵攻打后周边境。

大臣们慌作一团，后来由范质、王溥作主，派赵匡胤带兵抵抗。

赵匡胤接到出兵命令，立刻调兵遣将，过了两天，就带了大军从汴京出发。跟随他的还有他弟弟赵匡义和亲信谋士赵普。当天晚上，大军到了离京城二十里的陈桥驿，赵匡胤命令将士就地扎营休息。兵士们倒头就呼呼睡着了，一些将领却聚集在一起，悄悄商量。有人说："现在皇上年纪那么小，我们拼死拼活去打仗，将来有谁知道我们的功劳，倒不如现在就拥护赵点检当皇帝吧！"

大伙听了，都赞成这个意见，就推一名官员把这个意见先告诉赵匡义和赵普。

那个官员到赵匡义那里，还没有把话说完，将领们已经闯了进来，亮出明晃晃的刀，嚷着说："我们已经商量定了，非请点检即位不可，赵匡义和赵普听了，暗暗高兴，一面叮嘱大家一定要安定军心，不要造成混乱，一面赶快派人告诉留守在京城的大将石守信、王审琦。

没多久，这消息就传遍了军营。将士们全起来了，大家闹哄哄地拥到赵匡胤住的驿馆，一直等到天色发白。

赵匡胤隔夜喝了点酒，睡得挺熟，一觉醒来，只听得外面一片嘈杂的人声，接着，就有人打开房门，高声地叫嚷，说："请点检做皇帝！"赵匡胤赶快起床，还没来得及说话，几个人把早已准备好的一件黄袍，七手八脚地披在赵匡胤身上。大伙跪倒在地上磕了几个头，高呼"万岁"。接着，又推又拉，把赵匡胤扶上马，请他一起回京城。赵匡胤骑在马上，才开口说："你们既然立我做天子，我的命令，你们都能听从吗？"

将士们齐声回答说："自然听陛下命令。"

赵匡胤立即发布命令："到了京城以后，要保护好周朝太后和幼主，不许侵犯朝廷大臣，不准抢掠国家仓库。执行命令的将来有重赏，否则就要严办"。赵匡胤本来就是禁军统帅，再加上有将领们拥护，谁敢不听号令！将士们排好队伍开往京城。一路上军容整齐，秋毫无犯。

到了汴京，又有石守信、王审琦等人做内应，没费多大劲儿就冲进了京城。

将领们把范质、王溥找来。赵匡胤见了他们，装出为难的模样说："世宗待我恩义深重。现在我被将士逼成这个样子，你们说怎么办？"范质等不知该怎么回答。有个将领声色俱厉地叫了起来：

"我们没有主人。今天大家一定要请点检当天子"！范质、王溥吓得赶快下拜。

周恭帝让了位。赵匡胤即位做了皇帝，国号叫宋，定都东京（今河南开封）。历史上称为北宋。赵匡胤就是宋太祖。经过五十多年混战的五代时期，宣告结束。

● 智慧之窗

陈桥兵变，兵不血刃就黄袍加身，赵匡胤要的就是这个结果。他是一个高明的导演者，更是一个出神入化的演员，据说，诸将为赵匡胤黄袍加身的时候，赵匡胤还浑然不觉，睡得迷迷糊糊，这简直是台话剧秀。这是他做人的智慧，一是江山本就是他打出来的，勇猛善战，功勋卓著，能做到国家辅弼的高位，有操纵废立的实力，二是他志存高远，苦心孤诣，有着常人所不具有的超然智慧。他不能背负叛国背主的骂名，黄袍加身的方式是理想的即位方式。

赵匡胤杯酒释兵权

● 故事背景

　　一壶浊酒喜相逢，古今多少事，都付笑谈中。人生在世，最乐处莫过于一醉也。任你山穷水也尽，任你柳暗花不明，只要有美酒醍醐灌顶而下，顺势直入心脾深处，大事小事便顿时化为乌有，天地万物即刻视作无物。要有好醉，须得有一流酒局。纵观古人酒局，最著名的莫过于"杯酒释兵权"了，堪称天下第一酒局。

　　赵匡胤通过陈桥兵变当上了宋代的第一个皇帝，但即位不出半年，就有两个节度使起兵反对宋朝。宋太祖亲自出征，费了很大劲儿，才把他们平定。他清醒地认识到，此类的军事政变仍然可以重演。而身边的曾经共同参与陈桥兵变的禁军将领、开国元勋，执掌兵权，是一个潜在的危险。

　　杯酒释兵权的故事就在这一状况下发生了，为了防止出现分裂割据的局面，加强中央集权统治，以高官厚禄为条件，赵匡胤在一个饭局上解除了将领们的兵权稳定了赵氏江山。

● 故事梗概

　　这天，宋太祖单独找赵普谈话，问他："自从唐朝末年以来，换了五个朝代，没完没了地打仗，不知道死了多少老百姓。这到底是什么道理"？

　　赵普说："道理很简单。国家混乱，毛病就出在藩镇权力太大。如果把兵权集中到朝廷，天下自然太平无事了"。

　　宋太祖连连点头，赞赏赵普说得好。

　　后来，赵普又对宋太祖说："禁军大将石守信、王审琦两人，兵权太大，还是把他们调离禁军为好"。

　　宋太祖说："你放心，这两人是我的老朋友，不会反对我。"

　　赵普说："我并不担心他们叛变。但是据我看，这两个人没有统帅的才能，管不住下面的将士。有朝一日，下面的人闹起事来，只怕他们也身不由已呀"！

　　宋太祖敲敲自己的额角说："亏得你提醒一下"。

　　公元961年的一天，宋太祖在宫里举行宴会，请石守信、王审琦等几位老将喝酒。

酒过几巡，宋太祖命令在旁侍候的太监退出。他拿起一杯酒，先请大家干了杯说："我要不是有你们帮助，也不会有现在这个地位。但是你们哪儿知道，做皇帝也有很大难处，还不如做个节度使自在。不瞒各位说，这一年来，我就没有一夜睡过安稳觉"。

石守信等人听了十分惊奇，连忙问这是什么缘故。宋太祖说："这还不明白？皇帝这个位子，谁不眼红呀"？

石守信等听出话音来了。大家着了慌，跪在地上说："陛下为什么说这样的话？现在天下已经安定了，谁还敢对陛下三心二意"？

宋太祖摇摇头说："对你们几位我还信不过？只怕你们的部下将士当中，有人贪图富贵，把黄袍披在你们身上。你们想不干，能行吗"？

石守信等听到这里，感到大祸临头，连连磕头，含着眼泪说："我们都是粗人，没想到这一点，请陛下指引一条出路"。

宋太祖说："我替你们着想，你们不如把兵权交出来，到地方上去做个闲官，买点田产房屋，给子孙留点家业，快快活活度个晚年。我和你们结为亲家，彼此毫无猜疑，不是更好吗"？

石守信等齐声说："陛下给我们想得太周到啦"！

酒席一散，大家各自回家。第二天上朝，每人都递上一份奏章，说自己年老多病，请求辞职。宋太祖马上照准，收回他们的兵权，赏给了他们一大笔财物，打发他们各自到地方任职。宋太祖还兑现了与禁军高级将领联姻的诺言，把守寡的妹妹嫁给高怀德，后来又把女儿嫁给石守信和王审琦的儿子。张令铎的女儿则嫁给了太祖三弟赵光美。

● 智慧之窗

美酒夜光，畅叙友情，利用酒宴营造出了亲近友好的和谐气氛，利用这样一种氛围，寥寥数语，大将解印，宋太祖平稳地解决了最担心、棘手的问题。其驾驭部署的高超手段，可谓是登峰造极。

吕端大事不糊涂

● 故事背景

吕端，宋太宗时官至宰相，宋真宗时，曾请求辞去官职，宋真宗不允，但免去了他进殿朝见的礼节，真宗还曾亲自到家中探望。吕端任宰相时，办事持重稳当，公道而廉洁，名声远扬，被后人称为一代名相。吕端的故事见《宋史·吕端传》。太宗欣赏他办事坚持原则，在大是大非面前保持清醒的头脑。

吕端官至宰相时，已经60岁了，但他没将这一人之上万人之下的位置看得有多重，为了不引起同僚之间的纠纷，他请求太宗允许他和寇准轮流为相，时人认为他这是糊涂。他告诫下属不要去打听诽谤自己名声的人的名字，以免自己处世不公，时人认为他这是糊涂。他不置私产，时人认为他这是糊涂。对吕端来说，这些都是小事，真正使他名传千古的，还是由于他的"大事不糊涂"。

● 故事梗概

让宋太宗认为吕端大事不糊涂的地方，主要表现在两件事上。宋太宗时有两件大事困扰着朝廷。因为太子废立之事引起朝廷内部的分立，内部不稳定。同时宋朝与北方的党项族的关系也并不稳定。

李继迁是党项族人，曾归顺北宋，后来叛宋，在西北部边境上屡次骚扰。一次在与宋军的交战中，他没有保护好他的母亲，老娘当了宋军的俘虏。这个消息报到朝廷后，太宗就想处死这个老太太。当时寇准正担任掌管全国军事的枢密副使，太宗单独召见了寇准，跟他商量此事，准备在边境上大张旗鼓．就地把老太太杀掉，以惩戒那些与朝廷作对的人。

寇准将此事说与吕端，吕端觉得不妥，就到太宗跟前说：从前楚汉相争时，项羽抓住了刘邦的父母，想要把他们在阵前用锅煮了，可是刘邦说如果你一定要煮，那么分我一杯肉汤喝吧。做大事的人不会顾虑到他的父母，更何况李继迁这样的蛮夷叛乱之人呢？陛下今天杀了老太太，明天就能捉住李继迁吗？如果捉不住，那只能结下怨仇，更坚定他的反叛之心。

太宗觉得他说的很有道理，连连说好：多亏了你，几乎误了国家大事。后来，李母病死在延州，而李继迁则在1004年攻打吐蕃的时候中箭身亡，他的儿子不久归顺了宋朝。吕端的高瞻远瞩收到了很好的效果。

公元997年，宋太宗病危。在这敏感的时期，吕端每天都陪着太子（宋真宗）到太宗的床前探望。当时得宠的宦官王继恩担心太子继位后对自己不利，就先串通好了皇后，再暗中勾结了参知政事（副宰相）李昌龄、殿前都指挥使（掌管御林军）李继勋、知制诰（管草拟诏书）胡旦等人，图谋拥立楚王赵元佐（太宗的长子），一场宫廷政变在紧锣密鼓地展开着。太宗一咽气，皇后马上就派王继恩召见吕端，计划逼着吕端同意立楚王为君。其实在他们刚开始谋划的时候，吕端已经有所耳闻了，现在听到皇后召他入宫，知道局势可能有变，就果断地把王继恩锁在了自己家的书房中，派人严加看守，然后入宫晋见。果然，皇后对他提出了立楚王的问题，吕端毫不客气地顶了回去：先帝在的时候已经明确了太子，我们怎么能不听他的话呢？由于谋变的关键人物王继思已经被控制了起来，皇后一时也没了主意。吕端趁热打铁，率领大臣共同保太子（真宗）继位。真宗登基后，坐在大殿上垂帘接受群臣的朝拜，吕端站在底下不肯下跪，要求卷起帘子来，然后登上台阶察看确实是真宗本人，才走下台阶，率领群臣磕头跪拜。接着，又把那几个犯上作乱的分子发配到外地，彻底平息了这场争端，确保了政权的稳固。

● 智慧之窗

吕端一生经历了三代帝王，在40年的宦海生涯中几乎没有受到什么冲击，这种经历在封建王朝中实在是不多见的。这与他在大局、大节问题上毫不糊涂，但在事关个人利益的问题上却能"糊涂"了事的品质是有很大关系的。对于我们今天的人来说，不管是当官还是为人处事，都应该学学这种"糊涂"的精神。

半部论语治天下

● 故事背景

宋朝建立以后，鉴于五代时期"大者称帝，小者称王"纷乱政局的根源在于藩镇拥有重兵，不受中央节制。而要避免宋朝成为第六个短命王朝，就必须"兴文教，抑武事"。为了培养更多的文士，中央政府"崇建太学，教养多士"，还迅速恢复和完善了科举考试制度，加紧选拔文人充实各级官僚队伍。宋太宗更是明确提出，要"与士大夫共治天下"。君臣上下，注重文教蔚然成风。

"普少习吏事，寡学术"。相形之下，赵普的学力已明显地跟不上时代发展的需要。太祖曾多次向赵普问及前朝制度，他都无以对答，甚至出错。

太祖认为："作相须用读书人。"分明是说，你赵普并不是一个读书人，而不是读书人就不能做宰相。

宋太祖开宝六年（公元973年）赵普罢相，出任河阳三城节度使，远离了政治中心。时隔八年，太平兴国六年（公元981年），赵普第二次出任宰相。赵普由野入朝，几年间朝中任用了更多的文人，赵普昔日不学无术的劣势也就更加明显地凸现出来，君臣们也越发认为赵普的学养不够了。

"半部论语治天下"的典故就在这种气氛中产生了，典故语出宋·罗大经《鹤林玉露》卷七：宋初宰相赵普，人言所读仅只《论语》而已。太宗赵匡义因此问他。他说："臣平生所知，诚不出此，昔以其半辅太祖（赵匡胤）定天下，今欲以其半辅陛下致太平。"

● 故事梗概

公元967年，当时是宋太祖的乾德五年。在殿前，君臣几个人谈起年号来，赵匡胤对"乾德"这个年号相当得意。皇帝说好，赵普也跟着说好，同时列举了几年来不少好事，然后都归功于赵匡胤改的这个年号。旁边站着一位一直不声不响的翰林学士卢多逊，极有学问，根本瞧不上赵普这个肚子里没有半点墨水的人。他等赵普起劲地拍完马屁后，不动声色地说了一句："可惜，乾德是前蜀用过的年号。"皇帝大吃一惊，马上命人去查。结果还真是前蜀的年号，而且是亡国的年号。这一下麻烦就来了，赵匡胤恼羞成怒。

只见皇帝拿起御笔，蘸饱了黑墨，在赵普脸上就是一阵乱画，一边画，皇帝还一边骂："你不学无术，怎么比得上卢多逊？"赵普身上脸上都是墨汁。

受此奇耻大辱，赵普开始发愤读书。他看的书放在专门的大书匣里，除了他谁都不许动。大臣们只知道到他每天从里面拿出一本书来读，但是谁也不知道读的是什么书。等到赵普死后，仆人打开书匣，才发现里面原来只有《论语》的后半部分。从此以后，赵普以"半部《论语》治天下"的故事就传遍天下了。

此书后来成了士子大夫、帝王将相爱不释手，必读经典。攻城略地，制定政策制度、祖宗家法都有半部《论语》的功劳，大宋帝国的"郁郁乎文哉！"就是在此基地上，成长起来的。赵匡胤统治的那个时代是中国经济、文化达到巅峰的时代，是中国在全世界最文明、最发达的时代。这一切，可能都与它的开国皇帝赵匡胤的那个"半部论语"情结有关。

● 智慧之窗

赵普是宋赵匡胤的开国之臣，陈桥兵变，杯酒释兵权，为赵匡胤出谋划策，立下汗马功劳，不可谓不智。他三度出任宰相，不可谓不受重视。赵普他祖上三代都是小官吏，在家庭影响下，耳濡目染，从小便熟悉吏事，学会了如何解决实际问题，为他今后从政治国打下了良好的基础。说他少读经史书籍，不过是说他没有理论知识，治国韬略也少有理论支持，但他解决实际问题能力强。一旦将实践与理论结合起来，那就是一次质的飞跃。

半部《论语》治天下这是一个非常生动而有益的故事，我们不妨把它当作一个真实的历史故事来看，这于我们专一攻读、精心研究某一门学问、潜心治学也很有启发。

朱元璋沉舟取太平

● 故事背景

元朝末年，元朝统治者挥霍无度，对各族特别是汉族人民肆意掠夺和残酷的奴役。元朝贵族疯狂地兼并土地，农民失去土地沦为奴婢。官府横征暴敛，苛捐杂税名目繁多，全国税额比元初增加20倍。出现了"饿死已满路，生者与鬼邻"的悲惨局面。加之自然灾害的频繁，百姓处在水深火热之中。公元1351年在我国北方和南方爆发了大规模的农民起义、起义军头裹红巾，称为红巾军。

朱元璋，明朝开国皇帝，元末农民起义军首领。著名军事家、政治家。字国瑞。朱元璋的故事载于《明史太祖本纪》。

朱元璋出身农民，父母因病于朱元璋17岁时过世不得已入皇觉寺为僧。不久以行童游食于淮西一带。

元顺帝至正十一年（公元1351年），红巾军农民起义爆发。次年，朱元璋投郭子兴部下，子兴见元璋状貌奇伟，不同于常人，便留在身边作亲信兵，后朱元璋奉命屡次率兵出征，有攻必克。子兴大喜，署为镇抚，还将养女马氏给予元璋为妻，后为高皇后。至正十五年三月，郭子兴病逝，其子郭天叙代领其众，时韩林儿出诏封天叙为都元帅，张天佑为右副元帅，朱元璋为左副元帅。九月，郭天叙、张天佑二人皆战死，于是郭子兴部将尽归朱元璋。成为统帅的朱元璋，率军开始了向集庆（今南京）进军的军事行动。沉船渡江的故事也发生在取采石、下太平的这一时期。

● 故事梗概

元至正十五年（公元1355年），郭子兴用朱元璋之计，一举攻下和州。和州东南靠长江，城小，驻军又多，攻下和州后，虽然几次顶住了元军的进攻，但粮草奇缺，而与和州隔江相望的太平（今安徽当涂）附近则十分富饶。

从这年五月起，朱元璋开始谋求渡江。正好巢湖一带的俞通海愿意以千艘水舟来归附朱元璋。朱元璋十分高兴，乘大雨水涨，突破元军的封锁，将千艘水舟带出巢湖。

当时诸将要求利用这支水军直捣集庆（今江苏南京），朱元璋分析了当时形势，认为攻打集庆，必先从采石开始，而长江对岸的采石是军事重镇，有重兵把守，因此要取采石，又必先攻下临江的朱渚。

六月，朱元璋率军乘风引帆，一举拿下朱渚，并乘胜攻下采石。由此沿江一带为朱元璋所控制。当时渡江是因为和州饥荒，因此将士们渡江后，见到粮食牲口，就欢天喜地，抢着搬运，想着如何多弄些粮食运回和州再慢慢享用。

朱元璋深知这点，对徐达说："我们非常幸运，渡江成功了，但如果我们仅仅弄点粮草后又退守和州，终非长久之计，江东一带又会落到元军手中，还不如趁势打开局面，直取太平，站稳脚跟。"朱元璋和徐达等商议计定，下令把所有船缆砍断，把船推入长江急流，任其漂流而去，没了船，就不可能回到和州了。

朱元璋召集诸将，对他们说："前面不远就是太平府，那里十分繁华，金银玉帛，无所不有，现在我带领你们去攻打太平，共享富贵"。

既然已没有退路，太平对长期饥饿的将士们又是那么有吸引力，因此，朱元璋的士兵如饿虎下山，一举攻下了太平。

攻下太平后，朱元璋发布文告，严禁嫖掠，违令者斩，城内士兵百姓很快安定下来。

这样，太平重镇成了朱元璋攻取集庆的重要据点。

● 智慧之窗

这个故事似曾相识，它与当年项羽的破釜沉舟战法相同，即以置之死地而后生的勇气和决心面对敌手，不给自己留下任何退路，只能成功不能失败。

都说做人不能太绝，做事要留条后路。可是，有的时候，尤其对自己，就要绝一些，就不能留后路。把身后化作万丈深渊，退一步就会粉身碎骨的时候，也许你离成功就不远了。

朱元璋礼遇朱升

● 故事背景

朱元璋，大明王朝开国皇帝，是继汉高帝刘邦以来第二位平民出身并且统一全国的君主。元朝后期，以蒙古贵族为主的统治阶级，对各族特别是汉族人民的掠夺和奴役十分残酷。加上黄河连年失修，多次决口，真是民不聊生，出现了"饿死已满路，生者与鬼邻"的悲惨局面。在这种情况下，刘福通等领导了反元的红巾军起义，在红巾军的影响下，全国各地农民纷起响应。朱元璋参加了郭子兴领导的红巾军，之后成了起义军的领袖。

朱升自幼好学，先后师从陈栎、黄楚望等名家。后开馆讲学于故里、紫阳书院、商山书院、歙县石门、郑庄等地。

朱升既是明代的开国元勋，也是我国十四世纪杰出的文学家和政治家。在遇到朱元璋之前，朱升的生活半径局限于徽州，有时去附近的地方讲学，有时候在家抄录写作。但朱升对于这种闲云野鹤的隐士生活，怡然自得。朱升的故事载于《明史·朱升传》。

● 故事梗概

朱升59岁那年，朱元璋一路攻城略地，重兵包围徽州府城。为免百姓受害，朱升冒失独立城下，说服守城元帅福童开城归降。

朱元璋又攻婺源，久战不下。闻朱升大名，便拜访朱升，"因问兵要"。朱升留下亲临指挥，杀降不祥，唯不嗜杀人者，天下无敌的纸条，但避而不见。朱元璋采纳他的建议，亲率十万大军前往婺州，下令"城破不许妄杀"赢得民心。很快夺取婺州。由此朱元璋更加钦佩朱升，决心再次拜访朱升。

得知朱升遁居石门，朱元璋接受一访教训，将所率卫队佯装成商队，由江西绕浙江，过连岭，悄悄来到朱升教馆前，请求朱升辅佐他打天下，朱升避之不及，婉言拒绝。

朱元璋无奈，又恳求安邦定国的大计。朱升念天下之乱，生灵涂炭，学当救国，终于道出九个字："高筑墙、广积粮、缓称王"。朱元璋一听，心中豁然开朗。这便是后来天下闻名的"九言策"。这"九言策"成了明王朝开邦定国的国策，

接着，朱元璋又问："处州密迩，可伐欤？"朱升主张必须攻取处

州，因为处州有刘基、叶琛、章溢等，这些人都是辅佐您称王称霸的人才，这些人不能成为你的部下，很难得到天下，得到了处州和这些人才，天下可得。

再说朱升献"九言策"后，即被拜为中顺大夫，备受朱元璋器重，此后连年被征召问策，助朱元璋克饶州、下处州、捣江州。

龙凤九年七月，朱元璋与陈友谅在鄱阳湖展开大战，前三天，陈友谅军占据上风，朱元璋军处境不利。朱升献策说："贼尽国兵而来，众多粮少，不能持久。我师结营于南湖嘴，绝贼出入之路，待其粮尽力疲，进退两难，前后受敌，克之必矣。"朱元璋说："我粮亦少。"朱升胸有成竹地说："去此百里许，有建昌、子昌、天保、刘椿四家，蓄积稻粱，宜急去借，勿为贼先取也。"朱元璋即分兵前往借粮，"果得粮万余"。后来，陈友谅"粮且尽"，朱升又以以先发火器、次发弓弩、再短兵击之等计，大败陈友谅，创造了以少胜多的战例。

经过多年征战，朱元璋终于在元至正二十八年（1368年）建立明王朝，并于南京登基，史称洪武皇帝、明太祖。朱元璋登基后，朱升被征召入京充当谋臣，先后被授侍讲学士，知制诰、同修国史、翰林学士，并与诸儒制定祭祀斋戒礼、宗庙时享礼，编纂防止"内嬖惑人"、干预朝政的《女诫文》，并为朱元璋撰写了颁赐李善长、徐达、常遇春、李文忠、邓愈、刘基、陶安、范常、秦中、陈德等功臣的诰书，为明初政坛的稳定起了重要作用。

朱元璋感其功绩，意欲重封，聪慧过人的朱升执意选择了退隐之路。他对朱元璋说："臣的后人福薄，不敢叨天恩啊！"朱元璋邀其子留下。朱升感慨万分地说：'臣有一子名同，服侍君王的忠心没有问题，但自保的智慧不足啊！但愿陛下哀念老臣，臣子若犯下不可饶恕的罪过，"请赐完躯幸矣"。朱元璋即赐朱同免死券，派车马护送朱升回归故里。

朱升"偕夫人涉江沂淮抵东海转西溪而筑室于南龙港庄"，次年逝去，享年72岁。

死前曾写了一首临终诗："留心垂半世，藏体付千年。海内风尘息，城南灯火偏。亲朋何用哭，含笑赴黄泉。"

● 智慧之窗

封建时代官场险恶，伴君如伴虎。入世与出世，是中国知识分子永远弹奏的两根精神之弦。在毛泽东眼中看来，中国古代最厉害的帝王师不是张良，也不是诸葛亮，更不是刘伯温，而是朱元璋的谋士朱升。毛泽东高度称赞朱升"九字国策定江山"。对于其"九字策，"毛泽东加以借鉴，提出了"深挖洞、广积粮、不称霸"新中国特定时期的基本国策。

朱升具有大智慧既表现在他提出的"九字策",也表现在他的知人识人,还表现在对封建王朝创立以后,为了皇族统治将会嗜杀功臣权臣的透彻预见,进而急流勇退。

海瑞智惩恶少地痞

● 故事背景

海瑞是明世宗、明神宗时的一位清官,在位时纠正了许多冤案错案,为人民做了许多好事。老百姓非常敬重他,人们都叫他"海青天"。

当年,海瑞任淳安知县之时,朝中严嵩当权,海瑞的顶头上司浙闽总督胡宗宪是严嵩的得意门生,他依仗着靠山,放任家人胡作非为。尤其是他的儿子,常常凭仗着父亲的权势,到各地为非作歹,是个有名的"恶少"。

● 故事梗概

有一次,胡宗宪的儿子到淳安县游玩,玩了一天,晚上吃饭时,嫌招待不周,竟然在驿馆里砸盘摔碗,还把驿官吊起来用棍棒殴打。

海瑞闻知此事,立即派人将这恶少抓进县衙。在审讯的时候,这恶少见到海瑞不但不跪,猖狂地叫喊:"我是胡总督的儿子,看你们敢把我怎么样?"

为了既能重重地惩办这个恶少,又让顶头上司胡宗宪无话可说,海瑞就假装发怒地把惊堂木一拍,厉声喝道:"你这个大胆狂徒,怎敢冒充胡公子败坏总督的名声!胡总督大人廉洁奉公,多次指示各地,招待过往官员不能铺张浪费,要节俭办事。他的儿子怎么会如此胡作非为呢?你分明是个冒名顶替之徒,不加严惩如何得了"?

胡公子的家奴忙说:"我们有老爷的亲笔信,不是冒充的。"海瑞大喝:"大胆小贼,还敢伪造胡大人信件,打四十大板"。

海瑞说罢,立即命令衙役把恶少当堂责打四十大板,关进了大牢。还从恶少的行李中搜出白银一千多两,全部没收充公,

结案之后,海瑞把事情的经过向胡总督做了汇报。胡总督心里把海瑞恨得咬牙切齿,但这实在是因为自己的儿子违法乱纪,在海瑞手里落下了把柄,所以只好哑巴吃黄连,不但不敢责罚海瑞,还违心地

说海瑞办事认真，把海瑞夸奖一番。

盛泽镇东盛花村有一座海公庙，庙里供奉海瑞塑像。海公庙的建造有一段海瑞惩治地痞无赖为民做主的故事。明正德年间，有位姓王的老汉，因为家贫结婚晚，到五十岁才得了个女儿。

等到女儿芳龄十八，如花似玉，被西白漾地头蛇盛花豹的浪荡公子看中了。仗着家里的财势，上门逼婚。临走扬言："明日成亲，若不识相，白刀子进，红刀子出！"

这天夜里，冰天雪地，老汉望着哭得死去活来的女儿心如刀绞。正巧有位过路人借宿，闻得此情，和老汉一阵耳语，老汉才稍安心。第二天，花轿上门。一催上轿，里面回话新娘子正在雪水潮面；二催上轿，里面回话新娘子正在胸前缂花；三催上轿，回话新娘子已稳坐花轿中，可以鸣炮起轿。轿子抬到西白漾边，公子再也憋不住了。上前揭帘，伸手抓住"新娘子"的手用劲一拉。怪！"新娘子"的手断了。他赶忙揭开面纱，哟！"新娘子"的头也骨碌碌滚下来啦。小贼吓得瘫在地上。正在这时，刮来一阵北风，轿子里飘出一张白纸，只见上面写着："若要成婚配，改邪归正时，老娘舅海瑞嘱"。

原来那借宿的便是海瑞，为教训浪荡公子，特意设计用化装的雪人冒充新娘。雪水"潮面"，"胸前缂花"意为洗心革面，规劝其改邪归正。

浪子早闻海瑞威名，自知碰到硬块上，就灰溜溜地逃回了家。

后来，王老汉招了老实小伙子做女婿，一家三口安居乐业。王老汉逢人就讲海瑞巧惩地头蛇的故事。众乡亲为纪念海瑞，捐资造了座海公庙。

● 智慧之窗

海纳百川，有容乃大。壁立千仞，无欲则刚。为官亦然，做人亦然。海瑞的一生，光明磊落，无私无欲，为民请命，成了百姓心中的青天大老爷。这两则故事巧妙地运用了难得糊涂，以真当假，以假当真的方法，惩戒了恶少和地痞，不畏权势，为民做主。

● 历史链接

南直隶境内的豪绅富户，最为小户百姓所痛心疾首的是徐阶一家。徐阶曾任首辅，后为高拱排斥而退休闲住。他的家庭成员，据称多达几千，其所占有的土地，有人说是24万亩，有人说是40万亩。上述数字无疑地有所夸大，但徐家为一大家庭，几代没有分家，放高利贷的时间也已颇为长久。海瑞把有关徐家的诉状封送徐阶，责成他设法解决，最低限度要退田一半。

徐阶曾对海瑞有救命之恩。在他任首辅期间，海瑞因为上书而被系狱中，刑部主张判处绞刑，徐阶将此事压置。他退职家居以后，听任家里人横行不法，根据当时的法令，他可以受到刑事处分。海瑞强迫他退田，并且逮捕了他的弟弟徐陟，一方面显示了他的执法不阿，另一方面也多少可以减缓百姓的不满，体现了爱人以德的君子之风。这种兼顾公谊私情的做法大大地增加了海瑞的威信。

皇太极反间计除袁崇焕

● 故事背景

反间计是《三十六计》中的败战计，"疑中之疑。比之自内，不自失也"。原指使敌人的间谍为我所用，或使敌人获取假情报而有利于我的计策。后指用计谋离间敌人引起内讧。"皇太极施反间计除袁崇焕"说的就是清太祖为扫清入主中原的障碍，设反间计除了心腹大患的故事。

大明朝走到崇祯这一朝，已显败象，先是跟李自成打，后又有皇太极坐山观虎斗。

天启六年正月宁远之战爆发，一生屡战屡胜努尔哈赤却被一枚洋炮击中，兵败宁远。那个打败他的人便是明朝大将袁崇焕，从此，努尔哈赤一筹莫展，八个月后死去。

努尔哈赤受重伤死去以后，袁崇焕为了探听后金的动静，特地派使者到沈阳去吊丧。皇太极对袁崇焕窝了一肚子的怨恨，但是因为后金刚打败仗，需要休整，再说也想试探一下明朝的态度；所以，不但接待了袁崇焕的使者，还派使者到宁远去表示答谢。双方表面上缓和下来，背地里都在加紧准备下一步的战斗。

到了第二年，皇太极又在宁远吃了败仗，退出锦州。

● 故事梗概

袁崇焕在前方接二连三地打胜仗。可是，魏忠贤阉党却把功劳记在自己名下，反而责怪袁崇焕没有亲自救锦州是失职。袁崇焕知道魏忠贤有心跟他为难，只好辞职。

公元1627年，昏庸的明熹宗死去，他的弟弟朱由检即位，就是明思宗，也叫崇祯帝（崇祯是年号）。

崇祯帝一即位，就把魏忠贤充军到凤阳。魏忠贤自己知道活不成，走到半路上自杀了。

崇祯帝惩办了阉党，又给杨涟、左光斗等人平反了冤狱，很想振作一番。许多大臣请求把袁崇焕召回朝廷。崇祯帝接受了这个意见，提拔袁崇焕为兵部尚书，负责指挥整个河北、辽东的军事。崇祯帝还亲自召见袁崇焕，问他有什么计划。袁崇焕说："只要给我指挥权，朝廷各部一致配合，不出五年，可以恢复辽东。"

崇祯帝听了十分兴奋，给袁崇焕一口尚方宝剑，准许他全权行事。

袁崇焕重新回到宁远，选拔将才，整顿队伍，军纪严明，士气振奋。东江总兵毛文龙作战不力，虚报军功，不服从袁崇焕的指挥。袁崇焕使用尚方剑，把毛文龙杀了。

皇太极打了败仗，当然不肯罢休，他知道宁远、锦州防守严密，决定改变进兵路线。公元1629年10月，率领几十万后金军，从龙井关、大安口（今河北遵化北）绕到河北，直扑明朝京城北京。

这一招出乎袁崇焕的意料，赶快出兵，想在半路上把后金军拦住，但已经迟了。后金军乘虚而入，到了北京郊外。袁崇焕带着明军赶了两天两夜，到了北京，与后金军展开激烈的战斗。别路明军，也陆续赶到，投入战斗。

袁崇焕率军在广渠门外和十万八旗军血战一场，迫其退却。皇太极见袁崇焕军队凶猛，便效仿《三国演义》中周瑜利用蒋干盗书的反间计故事，将被俘的太监杨某监于帐中，故意让他偷听到"袁经略有密约，不日即输诚矣"的密谈，第二天又有意将杨太监放跑。

后金军突然进攻北京，引起了全城震动。崇祯帝更是急得心慌意乱，不知该怎么办才好，后来听说袁崇焕带兵赶到，心才定了一些。他亲自召见袁崇焕，慰劳了一番。但是一些魏忠贤的余党却散布谣言，说这次后金兵绕道进京，完全是袁崇焕引进来的，说不定里面还有什么阴谋呢。崇祯帝是个猜疑心极重的人，听了这些谣言，也有些怀疑起来。

正在这个时候，杨太监跑了回来，他不辨真相地赶紧把这个绝密情报向崇祯添油加醋的汇报了一番，说袁崇焕和皇太极已经订下密约，要出卖北京。崇祯皇帝果然中计，将袁崇焕投入狱中，次年八月以"谋叛欺君"的罪名将袁崇焕处以磔刑，并被肢裂于西市。

皇太极用反间计除了对手袁崇焕，退兵回到盛京。打那以后，后金越来越强大。到了公元1635年，皇太极把女真改称满洲；又过了一年，皇太极在盛京称帝，改国号叫清。这就是清太宗。

纪晓岚巧对乾隆

● 故事背景

　　纪晓岚名昀，字晓岚，直隶河间献县（今河北沧县）人。据史书记载，他一生诙谐、滑稽，机敏多变，才华出众，给后世留下许多趣话，素有"风流才子"和"幽默大师"之称。嘉庆十年（公元1805年），纪晓岚老死于京城，享年82岁。生前他自撰挽联："浮沉宦海如鸥鸟，生死书丛似蠹鱼。"纪晓岚死后，谥号"文达"，这是对他文学才能一种相当高的认可。纪晓岚和乾隆的故事见于清梁章巨《巧对录》卷一。

● 故事梗概

　　有一回，纪晓岚陪乾隆到四川乐山县巡游出访，观瞻了名闻遐迩的乐山大佛。当晚回到下榻的驿馆后，乾隆兴致高，便命纪晓岚陪他喝酒。三杯过后，乾隆雅兴大发，要纪晓岚陪他对对联，并规定，对不出下联便罚酒一盏。

　　举着酒杯，乾隆先说出了上联：

　　"寻陶令，访陶令，陶令不知何处去？"这片对联中，"陶令"既指东晋著名诗人陶渊明，又兼指陶令酒。纪晓岚未加思索，脱口即对出："过山谷，问山谷，山谷依旧迎春风。"联中的"山谷"既指北宋著名文人黄庭坚（号山谷），又兼指山谷泉酒，对得可谓恰到好处。

　　一联未难倒纪晓岚，乾隆略加思索又出第二联："竹叶青，青竹叶，青山竹叶青，青山青竹叶。竹叶迎春，迎春竹叶。"一听到"竹叶青"，纪晓岚马上联想到"状元红"，但为了不拂乾隆雅兴，纪晓岚故作深思状，片刻才对出下联："状元红，红状元，红轿状元红，红轿红状元。状元酒醉，酒醉状元。"这个下联，不仅以"状元红"对"竹叶青"十分得当，而且一个"红"字更活灵活现的点出了状元郎得志后酒醉于轿上的得意神态，让乾隆也不得不领首叹服。

　　然而，自古以来皇帝个个都是高高在上的，决不允许有人胜过自己。当纪晓岚对出了第二联，乾隆的脸色开始由晴转阴，暗责他糊涂，不懂得给自己留面子。而就因为"糊涂"这个字眼，乾隆脑海里灵光一现，立即又想出一个绝妙的上联来："糊涂仙，仙糊涂，仙喝糊涂仙，仙喝仙糊涂。糊涂难得，难得糊涂！"这片对联里，不仅"糊涂仙"是一种酒名，而且联中第2、3、5、6个"仙"字还指神仙，更者，"难得糊涂"还是关于大书画家郑板桥的一个典故。纪晓岚这回可真个紧锁了愁眉。看着纪晓岚一筹莫展，乾隆得意至极，禁不住哈哈大笑起来。

看着乾隆笑歪的嘴巴，纪晓岚突然心有所思，便开颜道："皇上，您这是千古绝联，微臣只好喝酒了。不过，联虽未对出，微臣画兴倒起，想做一画留作今日纪念"。

乾隆便命纪晓岚干了酒杯，并叫手下拿来文房四宝，让纪晓岚作画。片刻，只见纪晓岚在宣纸上画了一个特大肚皮、张着嘴呵呵大笑的佛像。乾隆尚在为自己的绝妙对联得意，对纪晓岚的画也就不甚在意了。

回到京城后几天，乾隆越想越觉得纪晓岚那画里另有深意。终于，有一天他再也忍不住了，便叫人询问纪晓岚。纪晓岚笑笑，道："我那画就是下联啊！"

原来，纪晓岚的下联便是："大肚佛，佛大肚。佛笑大肚佛，佛笑佛大肚。大肚（度）能容，能容大肚（度）。"

● 智慧之窗

妙笔能生花，巧嘴能出彩，有时迂回曲解却更胜于雄辩。纪晓岚的文采堪称一流，不仅如此，他还能够将文采化作官场上的政治智慧，成为乾隆皇帝重要的谏议良臣。

● 历史链接

据说纪晓岚临终前还说了一绝对儿。

嘉庆十年（公元1805年），二月，纪晓岚病重，儿媳妇煮了碗莲子羹让丈夫端在手里，用羹匙一匙一匙地喂给纪晓岚喝。纪晓岚只喝了小半碗，就示意不喝了。他清了清嗓子，慢慢地说："我想了一个对子，你们对对吧！"不等儿子们回答，他已吟出："莲（怜）子心中苦。"说完他靠在床边闭上眼睛，儿子们看着父亲奄奄一息的样子，哪有心思对对子，但又不好违背，只好站在一旁不说话，佯作沉思。纪晓岚微微睁开眼，话音已越来越弱："何不……对……对：'梨（离）儿……腹……内……酸。'"说完便闭上了眼睛，与世长辞了。